U0901649

漳州作家丛书

陈燕松／主编

闽南故事

方达明／著

中国华侨出版社

·北京·

图书在版编目（CIP）数据

漳州作家丛书 / 陈燕松主编 .—北京：中国华侨出版社，2018. 10

ISBN 978-7-5113-7767-8

Ⅰ . ①漳… Ⅱ . ①陈… Ⅲ . ①中国文学－当代文学－作品综合集 Ⅳ . ① I217.1

中国版本图书馆 CIP 数据核字（2018）第 216910 号

漳州作家丛书：闽南故事

主　　编 / 陈燕松
著　　者 / 方达明
责任编辑 / 付改兰
责任校对 / 孙　丽
经　　销 / 新华书店
开　　本 / 670 毫米 ×960 毫米　1/16　印张 /324　字数 /4281 千字
印　　刷 / 三河市华润印刷有限公司
版　　次 / 2018 年 11 月第 1 版　2020 年 2 月第 2 次印刷
书　　号 / ISBN 978-7-5113-7767-8
定　　价 / 980.00 元（全 24 册）

中国华侨出版社　北京市朝阳区西坝河东里 77 号楼底商 5 号　邮编：100028
法律顾问：陈鹰律师事务所
编辑部：（010）64443056　　64443979
发行部：（010）64443051　　传真：（010）64439708
网　址：www.oveaschin.com
E-mail：oveaschin@sina.com

《漳州作家丛书》总序

漳州是中国历史文化名城，历史悠久，文化深厚。在文化的星空，群星璀璨，先后涌现出黄道周、林语堂、许地山、杨骚等文化名人，令我们引以为傲。

四十年改革开放，四十年风雨兼程。漳州土地，生机盎然，文学创作也迎来繁荣发展的春天。应是春风吹拂，应是文脉相承，一支包括了老、中、青三代作家的队伍正在悄然形成。2004年，漳州市委宣传部、漳州市文联编辑出版了第一套《漳州作家丛书》，有十二人，十二本。时隔十多年，在祖国改革开放四十周年的今天，漳州市委宣传部、漳州市文联再次编辑出版第二套《漳州作家丛书》，展现活跃在省内外文坛的二十四位当代作家的创作风采。十二到二十四，这不仅是作家作品数量的增加，更是漳州文学创作水平质的飞跃。

《漳州作家丛书》的出版，旨在展现漳州作家的创作成果和创造实力。以期让更多的人，通过这套丛书，了解漳州，关注漳州，热爱漳州。同时，我们也希望，通过这套丛书的出版，能够激发漳州作家深入生活，体验人生，潜心于文学创作，用更好的作品回馈家乡，回馈人民，回馈时代。

《漳州作家丛书》编委会

2018年10月1日

目 / 录

清白

窗外，十六的月亮黄裱纸似的贴在半天上，仿佛风一紧就会把它吹到台湾海峡里。天喘着大气睡过去了。

床上，曹大昂见贾小梅一身的起起伏伏，身子于是有了比较简单原始的想法，双手不由自主地在贾小梅的身上游走开来。不想贾小梅一把将它们扒拉开了，扭转身缩成一条气呼呼的虾米：“都怨你！猪哥。总是看片子，播种那次也看。你看你看，这么小就这样，到长大还有多少年啊，怎么办？糟糕，小猪哥了。你小时候是不是也这样？你糟蹋了多少个女孩子？！”

曹大昂的身子一下就没了想法：“你瞎说什么呀？”

傍晚刚放下饭碗，幼儿园的小曾老师打电话来了，说，儿子强强把同桌的婷婷“那个”了。贾小梅没反应过来“那个”是什么意思，问了老半天，老师急了：“那个就是男的对女的那个啊！”老师说，人家家长告上来了，要你们负全部责任！

强强上的是幼儿园小班，同桌是个胖胖的小女孩，叫婷婷，一张脸笑起来向日葵似的，找不到眼睛。今天婷婷回到家突然说，两腿中间那个地方疼，疼，很疼。她爷爷奶奶大惊失色：“谁干的？！”

当然是强强。怎么干的？！婷婷抹出一脸盘的眼泪：“脚，用脚，用脚踢。”

这还得了！婷婷爷爷抓起电话开始大骂，骂得电话另一头的小曾老师扛不住了，眼泪汗水一齐瀑布似的往下淌。

用脚？这样也可以？曹大昂差点笑出声来。

曹大昂不当回事，贾小梅却把它看作一座山，扛上了肩膀，因为太使劲，眉头都卷在了一起。贾小梅抓过强强就审，可强强死活就是听不懂。看着妈妈的脸大山一般压下来，强强吓得大了眼睛躲到曹大昂背后，揪紧了他的背心放开嗓门号：“妈，妈呀！爸呀！妈呀！”贾小梅一看不对劲，只好把他扯进怀里求他不要哭。强强不哭了，改抽泣，一边抽一边吞吃眼泪，抽着抽着累了，睡过去了。这时，月亮黄着脸打楼房的角落探出头来。

曹大昂他们小夫妻没有足够的资金去外面的广阔天地体验生活的美好，只好努力开发自身资源，逮着机会就互相往对方的身体里使劲，特别是出月亮的日子，毕竟互相需要的性是一件快乐的事。可是好不容易瞅着强强在旁边的小床上睡熟了，贾小梅竟然不配合，还说出这种话来。曹大昂一口痰堵上了嗓门眼，只好深吸一口气把后背送给了贾小梅的后背。多大点的事啊。

第二天天一亮贾小梅就赶到郊外的工业区去上班了，临走前她抓住曹大昂的肩膀，好像想说什么，使了一会儿劲，又把话咽进胃里去了。她的马尾巴端端正正地扎在脑后，有点干，曹大昂看了眼睛发酸，不自觉的有点心慌。

她刚走不久，窗外起了风，风冲到对面那家新开张的叫“听风的歌”的 KTV 门口，开始发脾气。“听风的歌”昨天刚拉上的横幅被一把扯下来，竖着在风中打转，周围紧密地团结着星星点点的废纸废薄膜袋，也疯了似的转。窗玻璃激动了，呼呼喝喝地要夺框而去。刮龙卷风呢。提着心等了老半天，窗玻璃终于平静下来了。曹大昂赶紧送强强去上学。

一打开门眼睛就难过了，到处灰蒙蒙的，眼光根本走不出去。拦住眼光的不是雾，是灰尘。灰尘和雾是很不同的。雾是透明的，阳光扎得透，日头一大，就散了，眼前又亮了。灰尘，灰尘它要急死你，软硬不吃，像各级有关部门。周围都是在建房地产。这个城市就是一个疯狂的大工地。不知道盖这么多的房子要卖给谁？曹大昂喜欢房子，但他知道自己不吃不喝也得等下辈子才买得起一套两居室。

公交车太挤了，差点把身上的所有外设器官都挤没了。座位当然是没有的，连大肚子的孕妇都踮着脚尖把自己悬在了吊环上。所有的年轻人都跟野生动物似的。比年轻人更生猛的是那些要上公园锻炼的老头老太，六十上下，叉着腿顿在座位上，表情和屁股差不多，满脸都是凛然霸气，时时刻刻准备教训人。路上，两个民工模样的提着工具想挤上来，结果老头老太和年轻人们齐齐发作。那两位都是守本分的人，立刻识相地把手脚收了回去，很好地维护了车内空气的清洁和社会的和谐。因为要护着强强，曹大昂还没挤出车门就把腰闪了。

小曾老师等在校门口，踮着脚尖望，脖子抻得像在跳小天鹅。

“快点快点。”小曾老师扯过强强的小手就走，根本没发现强强整整喊了两遍“老师好！”

强强的脚下直拌蒜。曹大昂看了有些不快，但一时也不敢说什么，只好弓着腰踩着小曾老师的脚印走进园长办公室。

办公室里，两个老人夹着一个孩子坐在那里。背后是一张中国地图，和墙一样宽大，围了一圈向日葵，上面有标题——“孩子是祖国的未来”。孩子肥嘟嘟的，脸比向日葵还圆，是婷婷。婷婷把凉鞋扒下来抓在手里玩。

老人一男一女，男的满头白苍苍，一张柿饼脸，胡子一根也没有，肉嘟嘟的，正呼呼直喘，像一只气坏了的青蛙。曹大昂认得，是婷婷的爷爷。老太太和他一个模子倒出来似的，如果不是着装有所不同，你会以为他俩是同卵双胞胎。日子的手脚真有能耐啊，几十年下来，两个肯定完全不同的人竟然能生生揉成一般模样。这应该是婷婷的奶奶，人家正拿着手帕在脸上抹，鼻涕眼泪一把抓，不时还使劲吃上一口鼻水。曹大昂不由得想起自己的爹妈，也长得一模一样，不过都瘦干干的，像两棵蛀空了的老苦楝，长在土楼门口的菜园里，密密麻麻的皱纹间，汗珠闪闪烁烁。曹大昂感觉压力像一只受惊的猴子，噌噌噌蹿上了自己的后背。他全身发热，额头上脖项上，汗珠子迅速膨大起来，内疚感潮水般淹到了胸口，腰弯的角度更大了。

见到强强，婷婷两脚一踢快活地叫起来：“强强！我要和你玩！”光着脚就要蹿到地上来。老太太急忙丢了手帕死死摁住她。

老头小眼睛里火苗毕毕剥剥，虎起身，大踏步冲上来，朝强强的脑袋扬起大巴掌。那巴掌的五根指头揸得开开的，好像要和杀父仇人同归于尽。

曹大昂一看不对，赶紧探手将强强塞到自己身后，顺手把快甩到自己腰上的大巴掌挡了开去。

老头转了一圈，晃了两三晃，停住了，小眼睛眨巴眨巴，眼睛里的火苗摇摇曳曳，好像搞不明白发生了什么事。

老太太见形势不利，扑上来扣住小曾老师的手腕："我们吃大亏了！孩子长大了怎么办？！你要为我们做主！我们是女孩子啊，那个很重要啊。我们以后怎么做人啊！"回头喷向曹大昂："你要还我们清白！清白你懂吗？清白！"

曹大昂本来弓着腰，见老太太的口水喷洒过来，赶忙埋下头去，模仿晒蔫巴了的老芥菜。

老太太的话刚掉到地上，老头醒过神了，两腿叉开左手叉腰右手食指在曹大昂鼻子前跳跳跳："你知道我们婷婷是什么人吗？她爸她妈都在国外为国家创造外汇！我们是城里人，我们是国家的人！哪像你们外地人、乡下人、外工仔！也不撒泡尿照照自己，瘦嘎嘎的，竟敢对我们动手动脚……"

曹大昂一听，火大了。曹大昂是客家人。他的老家在大山背后小溪边的土楼里，土楼黑黢黢的，土楼的天空不是方的，就是圆的。贾小梅也是客家人，她的家在大山背后的背后，要走到公路上，得翻过几座山的肩膀。曹大昂是他们土楼的第一个大学生。曹大昂是个有单位的人。可是如今城市的眼睛只认背景，背景就是肥头大耳大腹便便正气凛然。曹大昂的身后是一座走风又走雨的破土楼。他是个只有背影的人，他的背影又瘦又小，和他的个子一样。他来城里也有不少年头了，却一直找不着主人的感觉，就是把户口本揣在怀里也找不着。这城里到处都是陌生人。可是，曹大昂知道，婷婷的爸妈在国外，是劳务输出，那他们在外国人的眼里是什么？客人？外劳？或者外工仔？！

曹大昂一火，猛然从内疚的潮水里拔出身子，胸口一胀，声音肿成一根大棒当头劈过去："你说什么？有种你把'外工仔'三个字再说一遍！”

“咔啪”一声，腰竟然直了，不疼了，两只手掌攥成了钵头。

眼看就要擦枪走火，小曾老师一使劲从老太太的掌心里夺出手来，闪入曹大昂和老头之间，双臂护雏的母鸡一般张开，胸部在曹大昂的眼前起起伏伏：“有话好好说，不要激动。我们是来解决问题的，不是来吵架的。”

小曾老师的身子比小母鸡还饱满，曹大昂不好意思了，眼睛别到强强的头上去，拳头松开了。强强正紧紧抓住曹大昂的裤腿，泪汪汪的，嘴角耷拉着，眼看着又要抽搭开了。

婷婷一直坐在椅子上玩凉鞋。

小曾老师说，别急别急，我们还原一下现场就清楚了，过来强强，不怕，过来……

强强一过去，婷婷就把他的手抓在掌心里，再也不肯松开。两个小人儿肩并肩挤在一起，婷婷还腾出一只手帮强强擦眼泪，把强强擦成了大花脸。老头不爽，探手想把他们扒拉开，小曾老师赶忙拦住了。

小曾老师说，强强，你昨天怎么踢婷婷的？再踢一遍给老师看看。

强强把屁股往婷婷身边紧了紧，右脚尖轻轻碰了碰婷婷的左脚踝。婷婷“咯咯咯”地笑起来，眼睛都笑没了。

原来如此！

老头长长吐出了一口气，体积明显缩小了不少。

婷婷给了强强一只凉鞋，两人一人一只套在手上，跳下地来，拉着手开始跳圈圈：“两只老虎，两只老虎……”

老太太捡起手帕折叠好。老头手脚没地放，上前一把将两个小人扯开了。

小曾老师变了脸色，一手牵起一个小人儿：“没事了，我们上课去了，各位家长请回吧。”

曹大昂看看老头——他应该说声“对不起”吧。老头别过脸钻研墙上的中国地图。曹大昂急着要上班，抬脚要走。

老太太喝了一声：“慢着！”

她说，不行，孩子是靠不住的，必须检查，要验证。为什么？我昨晚掰开婷婷的两腿看了，鸡鸡都红了，要是那个膜破了怎么办？我们是女孩子啊，要是膜破了我们长大怎么做人啊，我们要怎么跟她的父母交代啊，她爸妈在国外做牛做马为国家创造外汇，你们却在背后搞破坏。你们要还我们清白啊……

检查就检查，曹大昂认了。去哪里好？老太太说，检查当然要上市医院。市医院在市政府对面，医疗设备最先进了，信得过。老头不住地点头。

市医院在城的西边，火葬场也在城的西边。路途的确有点远，坐公交要转几趟车，而且这个时候公交车都挤得肥肥的，像吃撑了的大胖子。老头老太已经气饱了，当然不可以再上公交车去受窝囊气。那怎么去？曹大昂问。老太不理他，抢过婷婷手里的凉鞋蹲在地上，抓起婷婷肥嘟嘟的脚使劲塞。婷婷的脚黑得像烧火棍。老头盯着街上来来去去的出租车，嘴角一吊鼻孔冷冷哼了一声："你用屁股想也知道。"

曹大昂有点火，摸摸口袋，咬咬牙，把一口热烘烘的空气咽下去，好好，打的，当然打的。

去市医院和火葬场都要经过解放西路，解放西路是这座城市的主干道。

解放西路堵车。解放西路正在开膛破肚，不知是哪个单位又在进行施工。这座城市的道路经常开膛破肚，有时是电信铺光纤，有时是电力公司埋电缆，有时是自来水公司修管道，有时是市政府为民办实事搞雨污分流，反正一年半载的总有人要把路面挖开来看一看，鼓捣鼓捣。曹大昂想，要是路面装上拉链就好了。

出租车夹在车流当中学习蜗牛。曹大昂眼睛没地放，转到窗外去。他看到了两行挂满了景观灯的杧果树，头重脚轻，阴沉着脸。杧果树的后面，是装饰得油头粉面的楼房。杧果树排着队向火葬场方向远去，曹大昂的脑子开始跑野马。

——曹大昂当年来到城里时还是满怀憧憬的，当时大学生还比较稀罕，不像现在。那时单位领导重视大学生，安排在对外部门，天天接电话。只是曹大昂小时候常常饿肚子，个子没长开，胸部扁平，说话声音轻飘飘的，每回他举起电话开始展现语言的文明程度，人家就不耐烦了，冷冰冰地把他的舌头掐断了：“叫你们领导讲话！”

曹大昂想不通，生闷气。有次气久了缺氧，于是深吸了一口气，吸饱了，放到大肠上，放踏实了。没想到声带一下松下来，感觉自己成了一口大钟。正好电话进来，干脆，用胸膛说话。嗳，奇怪了，声音像低音炮了，相当的傲慢，像领导，虽然底气有些不足：“你找谁？！”对方一下就客气起来，就像病人见了医生，恨不得把五脏六腑都掏出来。

从此，他每次接电话都用膛音，话就两句，不是“你找谁？”就是“你是谁？”简单明了，很不客气。每回使用膛音时，他都觉得自己的体积也膨大了许多，把屁股底下的转椅塞得扎扎实实。

美好的日子总是短暂的。有天早上他刚端起茶缸含了一口，电话响了。茶水太烫，好不容易才吞下去，食道差点烫熟了，眼泪都攀出眼眶了。他哈哈哈喘了好几口气，总算把气管捋顺了，挺起肚子深吸一口气，让声音打横膈膜那里缓缓升上来，肿成一根不客气的大棒：“你是谁？！”

对方“啪！”的一声把电话拍了。他刚又把嘴唇贴上茶缸，半掩着的门“磅！”的一声被踹开了：“我是陈光大！”

陈光大是公司的董事长，一颗脑袋既光又大。陈光大矗立在曹大昂的面前，比龙椅上的皇帝还要威猛。陈光大叫他去看管仓库，陈光大说，你的声音好，可以把仓库里的老鼠全吓跑。

曹大昂难过极了——自己的脸刚刚要把城市的冷屁股贴热了，却被一把狠狠揪开了。他再也不肯坐船，更不敢坐过山车，那种强烈的无法把握自己的感觉让人太难受了。他多么地渴望融入这个城市，他多么地希望过得稍微好一点。老家是回不去了，那里没有任何一块土地是自己的，当年自己揣着重点大学的毕业证书还以为那是张阿拉伯飞毯呢。

忍不住叹了一口气——什么是城市呢？书上说，城市是熟悉的广告牌，熟悉的房子，熟悉的橱窗，熟悉的不知有多少岁的行道树；城市是糕点店热腾腾的香味、诱起情欲的酒味和油烟味，是熙熙攘攘的行人和塞满眼眶的海报；城市是热烈的阳光，是欢声笑语，是树枝被台风吹折后青涩的气味；城市是幻想，是无穷无尽的甜蜜的忧伤；城市是让你感到亲如骨肉的地方……

可是，这个地方根本没有这些东西。它日新月异，一天一个模样，只有灰尘和噪声，每天一模一样。整座城市就像一列狂奔的高速列车，没有司机，不知道目的地，不断有人被甩出车外摔得血肉模糊，自己就一直被挤在门边，因为拼命抠住了门框，才没被甩下去。人生的目的不应该仅仅是为了赴死啊。曹大昂想，幸好我是客家人，再贫瘠的土地我也能扎下根来，这可是强强生长的地方啊——

婷婷身上有股浓烈的酸臭味。连女司机都抽着鼻子卷着眉头回头瞪了曹大昂好几眼，像生了气的司马懿："怎么这么臭?！"婷婷多少天没洗澡了？婷婷不住地扭着身子："我要上学，我要强强。我要上学，我要强强。"

她奶奶不高兴了，抽了她大腿一巴掌。婷婷不乐意了，放声大哭，哭得一声长一声短。

医院里比街上还挤，像过年前搞促销活动的大超市，望不到边的人头。虽然空调出风口绑的小布条抽风似的抖，汗水还是毕毕剥剥就出来了。老头老太不说话了，嘴巴大了一会，闭起来，紧紧跟在曹大昂的身后。老太一手紧紧抓住婷婷的手臂一手偷偷捏住了曹大昂的衣角。老头抓住婷婷的另一条手臂，碎着步子挤在后面，眼睛死死盯着曹大昂的后脑勺，像刚睁眼的小狗盯着它妈的奶子。

好不容易抢着位置让他们三位坐好了，赶紧去排队挂号。站得腿软，挂上了，窗口里递出一张卡来，说，预交三百元钱。曹大昂摸不着头脑："还没开药呢为什么先交钱？"窗口很耐心："我们电脑化办公，为患者着想，免得等下交钱再排一次队，这是改革。用不完下次还可以再生病啊。"

曹大昂一看钱包，胖胖的，都是十块一块的，还有几个硬币。仔细算一算，不多不少，七十七元七角。刚才出租车的钱当然是他付的。曹大昂一直没有多少钱，家里父母不要自己送米送菜，但老人有病，花点医药费总是必要的，贾小梅的家里也没什么要求，但是一个残疾的弟弟你总得帮点忙吧。

曹大昂赶紧软着舌头找老头:“阿伯，我钱不够，您身上有吗?”

老头瞪起眼:“我们是受害者!”

曹大昂难受了:“能不能您老先垫着，明天孩子上学时我还给您?”

老头老太一齐别过脸，眼睛翻到天花板上，那里有一只蟑螂正在研究人生的下一步该怎么走。

曹大昂一跺脚:“身份证你捏着!我去去就回!”

医院隔壁有家新华都超市。曹大昂口袋里有四张一百元的新华都购物券，那是单位春节发的过节福利，一直舍不得花。曹大昂他们家不远也有家新华都，里面有套碎花连衣裙，标价四百九十九元，小梅看到了，眼睛直愣愣地，快走到商场门口了，又拐回去，拿起来在身上比画来比画去。他当时一咬牙就想买了，小梅却按住了他的手，说，等打折吧，我工友说了，再过一个月五一劳动节，新华都的服装促销统一打八折，到时候，四百元的购物券刚刚好。

新华都超市的音响正唱着《好日子》。有个秃顶中年男人懒洋洋地斜倚在自动投币饮料机上，光脚趿拉着皮鞋，右脚“嗒嗒嗒”地敲着拍子，好像好日子是一脚一脚用皮鞋尖敲出来的。

曹大昂掏出购物券，中年男人眼睛一亮，把右脚从好日子里夺出来:“换现金，六折。二百四。”

曹大昂当然不同意。太心疼了。好说歹说，六点五折，两百六十元，成交。

因为用嘴巴抢回了二十元，曹大昂颇有成就感，走到超市门口，眼前一亮——有个人背了一身的风车迎着风走。那些风车都是彩色的，一转，色彩水一般流动开来，像清晨的向日葵，笑了。曹大昂想起婷婷那张肥嘟嘟的圆脸，笑起来找不着眼睛，咯咯响:“强强!我要和你玩!”心头一暖，顺手买了一只。

给婷婷做检查的是个刚踩到更年期门槛的女医生，两嘴边的法令纹刀刻一般，目光锐不可当，动作麻利异常。

处女膜当然还在，但是，阴道发炎了。医生卷着眉头，啧啧啧，味这么重，太不讲卫生了，回去买瓶妇炎洁喷喷，要天天洗澡，特别是下身。

老头老太不解："为什么要天天洗澡？"

医生剜了老头一眼："刚从乡下来的是不？！城里人哪有不天天洗澡的。"

老头腰塌下来，像被挖掘机吃了一口的老房子，脸红成了煮透的大头虾。他脸一红，头发更白了，雪崩一般坍在肉墩墩的头上。老太太吞不下去，想和医生理论，却被老头一把攥住了。

曹大昂发现自己突然很同情老头老太两口子。

在医院的大门口，曹大昂向老头伸出手去："我要赶去上班，不能陪你们回去了。再见。"

老头一声不吭，漠然地伸出胖胖的手，他的手硬邦邦的，手指都没动一下。

婷婷摇着风车说："叔叔，再见！我找强强去啰！"

老头拉起婷婷就走，老太太碎着脚贴了上去。风车在婷婷手上转啊转，色彩流动。

望着老头老太的背影，曹大昂突然发现有什么不对劲。他举起右手一拍脑门，恍然大悟——我们没做错什么啊，我们才是清白的，凭什么被他们折腾了老半天。

不行，他们得跟我说声："对不起。"

撒开双脚追了上去。

气球

在我们小学毕业典礼上，语文老师兼政治处主任程远大说，天上不会掉馅饼。

这点我和大头都不同意。树上的知了也不同意，知了不屑地大声说："知了！知了！"我压着嗓门说："去！黑白讲。"大头没出声，他扯了扯我的衣角。大头学名许大春。

我们这里叫月港，位于九龙江出海口，几百年前，世界上走船的人都知道，那时候皇帝姓朱。当时街上常住的洋人就有几百个，孩子们最喜欢干的事是坐在码头边上，瞅准哪个洋人腿毛比较闪亮，屏住气蹿上前一人采摘一根，飞奔到江边比长短，比粗细，留下洋人在码头上摇头苦笑。如今不足一公里长的江岸还嵌着七个码头，老得抽了筋，分别叫饷馆露头、路头尾露头、箍行露头、容川露头、店仔露头、阿哥伯露头、溪尾露头。我们村子就在阿哥伯露头和溪尾露头之间，叫溪尾。挨着码头的是笔直的街道，街道两边都是店面，但是政府担心老百姓做生意会伤脑筋，所以店面变成了门板。街道外面跨过一道总有云在水里散步的水渠，是一片宽阔得可以跑死马的毯子一般平整的水稻田，稻田后面是一横叫丹坑山的山梁，山的后面，还是山，一直到天边。

近几年东南风特别使劲的时候，常常有气球打台湾海峡飞过来。气球吊着草绿色的军用包，军用包瓷瓷实实的，里面有传单、毛巾、肥皂、背心、尼龙丝袜、收音机、手表、文具、急救药品，还有糖果和压缩饼干，甚至还有糯米饭！看一眼，嘴巴里口水马上汹涌而至——我们从小就没有吃饱过，我们的胃肠对所有的食品充满敬意。气球经常飞着飞着累了，瞄到开阔的田野，晃悠悠的就下来了。偶尔风突然要起小性子换了方向，气球就又晃悠悠地攀到天上，飘飘飘，飘回海上去了，让刚刚兴奋起来的胃肠难过不已。

去年秋天我们村的人好不容易在刚收割完的稻田里扑住了一只大气球，正把东西按人头分作一份一份摆在田里扯了稻茬抽签呢，公安来了。大头他爸背着生了锈的步枪走在最前面："让、让、让、让开！让、让、让、让开！"

公安很严肃地批评教育了村民们，然后把吃的喝的用的全部请走了，就留下那些花花绿绿的传单。

大头脚上的人字拖就是那回公安奖励他爸的。公安还奖励了他爸一罐压缩饼干，味道比传说中的馅饼香多了。

——程远大不明白知了的意思，但他听到了我在说什么，有点尴尬，站在台上狠狠咳嗽了两声："接上级紧急通知，最近有大量反动气球飞入我县境内，我们全体革命师生要提高警惕，见到气球要及时报告公安，不许私藏反动传单。那些饼干糖果，有毒。隔壁村有人打着火把追气球，追到了，刚凑上去，嘣！爆炸了，把群众的一张脸炸成了锅底。危险啊同学们，要提高警惕啊！"

我和大头坐在阿哥伯露头的榕树下。这棵榕树不知几百岁了，树头庞大，一股生气按捺不住，化作一杆杆粗壮虬曲的大树杈，四面八方伸展开去，活像一群张牙舞爪的苍龙要夺路而走。墨绿的叶子一堆摞着一堆，大山一般遮天蔽日，把供奉阿哥伯的小庙和几亩大的地面笼在一片阴凉里。夏天匆匆忙忙走到榕树前，慢了脚步，但是它走不进树荫底，急得跺着脚喊："热！"树上住着几只野猫，因为怕惊扰了树荫，总是蹑手蹑脚地闪在树叶的背后，偶尔伸伸懒腰。水鸟们对野猫心存敬意，不时地"啾——"一声惊叫着射出树冠来，闪成一点黑影。空气咸咸的，有淡淡的海腥味，牡蛎壳的腥味。放眼望去，几只白鹭把身子绷作"一"字一趟一趟横过江面的浪花，将毒辣辣的日光撞得白花花的。

大头的爸爸姓张，不姓许，全名张旺根，三代单传，外村人。他爱讲话，偏偏口吃得厉害，听他说话能把你急死，大人小孩都叫他"大舌根”。我爸说，旺根就是可以生许多后代香火旺盛的意思。旺根出身不好，富农，一直找不到老婆，于是入赘到我们溪尾。张旺根个子小头更小，常常一副吃惊的模样，长得一点也不像他儿子。我们大队的党支部书记许地瓜特别关心他们一家，前几年老民兵营长在演习抓特务时淹死在月港的江水里，许地瓜马上力排众议推荐他当了民兵营长。当了民兵营长后，他不用跟着大家一块下田了，不知打哪里顺来一身旧军装，领子最上面那颗风纪扣也扣上，整天踩着影子跟在许地瓜的背后，一起模仿肥鹅走路，身子挺得比背后的步枪还直。不过去年分田到户后，人民公社不神气了，他也失了锐气，军装收了起来，每日蹲在自家的田头发呆。

大头看不起张旺根，他说：“大舌还爱啼！吹个牛都吹不好，还要闭眼睛！”

大头喜欢许地瓜。他说不清为什么。

他们两个一个模子倒出来似的，都是大脑门深眼窝，皮肤白苍苍，左眉头里埋着一颗大黑痣。只不过许地瓜大一点，旧许多。

许地瓜也喜欢许大头。

比如大前天中午，我趁着爸爸睡午觉偷偷拉出他的自行车，和大头在街上骑。大头手脚笨，骑起来左歪右扭，一点也不像骑车，倒像是车在骑他。许地瓜正好迎面过来，鼻孔朝天只用下巴看路。大头急了，大叫：“不要动！不要动！”许地瓜一下钉在街心不动。大头撅起胳膊左拐右拐，一头撞进了许地瓜的怀里。许地瓜一屁股坐在了地上。糟了！我的心都提到了嗓门眼。没想到许地瓜爬起来，顾不上拍自己的屁股，探出手把大头扯起来，扶直了，搓搓他的脸蛋，笑：“你瞄准呢！”要换成别个孩子，许地瓜早就一巴掌劈过去了。

许地瓜在他的四只上衣口袋里摸摸摸，摸出了两粒话梅糖，塞进了大头的裤袋里。

话梅糖滋味真好，放到嘴里，口水哗啦啦出来了，小肠也跟着跳起舞来。

我忍不住问我爸，大头不会是许地瓜的亲生儿子吧？我爸仔细看了我一眼，说，去，去供销社打瓶酱油。

大头的头很大，可是大头的胆子很小，他甚至不会游泳！我们月港的男孩子怎么可以不会游泳呢！可他就不会，他怕水。

前天中午，知了叫得有气没力，整个村子都睡着了。我们跑到容川露头边的江堤上放风筝。容川露头很长，亮得照得清人脸的老石板一排衔着一排，远远地走进江水里。这时东南风吹得正好，风筝噌噌噌蹿上了天空，在天上大张着眼看我们和容川露头——我在风筝上用墨汁涂了一张大脸，冷不防一看会以为是许地瓜正要找你发脾气或者传达上级指示精神。大头看了，笑得窝在地上，肠子笑直了。大头掏出程远大发给他的三好学生奖状，打我手上抓过风筝线椎，穿进去，说："让他高兴高兴！"

奖状打着转，咻咻咻叫着，跑到许地瓜的鼻子底下去了。

我正想把线放得长一点，大头突然喊："大耳，看，气球气球！"

江面上来了一只气球，银色的，向着容川露头晃悠悠走了过来。

冲啊！

差点冲进了江水里。气球，气球！气球就在头顶，军用袋就在头顶，军用袋里肯定有吃的！

只听得"啪"的一声，气球破了，花花绿绿洒下许多纸张来。可是气球不往前走了，一步步向江面退去，跌进江水里，江水扛起它，急匆匆往下游跑去了。

我一发力刚要扎进江水里，大头把我抱住了："你不要命了？！"

只好一齐抬起眼望着江面发痴。大头自言自语："要是我能飞就好了。"

我觉得他这个想法很可取。

气球很快连影子也不见了。

潮水还没上来，容川露头边两边都是望不到边的咸草，往东望，满眼绿，往西望，绿满眼。

石板上，几张传单让风吹得痒了，翻了几下身子。捡起来一看，都是上了膜的彩色照片，很硬朗。上面有一个胖胖的年轻女子，叫邓丽君，邓丽君的笑容甜得发出花蜜的气味。石板下躺着两张崭新的十元人民币，颜色不一样，明摆着不能用。

我们把传单和钱折成纸船，放进江水里。纸船沾了水，兴奋起来，朝着厦门方向紧手紧脚地漂去。厦门再过去就是金门，那是另外一个世界了。

我捞了根细竹竿杵露头边的招潮蟹玩。但招潮蟹不理我，一见竹竿的影子，立马收起红焰焰的大钳钻进了烂泥里。实在没意思。望望江里，潮水不知什么时候已经推推挤挤地涌过来了，只好回头走。

大头突然踩着铁钉似的尖叫起来："蛇！"

呀，还真是的，一条尺把长的蛇盘在我的脚前，绿得咸草一般，仰头望着我。赶紧一竹竿下去，抽死了，挑起来，甩进咸草丛里。

刚走两步，面前又是一条，于是一竹竿又抽下去。再走两步，又是一条。

大头躲在身后扯我："别打了！蛇有灵性，闻到味会叫来同伴的！"

我一听，鸡皮疙瘩一路从脚底蹿到了头顶，噼噼啪啪。抬眼往前一看，天啊，一条条蛇就在露头两边，往前赶，要攀上石板挡住我们的去路，有两条已经翻到石板上了，远远望去，我还以为咸草也会跑路呢。大头软在石板上，大哭，妈啊，妈！江水轰隆隆涌过来了。我背起他，冲。大头很配合，就像长在我身上似的。

跑到了街上，街上都是没膝的江水了，一群飞鱼排着队沿着街面泼啦啦飞，有两条一不小心把自己射上了街角的土地庙。这是个大潮水的日子。

江风从东南方向徐徐走过来，迎着面轻轻抚过了，像妈妈的手，毛孔也打起呵欠来，我们不知不觉靠着树干睡着了。因为睡得实在，我甚至做了一个梦，梦到了一个房子一般大的气球落在了脚边，军用包摔开了，里面有饼干、糯米饭，还有好几包的话梅糖，口水一下就下来了。赶忙喊大头："快点快点！快点搬！"不然被公安抢走就没得吃了。

口水一长，醒了过来。一看，涨潮了，江水已经把咸草和露头都吃进去了，江面浩浩荡荡眼睛都望累了才找到对岸，大头的头压在我肩上，正在梦里吃东西呢，口水顺着胸口流下来，在肚脐眼里养出了一汪清亮。

我把他摇醒了。大头舍不得梦里的吃食，半睁着眼在梦与现实的边缘进进出出，目光迷离，一会儿长一会儿短。突然，一股口水又从嘴角探出头来，大头赶忙把头一仰，想把口水兜在嘴巴里。

可是，他的头僵住了，嘴巴张得像山洞，口水哧溜滑到地面来，他也不抬手擦擦，眼睛直直盯着树顶，好像看到了老虎。

不会吧，树冠外的天上蹲着一只气球呢！这只气球足足有两三层楼房那么大，气球下挂着一个大大的军用包，一条绳子已经松开了，垂到树荫里来，正模仿着榕树的气根，在东南风里轻轻摇摆。

天上掉馅饼了！天上掉馅饼了！赶紧跳起脚来抓，可是，我不会飞，根本够不着。我脑子一跳——我可以让大头骑在我头上抓啊。

大头大头！

地上连大头的影子也没有。

大头在树上。大头伸手去够，够不着，差点栽到树下来，还好抓住了身边的树枝。我喊："大头小心！"

大头不理我。他死死盯着气球，松开双手后退两步，站定，深吸一口气，突然，"嗷"的一声冲了出去。他把自己射出了树冠，射向了军用包。树上的野猫和水鸟吓得尖叫着扑进日光里。他没抓着军用包，但是，他抓住了军用包下那条绳子！他在榕树的头顶双脚蹬得像踩了风火轮，他右脚的拖鞋把持不住，飞进了江水里。

太危险了！我赶紧爬到树上去，直了手去够他的脚。

忽然，脸上一凉，天上的白云像挨了鞭子的羊群，向西北方向逃去，一阵风打江面上猛扑过来，满树的叶子齐齐翻过身来。

气球晃了一晃，拔起身就走。到了江堤上，它沉了一沉，大头的脚将将踩到了地面。我喊："放手大头！放手！危险！"

大头满脸通红，着了火一般。大头尖叫："不！我要它！！！"

江面起了波浪，一艘开往厦门的客轮号叫着冲了过去。一阵狂风撞开客轮杀向气球，气球滴溜溜转起来，大头抓着的那条绳子把他捆成了五月初五的粽子。

风疯了。我的脚刚踩上地面，气球已经扯起大头，盈盈地升到了空中，越飞越高，跨过村子的屋顶往稻田方向去了，稻田的上空，云朵追着云朵。

我一边追一边拼命喊：“救命啊！救命啊！救命啊！大头飞了！大头飞了！气球飞了！气球吊着大头飞了……救命啊……”

空气里都是我的声音。凄厉，恐惧，绝望。路边的母鸡吓坏了，扔下鸡崽一头埋进稻草堆里，拖下一路的稀屎。

大人小孩马蜂一般涌出来，内裤赤膊的不少。大头他妈扣住我的胳膊，差点把我的肉抠下来：“大耳大耳，你喊什么？”我赶忙指着天上的气球，气球正匆匆忙忙地往丹坑山飞奔，气球下面挂着军用袋，军用袋下面挂着大头，大头的头看起来一点也不大了，像一粒小地瓜。

大头妈妈愣了一愣，突然睁大眼睛大喊：“大头啊！大头啊！”跑没几步，晕过去了，两眼翻成了卫生球。

大家发一声喊，一齐跨过水渠沿着田埂追了上去，除了穿着破背心的张旺根。

许地瓜冲在最前头。刚跑上两步，他脚一滑，摔进稻田里。他爬起来，一身泥水，也不像往日那样把稻棵扶正了环顾四周点点头，而是起身就冲，结果，一脚踏空，又把刚抽完穗的稻子压倒了一大片。

跑得身子散架了才追到丹坑山前，可是大头早已消失在山背后的空气里了。

许地瓜在地上发现了一只拖鞋，鞋头朝着溪尾。一看，是大头左脚上的那只。

大家眼巴巴地望着丹坑山顶，望得眼睛酸出水来。于是有人摇摇头，叹了叹气，转头朝家的方向走。其他人一看，也摇摇头叹叹气，潮水一般退了回去。

许地瓜仔细看了看丹坑山顶，日头已经歪了，云都逃到山背后去了，天上空荡荡的。他抹抹眼角，垂着头踩着村民们的脚印回去了。

丹坑山前留下了四条人影。一个是我，一个是我爸爸，我爸面前，站着张旺根，张旺根泪汪汪地望着我爸爸。张旺根穿着旧军装，风纪扣扣得紧紧的，把喉结都挤歪了，满头大粒汗小粒汗。我爸爸身后还闪着一个人，喔，是程远大老师。程老师总是要求我们积极反对封建迷信活动，听说因为老婆天天烧香，他和她进行了坚决的斗争，暑假也不回家了，和新来的代课老师吴老师一起住在学校里。吴老师皮肤很好，像剥完壳的煮鸡蛋，她的身子很饱满，胸前气派，让人看了有把头脸埋进去的想法。

我爸本来要到镇上上班，见到大头在天上飞，赶忙扔了自行车，追上来。

爸爸带着我们绕过山脚。

面前闪出一条小路，左折右拐地走入了山里。小路旁边一条小溪，水流平缓，山和云一齐在水里走。我们沿着小路走进了山里。爸爸说，这风一路走，总是要到二十里外的九十九坑才会停下脚来。九十九坑是个大山谷，四面的高山上飘下来九十九道白练也似的细水，汇在一起，就是路边这条清亮亮的溪水，当年炮打金门时我爸因为出身地主家庭，被荷枪实弹的民兵押到那里管制劳动，准备一旦局势紧张时就地处决。

二十里的山路实在太长了，走不到一半腿就木了，沉得拖不动，喉咙冒出烟来。到溪里灌了一肚子的水，我瘫在了地上。

张旺根和程远大喝了两口水就急匆匆地上路了，两条脊背湿漉漉的。

爸爸拉起我来：“快点快点，大头肯定在前面，坚持坚持，大头是你最好的朋友啊。”

大头是我最好的朋友啊。

又走了半个时辰，路边冲出一座山崖来，山崖顶上，一座石头寨子。爸爸说，那就是猪哥寨，土匪的窝，只有一道断断续续的石子路，蛇一般游上去，一夫当关，万夫莫开。

转到山崖前，爸爸眼睛一大：“你看！你看！”

大头啊我最好的朋友啊。气球钩在猪哥寨的石头墙上，软耷耷。石头墙高大，和课本上的长城一样气派。

张旺根长号一声，刨了上去。我们赶紧跟在他身后。山路陡得竖在鼻子前，太难爬了，费老大的劲才能找到一个下脚的地方，手脚根本不够使，要不是我爸手快，有几次我早摔到悬崖底下去了。看来当土匪也不容易啊。

气球就挂在寨门前，军用袋瘪了，里面空空的，连一张传单也没有。大头悬在军用袋下，短裤头不见了，光溜溜的，鸡鸡比拇指大一点，竖老高。

张旺根看了，眼珠一白身子一挺昏了过去。程远大赶忙托住他，放在草地上。程远大浑身抖抖抖，摸出一串木头珠子，闭上眼边数边不断地跟自己说话。我后来才明白，他手里的东西叫佛珠，他跟自己说的是，阿弥陀佛。

大头硬邦邦的很不配合，我和爸爸费了老大的劲，才把他解下来。

这天是公元 1983 年 7 月 26 日，农历六月十七。

花生落

那天傍晚，我背着书包踢踢踏踏往家走，肚皮贴着脊梁骨。路上，我看到隔壁的桂英姐了，她粘在小货郎的身后，影子一般，脚步像蝴蝶飞舞，鹅蛋脸红扑扑。

桂英姐的衣服太小了，根本就困不住她的身体了。

见到我，桂英姐眼睛一大，额头爆出了豆大的汗珠，耳朵也红了，整个人缩进小货郎的影子里。

我早上上学时在花山溪转弯处的那棵苦楝树下迎面撞见小货郎了。他背着满满一背篓的东西，浓浓的眉毛上挑着几粒汗星，亮闪闪的，和他的眼睛一样。

小货郎的脸着了火，汗珠子争着抢着爆出来。望着挡在面前的我，他的胸部上上下下起伏了好一阵，咳嗽了两声。

他探手捏捏桂英姐的手掌，放下背篓。桂英姐右手伸到背篓里闭着眼睛摸了摸，摸出一只右拳头来。她拉过我的双手，把右拳塞进去，眼睛水汪汪地盯着我："阿弟，你没看到阿姐，对吧？"

我看看她的拳头，又看看她的眼睛，她的眼泪已经滚到睫毛根了，眼白眼角红红的。

我点点头。桂英姐长长地噗出一口气，把拳头松开了。

十几粒苦楝般大小的东西卧进了我的掌心里，怯怯的，颤颤的。

桂英姐他们小跑着消失在远处的山脚，把一条孤零零的小路扔给了我。小路埋在野草里，有蚂蚱不时地蹦到了天上，一折一弹，又没入了草丛里。

我松开手掌，哇，十几只花生荚子，大大方方的，浅白麻子，细腰，曲线，像桂英姐。掰开一只一看，里面一胎儿三粒粉红的胖东西，每一粒都饱满得像桂英姐的身子，红彤彤的像桂英姐的脸。

搓去粉红的膜衣，象牙色的豆瓣孪生儿似的紧紧抱在一起，光滑，水灵。

我的胃肠快乐地叫出声来，嘴巴里波涛汹涌。

我吃过的零食除了爆米花，就是生花生了。阿姆说阿爸曾经给我吃过糖炒蚕豆，可那是我两岁多时的事，我根本就记不得，连在梦里我都没能想起糖炒蚕豆是个啥滋味。我记得爆米花的滋味，我经常在梦里看到一只黑乎乎的大铁葫芦，架在柴火上，慢慢地摇，摇呀摇，吱扭吱扭，最后对准一个旧麻袋，砰！口水就出来了。

我半年多前刚刚吃过生花生。那天隔壁桂英的阿兄娶老婆，送嫁婶用簸箕装了浅浅一层花生荚子念念有词地甩出一道弧线，我们全土楼的孩子一齐猛扑上去，抓住花生荚子就往嘴巴里塞，一咬，不对啊。才知道吃花生要剥壳。我们嚼得嘴角都是白浆子。送嫁婶高声问："生不生？！"我们齐声尖叫："生！"当天晚上桂英就睡到厨房去了。没那么多的房间睡人啊。

我拈起最小的一粒花生放进嘴里，口水立马涌上来，挤得它在舌头上打了个滚，喉咙也直了。赶忙用舌尖顶住，轻轻一咬，嗞，好鲜啊，鼻腔里都是泪水。

天，这是生花生，活的！

老师说，鸡生蛋蛋生鸡，子子孙孙无穷尽。我要种花生，我要我的花生生出无穷无尽的花生荚子。我要吃花生，糖煎的，炒的，煮的，炸的，天天吃。全土楼里的孩子都来吃。全坂仔小学的孩子都来吃。要是我去城里，我要到动物园喂猴子吃，老师说城里有动物园，动物园里有猴子，猴子是人类的祖先，猴子也喜欢吃花生。

我把口水一浪一浪咽进喉管里，剩下的花生塞进裤兜里，怕它们蹦出来，一路用手压着。

夕阳从嘉溪山矗立如锯齿的山顶上梳下来，披在路边的花山溪上，一阵风吹过，水面碎作一摊金子。花山溪的水真清啊，水底的鹅卵石一粒挤着一粒。

嘉溪山下卧着一群土楼，像雨后的蘑菇，我家就住在北边第三朵蘑菇里。

咦，我们土楼的外墙上刷了一道新标语，白苍苍的：“反击右倾翻案风，1976.2.27〔宣〕。”

我早上出门时还没有啊。

我已经上了半年多的学，这些字我每个都看得懂，但它们拼在一起是什么意思我就不清楚了。而且我也搞不懂那个“宣”是什么人，是支书赖番薯？还是瘸着一条腿的文书赖长寿？

阿姆在土楼的大门口。阿姆正把墙脚的一棵老芹菜捡起来，种到一个豁了嘴的碗里。阿姆浇了水，把碗放到了我家窗台上，老芹菜不一会就站直了。

天很快就黑了。

我把裤子卷起来，把花生卷在最中间抱在怀里，开始在梦的边缘进出。土楼里的老鼠很凶的，但它们还不敢到人的怀里抢东西，不像前几天刚来过的工作队。

半梦半醒之间，我听到桂英的阿爸在院子里喊：“桂英啊！桂英啊！谁看到我们桂英了？谁看到我们桂英了……”

声音很难听，好像要哭出血来。桂英的阿姆没哭，桂英的阿姆死了好几年了，我都记不得她的脸是圆的还是扁的了。

我看到桂英了吗？没看到啊。我是个男子汉，说话要算数的。再说桂英姐是自己走的，而且她想走啊。跟自己喜欢的人走有什么错呢。

我在梦里种花生。手一撒，花生仁还没落到地面上，花生毕毕剥剥就长出来了，长得像我们学校旁边的那几棵梧桐一样高。整棵花生树上挂满了花生荚子，连树干树头都挂满了。我认识的所有孩子都围过来了，家里的锅碗瓢盆也带来了，垒灶起火，炒，煮，炸，忙得都是笑声。赖番薯的儿子赖志坚甚至把家里的那罐红糖抱来了，他说，来来来，糖煎！

太香了，比爆米花香，香五倍。

第一天，土楼里动静与往日没有什么不同，桂英的阿爸和阿兄都扛着锄头出工去了，好像在这里活了十八年的桂英是一张影子，风一吹，不见了。

第二天是星期六，我们只上半天课，我整个上午一点都没听进去，因为花生们老在我大腿边上蹭来蹭去，催着我赶紧把它们种进土里去。我的语文兼数学老师卷着眉毛盯了我一上午，好像我是一只从城里跑来的猴子。

阿姆喝完几碗稀饭后又出工去了。我急急忙忙跑到土楼的后面。我们家的菜园子就在土楼和嘉溪山的山脚之间，上面种满了荷兰豆。那是阿爸种的，阿爸还用石竹竿给它们搭了几排整整齐齐的架子。阿爸搭这些架子整整用了三天，阿姆说她在绣花呢。阿爸说，豆子长出须子来时要记得帮它们搭到架子上，荷兰豆不会自己爬架子，爬不了架子就长不好豆子。阿爸还说荷兰豆开花的时候他就回来了，到时候他要给我带一大把的糖炒蚕豆，让我吃到牙根麻麻的酸。

阿爸又跟着戏班子到远处去了，阿爸会拉二胡，阿爸还会打笃鼓。阿爸说笃鼓打不好武生会摔死，不能开玩笑。听说阿爸原来也是我们学校的老师，教数学。可是他出身不好，上面不让教书了，因为我爷爷十多年前给抓到一个叫甘肃的地方去了，再也没回来。大家说我爷爷是右派，但我不知道什么是右派，是不是喜欢用右手的就是右派啊。可赖番薯也喜欢用右手，他却说自己是左派。赖番薯说他不喜欢批斗我阿爸，赖番薯的阿姆是我阿爸的奶妈，他们吃的是同一个奶子，所以就开了张条子盖个红章子让我爸跟路过的戏班子走了。

地面都是膝盖高的荷兰豆秧子，绿茵茵的，没有空位置了。只好找来一把破锄头，在山脚下扒扒扒。嘉溪山的山脚沙沙的很好扒，半个下午我就扒出了一块长条形的空地来。我学着阿爸的样子，把它整成了一道菜畦的模样，豁了两排小坑，掏出灶坑里的草灰，铺进小坑里。

我把花生仁掰出来，摊在桌面上，学阿爸种豆，搬过煤油灯，旋下灯头来，灯芯尾巴一粒点上一下，点得花生仁油汪汪的。

为什么点煤油？地里有虫子啊，地里有老鼠啊，虫子会咬老鼠会啃，它们的胃口都比小孩好，可谁愿意往嘴里塞煤油？那太臭了，谁受得了啊。

我把花生一粒一粒点入小坑里，轻手轻脚地培上了沙土。

我浇水的时候，身后一暗，原来是阿姆。

我当然不能告诉阿姆花生是桂英姐给的，我说是在花山溪拐弯的那个地方捡的，捡了一路，才十几颗。

阿姆很高兴，阿姆说，我儿子真能干！

阿姆找来一堆碎砖头，垒在山脚上，她说，土太松了，不垒上雨一大就垮了，到时连荷兰豆都吃不成。阿姆还跑到花山溪边采来一大束的太阳花，一根一根种进新垒出的墙上，水一泼，一堵墙就活了，绿茵茵的。

我问阿姆，花生会不会长成比土楼高的树啊？阿姆笑，花生树？没听过，我知道花生地上开花地下结果，不过这回是你种的，说不定会长成一片树林子呢。

窗台上的老芹菜长新叶子了，一片，两片，三片。

从此我每天早上眼睛一睁开就跑到菜园里看，看，看我的花生。阿姆总是笑话我。

一连五天都没动静。我有点担心了，会不会是我水浇得太勤，沤坏了？还是虫子老鼠饿疯了，不讲道理了，煤油也敢吃了？

第六天早晨，我眼睛还没睁开就决定了，无论如何要刨开一个坑看看，看看花生仁还在不在。

我蹲下身捡起一个破瓦片正要刨下去，突然感觉眼前有点不对，有一点淡淡的绿，若有若无。拨开浮土一看，一下蹦到半空中，呀，花生发芽了！不是一棵芽，是一撮！

我整天笑眯眯的，嘴都合不上。赖志坚他们纳闷了，问，怎么回事？捡到好吃的了？

我才不告诉他们呢，这是秘密！秘密这只小兔子一直躲在我的胸膛里，差点把我的肋骨踹折了。

那天傍晚，所有的花生都出芽了，嫩嫩黄黄，太好看了，眼睛太爽了。

赶忙搬来浇菜的水桶，尿上，掺好水，一小瓢一小瓢地浇。我的尿是童子尿，很好使的。上回隔壁土楼的润德公游街时挨了打，抬回土楼时一口气没接上，死过去了。当时赖番薯接了一碗我的尿灌下去，润德公的花白胡子马上颤抖起来。赖番薯嘴里低低说一声：“好。好使！”

每天揣着个秘密睡觉，真舒服。

我的尿真好使，花生争着抢着往上长，没两天，整条菜畦绿透了，都是婴儿小手掌似的细叶子，绿得发晕。

花生竟然是一种爱睡觉的植物。每天傍晚日头刚刚斜过去，它的叶子就慢慢往上合，天一黑，叶子一对一对抱在一起，睡着了。

过了三星期，花生长过了我的膝盖眼，不再长了，花生开花了，那天清晨，青青的花生株上，露出一点一点鲜黄的嫩苞，顶着露珠，湿漉漉的。中午，小苞绽开了！一点两点，点在万绿丛中。仔细一看，像一只一只开屏的迷你孔雀，一朵比一朵骄傲。几天后，花生花开疯了，每株都成百上千地开，一眼望去，数不清的小黄花星星点点地洒在椭圆形的绿叶丛中。整垄菜畦绿里透黄，犹如翠绿的大毯子镶着粒粒金灿灿的宝石。蹲在菜畦边，一缕缕香气排着队钻入胸腔里，我都要醉过去了。哦，开花了，结果吧。

花生大概懂得我的心事。花朵招摇一阵后，枯萎了。长在顶端的花蔫了就蔫了，那些生在枝杈下端的花却不这样，花瓣刚蔫掉，萼管里立马探出一条条针一样的细丝来，绿莹莹的，阿姆说，这叫果针。果针见风就长，闹着抢着，谁也不让谁，它们先向上长，几天后，长长了长胖了，弯下腰来，急着要把头埋入土里。

阿姆帮我松土，培土。她说，落花生落花生，花生很怕羞，花生要落到黑暗的土里才能生，花生和好人一样的脾气。

这时，荷兰豆早爬到架子上了，在花生畦边，站成一堵堵浅绿的墙。阿姆种在碎砖墙上的太阳花也快把整堵墙爬满了，太阳一出来，一堵墙开得吵吵闹闹，浅红深红，都是花。阿姆开心了，每天都要摘一朵太阳花在鬓边插半天，她说，荷兰豆开花时阿爸就回来了。可荷兰豆就是不开花。

等待的日子一天比一天漫长，花生开起花来没完没了，都已经一个多月了，还不停下来喘喘气。我都快揣不住我的秘密了，我都快要生气了。

天气比我没耐心，突然就翻脸了。这天是星期天，还不到五点天就亮堂堂，出奇的热，闷，天上都是云，一动不动，好像闷傻了。我刚起床，呱呱呱，呱呱呱，土楼突然掉进一阵高过一阵的青蛙喊叫里。青蛙的喊声惨烈，像打雷像敲大鼓。不断有青蛙跳入大院里来，大大小小，桂英她们家的那只最喜欢吃青蛙的歪脖子公鸡也看呆了。这时铺天盖地的红蜻蜓落进了院子，土楼的像井口一般圆的天空不见了。青蛙不理睬蜻蜓，顾自把身子鼓成气球放声吼叫，呱呱呱，像要去赴死的古代勇士。蜻蜓在土楼里轰轰隆隆飞了半个多小时，把燕子也撞得晕头转向，忽然，排好队形洪水一般从土楼的大门涌了出去。歪脖子公鸡打了个激灵，追了出去，脖子一长，叼住了一只又肥又大的红蜻蜓。

我的心一颤，抬脚就往菜园跑。青蛙根本不把我放在眼里，不断地蹦到我脚下来，砰、砰、砰，被我踩爆了。

三脚两脚到了菜园里。一看，老天保佑，蜻蜓都飞到花山溪上去了，我的花生完好无损。我长长地吐了一口气。

啊，荷兰豆开花了，不是一朵两朵，是全部开花了，紫莹莹的，开成了一堵堵花墙。太好了，阿爸该回来了。

我回头往花山溪跑，我要去接阿爸，我要骑在阿爸的肩膀上，一起到菜园看荷兰豆，看花生！

我等到中午，眼睛都望酸了，也没看到阿爸的身影。

倒是桂英姐的老爸拎着一只包袱和她们家那只歪脖子公鸡匆匆忙忙往墟上走。见到我，他特意停下来，说，桂英在城里卖东西呢！

他的脸笑得都是皱纹。我的脸着了火。赶忙低头寻找草丛里的蚂蚱。

倒提在他手里的公鸡见我没有出手相救，很生气，已经走出老远了还翻起身直了脖子骂我。不过它的叫骂很没气魄，咯咯咯的，像只受了委屈的老母鸡。

突然来了一股风，凉丝丝的，脚下的野草猛然齐刷刷向北侧过头去。我吃了一惊，抬眼一望，天，只见风甩着闪电赶了乌云轰轰隆隆打远处的十尖山奔涌过来，一眨眼，把天关上了。

路口那棵苦楝的叶子“唰”一声全翻了过来，树冠被风狠狠地摁到了地上，树冠挣扎着要起来，可风不答应，死死摁住，一阵暴揍，差点把树冠打烂了。

赶紧跑啊。跑得飞起来，胃差点蹿到嘴巴里，舌头泡在酸水里，苦，涩，动弹不得。

几道闪电狠狠劈过，风突然顿了一下，雷声猛然从地里炸出来，啪！轰——

乌云吓坏了，跌了下来。啪啪啪啪啪，不管不顾地扑向地面。地面起了烟起了雾，白蒙蒙的。山啊树啊草啊，都闪进水里去了，看不见了。雨越下越大，土楼的大院不一会儿就成了一口深不见底的池塘，天要坍下来了。

阿姆说，天漏了。

天啊，好大的雨啊，轰轰轰，好像有无数个疯子在咆哮，整座土楼浮在了瀑布里，太恐怖了，眼光刚走到窗门前，就被雨柱暴打回来，耳朵里只有水的吼声。我只好缩进阿姆的怀里，把脑壳深深埋了进去。

雨一直下到第二天中午才停。雨一停天就开了。阿姆种的芹菜开花了，一粒一粒，碎碎的，像米粒。

雨水汇作一条条小河，哗哗哗哗，向花山溪小跑而去。

哦，花山溪变成了一条浊黄的巨龙，一浪扑向一浪，吼叫着向东南方向狂奔。

我刚冲到土楼背后就傻了。嘉溪山的山脚垮了，黄土夹着石子，把整个菜园都吞没了，黄泥差一点就淹到土楼的墙脚，别说花生，就是荷兰豆的架子也看不到一丝踪影。

我的心空了，风湿漉漉吹进去，咣咣咣，响。

阿爸，你怎么还不回来呀！

出走

老张把自己的行李收拾好，坐在厅里的小塑料凳上看钟表，老张本想坐在沙发上，沙发软绵绵的，看了全身都馋，可屁股还没贴上沙发的皮，孙子可着嗓子叫起来：“哎呀，别坐！别坐沙发，妈妈说了，今天来客人！”

孙子正在地上玩玩具火车，呜……嚓嚓嚓，呜……不吃不吃。老张左脚蹭蹭右脚，老张的手在膝盖上捏来捏去，头上戴着他刚到城里时顶着的那只前进帽。

老张的两腿有点麻，老张的脸冲着墙壁，眼角瞟着阿宝的房间：“我真走了啊。”

阿宝没反应，阿宝是老张的儿子，他正猫着腰收拾文件，似乎今天公司里有特别要紧的事，他肯定不知道外面的略带寒意的空气正酝酿着一场秋天的雨，更不会注意到厅里还有一个爹，而且这个爹正在跟自己说着话。

今天什么日子，街上这么多人娶老婆？婚车一辆一辆滑过去，生怕落在时间后面似的。车轮一压，街面上的落叶咿咿呀呀嚷起来，在车轮后面舞作一团，兴奋得像古代的书生要入洞房。

9月18日，九·一八。街道的拐角处，有电子显示屏，上面有时间，还有活动的标语：“保护环境，人人有责！”显示屏下面是一个垃圾桶，垃圾爬了一地脏得无法下眼，桶里倒是挺干净，只有几张花花绿绿的宣传画。

刚要拐过街角，天上呜呜呜惨叫起来，老张知道，这叫防空警报，老张年轻时候经常和大队的领导一起到这座海边的城里收粪水，听过几次，那时天上会有台湾飞过来的飞机，擦着楼顶飞过去，飞机外面的青天白日清清楚楚。老张小跑两步，到一棵大榕树底下蹲下身来，双手抱住后脑勺。可是抱了好一会的脑袋，也没听到什么特殊的动静，除了呜呜惨叫的警报声。老张睁开眼皮，咦，街上并没有什么异常，人群如蚂蚁，脚步一点也不慌乱，挤挤搡搡地往前涌去，好像警报声根本就不存在。不远处的垃圾桶旁有两个拾荒的，衣衫褴褛、表情轻松，正一边说笑一边瞄着自己。老张的脸一下烫起来，赶忙提了行李袋往前紧走。

拐过街角，天一下子大起来，江滨路紧贴着江水，长到大边去。天空黑漆漆的，乌云一口一口地吞吃着江里的海水。警报声不见了，雷声一阵紧过一阵，远处，灰色的轮渡正在靠岸，既惊又慌；几步开外，有几对颜色各异的男女在沿江的石栏杆上，紧紧地搂作一团一团，好像对方的嘴里有好吃的东西，啃得啧啧响。公交车站在轮渡码头外，远远望去，都是人头。

老张的前脚刚踩上公交车的踏板，后脖领一紧，两脚一拌蒜，摔回人堆里，一个女声杀入耳朵来："哎呀，你敢吃老娘豆腐！幸亏老娘长得高，让你摸到了腰，要是老娘长得矮一点，指不定就让你摸到上面的哪里了！哎哟哟，都是个老头了还改不了吃屎，男人真是没一个好东西！"

老张在推推搡搡下好容易直起身来，这才看清面前横着一堆肉，这堆肉套在睡衣里，有两大丘突起在眼前起起伏伏，老张仰起眼，发现肉上面是一饼大脸，三层下巴，左边脸长着一个大痦子，这张脸和阿宝的媳妇有点类似，但是年轻不少，肯定三十岁不到。

老张说，我、我、我……

肉说，我什么我？你吃了老娘的豆腐还想走？怎么办？好办，你吃我两巴掌再走。老娘细皮嫩肉，打到你的老骨头手会疼的，不要紧，老娘有钱！

肉打胸口抽出两张纸来：一个耳光十元！两个耳光二十！谁帮我打？！

人堆笑翻了：太便宜了！一个耳光才十元，不值！

肉又摸出两张五十元的钞纸，晃出一片淡绿来：一巴掌五十元！

谁上啊？

人堆突然就安静下来，互相望着对方的脸，好像搞不清今天是星期几。老张打人缝里瞄出去，见不远处有两个警察正把双臂交叉在胸前，瞄着这里嘻嘻地笑，警棍就勾在各自的小指上，一悠一荡。老张想喊，可是他的嗓子胶住了，声音死活冲不出嗓门眼。

肉急了，弯下腰来，手探进胸口里左掏右掏。这回老张看见了，那里有两大坨的肉，乍眼，惊人。老张的心里叫一声，哎呀我的娘啊，竟然有那么大的奶子！忍不住多看了两眼，看得脸火烧火燎的。

肉掏出了一叠肉色的东西："打一耳光一百元！打两耳光两百元！三耳光三百元！多多益善多打多赚啦哈……"

人堆里的男人们突然如群牛发飙齐声怒吼："你这神经病！再不走抽死你！"

肉脸色大变，左右看了两眼，回身就走，一边走一边嘟嘟囔囔："这世界都是神经病！给钱都不要，又不是什么重体力劳动。这社会疯了！男人没一个好东西……"

老张缓过神来，公交车早走了，人群不见了，警察也不见了，围在身边的是，噼噼啪啪的雨，雨滴生猛，在地上炸出花来，空气中弥漫起一股死老鼠的味。行李袋还在，行李袋是黑色的，已经暗了半边。老张左右一摸，心就慌了：后裤袋的那几十元钱不在了，只剩下一个一元的钢镚，硬邦邦热乎乎的。更要命的是，就算有钱，他也不知道该去哪里。出门的时候心里堵得慌，竟然没考虑到这个问题！想都不想就直奔着公交车站过来了。心里就想着回家回家，竟然没想到自己早就没有家了，就是搭上了车，也不知该到哪儿去。

肯德基门口，老张把行李袋紧紧抱在胸前，望雨。身旁不远站着一位姑娘，二十出头，瘦，面色焦黄，眼如熊猫。姑娘衣物不多，头发扎在头顶，红彤彤的，有点像起了风的野母马。姑娘紧了老张一眼，老张不由自主地就往边上挪了半步。

这时，一个瘦小伙撑着一把黑雨伞跑了过来，全身油墨淋遍了似的，他一抹嘴，脸上马上长出了一道小胡子。小伙子往一个装满饮料的柜子塞进了一堆硬币，柜子噔噔噔吐出了几瓶矿泉水，小伙子三下两下拧开，咕咕咕咕，从头顶浇下来，奇怪，他身上的油墨立刻就淡了，连小胡子也不见了。小伙子拣起雨伞破口大骂："什么狗屁雨伞！质量太差了！色都掉在了我身上！"他正摆好架势要把雨伞扔到街上去，姑娘突然沙着嗓子惊叫："天哪，这雨是黑色的！该死的热电厂！"

老张伸出一只手掌去，这才发现雨滴像墨又像油，他甩甩手，拿手背擦了一下眼睛，眼睛立刻火烫到似的闭起来，眼皮针扎着一般。果然！是黑雨。街边的汽车都成了斑点狗了，再一看自己的身上，阿宝穿黄了才丢给自己的白广告衫早已是斑斑点点，比街边的车好不了多少。死老鼠的味越来越浓了。

望着啪啪响的雨花，老张心缩成了核桃——热电厂？自己原来的家就在热电厂的主机房底下啊。

三年前，热电站的推土机开到了村口，突突突，冒着浓烟。老张和村民们捋了袖子举起锄头盯着推土机的排气管，脸上都是汗珠子，从日出盯到日落，急得推土机都熄了火。那天天刚黑透，阿宝一家子打被挖成一个个深坑的村道摸回了家，高一脚低一脚，踩出了一片狗叫。阿宝很少回家，因为工作忙啊。阿宝说，爸啊，你怎么死脑筋，你把地卖了跟我们到城里住去，你都当了半辈子农民，没当够啊！城里多好啊，干净，亮堂，要什么有什么。开发区的领导说了，要是我们家带头把协议签了他给我们高价，比别人高得多，别人一棵龙眼二十元，我们一百，更不用说房子！

老张的心偷偷扭了两下。可老张说，这怎么可以，大家都说好了的。

老张家在村子的正中心，要是老张把房子卖了，推土机一开进来，整个村子就趴了，也没必要再到村口捋袖子举锄头了。

阿宝说，你跟钱有仇啊，现在什么社会，谁还去管别人哪，除非脑子长虫！

老张瞪了阿宝一眼。

阿宝媳妇甜了嗓子：爸啊爸啊，跟我们去享福吧，也让我们尽尽孝心，村里有什么好，到处是泥巴到处是牛屎，再说爸您也是有文化的人，住在乡下，太委屈了。

老张绷着的脸一下子松下来。老张在村小学断断续续代了近三十年的课，要不是那年风格高，把转正名额让给了牛建国，那现在老张也该是个国家的人了，和阿宝一样，可以穿白衬衫。

阿宝媳妇摸了一下孙子的屁股，孙子哎哟一声，飞进老张怀里：爷爷！爷爷跟我们走吧，我要爷爷带我去上幼儿园，人家别的小朋友都有爷爷带，就我没有，我天天想爷爷哪。

老张的心一下子化了，化成了温水。

老张第三天就进城了，想到自己以后也要像个工人阶级一样地生活了，不由得胸大起来，特地到镇上淘到一顶前进帽，戴端正了，昂首阔步走了出去，他一步一个脚印，好似铁人王进喜就附在他身上。

阿宝用老张卖房卖地卖果园的钱还清了住房贷款，一家人学习结了婚的灰姑娘，在那个春暖花开的季节里，过起了幸福的生活。老张每日除了接送孩子帮着拖拖地板丢丢垃圾外，就是背了双手到中山公园和老头老太们聊天，中山公园的老头老太大多是退休工人，一点也不见外，对老张就跟老兄弟似的。见老张用夹子拔胡子，阿宝媳妇甚至给他买来了电动剃须刀，她说，城里人的胡子都是用刮的，爸啊您要养成好习惯。

幸福的生活如果过于长久那就不叫过日子了，那叫演戏。

随着春天的过去，阿宝媳妇的表情逐渐有所变化，一张苹果脸慢慢变作大麻饼，表情一天比一天简单，后来，只要老张在场，她是决不笑的，老张一坐到饭桌边，她就把眉毛拧成两条细麻花。老张吃不下去，只好端了饭胡乱夹两叶青菜到自己的房间里咽。到第二个春天，她连爸也懒得叫了，叫老张“喂”，她说老张太土气了，可是他们从不给老张买新衣服你叫他能不土？每次都得等阿宝把衣服穿得走了颜色出了馊味才轮到老张穿。老张当然不服气，可老张风格高，生生吞下去。第三个春天一过，她叫孙子过来跟老张睡。老张高兴啊，连着做了几个好梦。只是没过几天，孙子上小学了，读的还是“精英学校”，不用接送的，老张就睡到了厅里的地板上，因为阿宝媳妇说，老人呼出来的气体细菌比较多，会影响孩子的身体健康。

老张躺在地上的第一个夜晚，听到阿宝房间里动静不小，好像阿宝在不停地说些什么，后来，阿宝媳妇大声吼了一句："他白吃白喝！"阿宝也就不作声了。

隔天早晨，阿宝不作声，早早下去买豆浆、油条和白馒头。老张喜欢豆浆、油条和馒头，早餐豆浆油条馒头的才像城里人。老张正在卫生间里刮胡子，阿宝进来了，老张本想跟阿宝说两句，比如别跟女人计较之类。不想阿宝看都不看他一眼，眼睛斜在墙上："对不起爸，你怎么总是慢手慢脚，我总不能等上一百年才用卫生间啊！您待会儿再刮行不行？！"

昨天深夜，老张正侧着身在梦里向死去快二十年的阿宝妈吐苦水，突然屁股一阵剧痛，老张"呀！"一声翻起身来，拉开灯揉了好一会才把眼皮撑开，一看，卫生间里有人，是阿宝媳妇在尿尿，尿声放肆夸张，好似老家的莲花水库在开闸泄洪。尿完了，阿宝媳妇穿着尖头高跟鞋一扭一扭地扭过老张的面前，好像老张根本就不存在。高跟鞋的叫声咔咔咔地在老张的耳朵里响了一刻多钟，老张的牙咔咔咔响了一个晚上，老张的身子一直抖到了天亮。阿宝媳妇一大早就出门去了，老张终于冲着阿宝的脸大吼起来："还说不是故意的！不是故意的会把高跟鞋穿到房间里？！"阿宝不说话，转身到房间里整理文件，一直到老张提着黑旅行袋推开大门时他还在整理文件。

雨说停就停，天上的云一眨眼就白了。望望日头的方向，肚子咕咕作响，早就过了午饭的时间了。吃什么？上哪儿去吃？回身进肯德基？怎么可以，肯德基的态度非常好，可没说是免费的，而且，里面没有一样东西只要一块钱。阿宝，阿宝你在哪里！

老张随着人群流进了沃尔玛超市。超市好，有各种试吃的东西，老张以前听阿宝媳妇讲过，媳妇说，一圈走下来，嘴巴都吃酸了。超市的保安不让老张把行李袋带进去，老张说，丢了咋办？保安嗤了一声：没事，没人要的。

超市里东西多啊，眼睛都看花了，什么都有！有奶嘴，有塑料小凳，还有上吊的绳子，没有一样不要钱。老张摸摸裤袋里那枚硬币，脚步没来由的有些虚，似乎老踩不到实在地方。的确是有许多试吃的地方，可老张咬了几次牙，还是不好意思挤进去，不管怎么说自己都是个有文化的人，不该白占人家的便宜。

走得头晕，老张的肚子不听话了，指使着老张的手抓起一瓶矿泉水，超市里的矿泉水便宜，一瓶才要五毛钱，老张吞了吞口水，顺手摘下一包旺仔小馒头，老张的眼睛已经盯了它老久了，一包五毛钱。

老张走出超市时，行李袋果然还在，老张刚想说声谢谢，可人家早把脸翻上天去仿佛在琢磨头上的广告灯什么时候要掉下来。老张把两个“谢”字都咽下食管去，因为匆忙，差点把舌尖咬着了。

老张抬头望天，空中红霞如狗，忙手忙脚地打楼房的夹缝奔跑而过，老张想，要是天上能掉钞票就好了！正想为自己的不正当想法脸红一下，突然，狂风一阵迎面扑来，将老张扑翻在地。不远处有女声狂叫：“救命啊！别抢啊！公司的钱啊！我家孩子心脏病啊……”声音尖利空洞，比吃了刀子的猪更绝望，撩到天上去，云都惊了。

我的天，天上真的掉钞票了，那么多的钞票，挨了炸弹的养鸡场似的，扑啦啦地飞得满天肉花花。街上扑啦啦的都是人，都是伸长了的手。老张紧跑两步伸出右手就抓，还真抓着了两张，两张一百元。老张看着钱上的人头，手抖个不停，心里喊，毛主席万岁！毛主席万岁！

一声警笛扎入耳朵，老张猛一激灵，啊，人群早飞光了，老张拔腿想走，可一个声音死死拖住了他的脚板：“啊……啊……啊……”

一个中年妇女瘫在地上，衣服泼了油墨似的，手里胡乱抓着几张钞纸，哭得脸都歪了，嗓子，早就破了。一个警察追着人群去了：“快把钱还给失主！快把钱还给失主……”喊声若有若无，大概是让风吹酥了。

老张塞了一张钞纸到裤袋里，走过去把剩下的那张放到这位中年妇女的怀里。中年妇女没有反应，两眼木木地盯着眼前的空气。老张走了两步，感觉身体有些异样，胸口闷得慌，右大腿让裤袋烫得难受，想了想，回身掏出那张钞纸来，塞入中年妇女的手里。中年妇女忽然爬起身来，咚咚咚，在水泥地上磕了几个响头，额头都磕黑了。老张的头脸火烧火燎，赶紧碎着步子跑开了。

胃肠一齐叫喊起来。老张一看右手，嗯？旺仔小馒头呢？！刚才就知道抓钱了！眼泪差点冲到腮帮上。左手？还好，水还在。

老张旋开矿泉水瓶，小口小口地抿，牙齿由于过于使劲，险些把瓶口啃下来。喝了小半瓶，老张赶紧把瓶盖拧上了。老张不知道，如果水瓶没水了该如何应付自己的胃肠。

砰！哇，焰火！街上的人一齐住了脚，把脸仰向天上去，天上开花了。那是市政府在江滨公园组织的焰火晚会，热烈庆祝热电厂的二期工程顺利开工，热电厂有钱，大手笔。今天什么日子？今天中秋啊！老张一抹脸，脸上都是水，咽进嘴里，苦，咸，比海水还难以下咽。

砰、砰、砰……老张放开嗓子号啊，桂英啊桂英啊……

桂英是阿宝的妈妈。

烟花散尽，月亮出来了，比月饼还圆。

凌晨时分，月光清冷，老张又来到了江滨路，而且到了轮渡码头也不住脚，径直走到了江滨路的大排档。江滨路的大排档延绵五公里，气魄宏大，充分体现了市政府广阔的胸襟。老张本不想来，可两条腿不听话，跟着鼻子和胃肠就来了。老张手里的水瓶老早就空了，可老张舍不得扔，他怕一旦手里连个空瓶子都没有心更要空了，你说，一个空了心的人跟死尸有啥分别？

老张贴着饭桌走，一边走，一边深呼吸，他一口气吸进去，半天才缓缓吞出来，尽量将油烟留一点在嗓门里。老张的腿越来越沉，渐渐走不动了，只好一腿一腿往前拖。当他看到“土笋冻”三个左右扭摆的大红字时，终于拖不动了，腿里的筋一下被抽没了，整个人塌作一摊稀泥。

“土笋冻”啊“土笋冻”！那年要是不吃下牛建国的“土笋冻”自己今天就不用灰头土脸地坍在这里！老张一咬牙，满嘴都咸了。

那年阿宝刚上了大学，镇上下了一个代课教师的转正名额，学校里够条件的就老张和牛建国，老张的条件比牛建国更充分一些，理所当然的是一号候选人。那天晚上，牛建国特意借了一辆摩托车，载着老张到这城里吃“土笋冻”，建国说，阿兄，“土笋冻”是国宝啊！老张一听，心中激动万分，不由得夹了一块又一块，也没仔细看那“土笋冻”到底是啥东西。“土笋冻”滋味美啊，城里灯火太过璀璨啊，牛建国三劝两劝，老张就把自己喝高了。牛建国的两只牛眼盯着老张的眼，泪汪汪的：“阿兄啊，阿宝是个宝！大学生！你命好，吃他一个就够了！我，姓牛，命歹啊，三个儿子四个女儿，竟然没一个会读书，都是刨土疙瘩的命……”牛建国说起来没完，老张忙着要把酒灌进肚子里，急了：“你婆婆妈妈干什么？有话直说，兄弟帮得上的，没二话！干！”牛建国又说了：“阿兄你是明白人，知道我的意思，反正以后机会有的是，你就先让给做弟弟的我吧，我下辈子做牛做马也要报答阿兄的……”老张一时胸部发胀：“你要就拿去啦，客气什么。来，干！”

后来，牛建国又载着老张去了一家发廊，麻烦小姐洗了老张的头，还帮老张放松了一下。牛建国说，没事，熟人，以后每个月我都带你来，阿兄你也太不容易了，这么多年了！

桂英去世十八年了。老张孤身一人带着阿宝，从没和哪个女人说不清楚过，很好地维持了人民教师的形象。

那天晚上老张感觉很好。天上的月亮也好看，圆盘盘的。

牛建国拿出一张写着字的纸：阿兄，口说无凭，签个字吧，让兄弟今晚睡个安稳觉。

老张闭着眼睛就把名字签上了，睁开眼时，发现牛建国手里还拿着印泥，干脆，把拇指肚也摁了上去。

以后就是没有以后，以后老张就被清退回家种果树去了，牛建国倒没碰到什么难事，他转了正，不久还当上了校长。

老张上个月在小区里碰见牛建国了。牛建国白衬衫黑领带棕皮鞋，头发油光发亮。牛建国说，他在这小区里买了一套新房子，才两百多平方，比老家的房子小多了，如果不是为了让孙子们到城里读书，他才不到这城里花钱玩。牛建国说，热电厂所有的食堂都是他大儿子的，二儿子开了开发区唯一的一家医院，三儿子一般般，经过开发区的三路公交车都是他一个人的。牛建国说，都是托张书记的福！张书记来视察开发区，找到了我们学校，张书记说，走到哪儿都不会忘记我们老师的恩情！如果不好好报答，他回去会睡不着觉。牛建国说，学校里的老教师就剩我一个了，而且我还是校长，所以我理所当然地代表大家接受了张书记的关心，张书记那么大的官，拒绝他，太不礼貌了！

张书记是个孤儿，老张是他的班主任，老张喜欢张书记，一见面就把他当儿子了，从一年级到四年级，张书记一直和老张及阿宝在一口锅里吃饭，直到被一个下放的老干部领走。按说牛建国和张书记是扯不上关系的，因为他根本没教过张书记，如果要较真，倒是有一件，那就是三年级时牛建国建议不让张书记上学，因为他从来不交学费，学校还给他发本子铅笔之类的奖品，影响大家的福利。

临别时牛建国用下巴望着老张的衣服说：小张啊，你来城里也不少年了怎么还穿得这么老土！改天，我把穿剩的给你送两件过来。

老张说，我，我，我休闲。

老张话还没说完，牛建国已经走远了，脚步刚健有力，小伙子似的。

“阿伯，你是不是饿坏了？桌上剩菜可以吃的，我跟老板说一声，他肯的。”

噢，客人走光了，面前站着一个少年，少年说，来，这一桌还有好几块“土笋冻”，可惜，已经化了。不要紧，你等一下。

老张一看，哇，呕出一口酸水来——“土笋冻”！原来这就是“土笋冻”！几条白虫子躺在稀汤里，似乎还在蠕动，左扭右摆的。

少年不知从哪里端来了一大碗的稀饭，还在里面放了几块酱排骨和几条虾，虾还是剥好了壳的。

老张一边吃一边扑簌簌地往碗里掉泪，老张望着少年，模模糊糊的就看见了上大学前的阿宝。

老张回到小区的时候，月亮已经掉到楼房后面去了，天色淡得发青，小区的保安拦住了他，瞪了半天眼睛才认出他来，保安咬了一会儿舌头，咬出了句:“回来啦?”老张点点头，抬眼望向阿宝的家，老张想，阿宝肯定急坏了，家里肯定亮着灯。可是，没有，没有，一点动静也没有，整座楼都睡着了。

老张把行李袋放在地上，在花坛边坐下来。老张想好好盘算一下，明天该到哪儿去，这个问题很要紧啊。

这时，小区大门口刹住一部的士，车上晃下一条人形来，噢，是个姑娘，挎着腰，走起路来像踩在风浪中的舢板上，一路走一路用手掩住嘴打呵欠。她穿着黑色吊带短裙，不过，只有一条吊带还在肩上，勉强把裙子挂住了，另一条不知飞哪儿去了，大半个胸露在外面，白晃晃的。老张认得她，她就住在阿宝的楼上，她叫聂小倩——老张有次听她边走边嗲着声打手机:“……牛老板呀，我是小倩啦，对呀对呀，小聂聂小倩啊，嗯，您别急嘛，忍一忍嘛，人家马上就到了嘛……”小倩长得很好，脸和身子都很好，香喷喷的。有一回电梯里只有老张和她两个人，她没来由地冲老张笑了一下，老张的骨头当场全松开了，很轻易地就想起了“孤男寡女”这个成语，还好电梯门及时打开了，让老张坚持住了立场。小倩大多数时间都仰着脸扭着腰走路，可有一次，她扭着扭着突然就蹲在墙角放开了嗓子号起来，哭得旁边走过的老张赶紧小跑两步躲进电梯里。老张喜欢看小倩的背影，阿宝也喜欢，阿宝看小倩时两眼直直的，喉结上上下下，好像在吞吃什么好东西。

老张赶紧站起身，做起了扩胸运动，天快亮了，晨练是可以的，虽然现在确实有点早——要是让她知道自己无家可归，那多没面子啊。

小倩也许太累了，她看也没看老张一眼，径直打老张的身边晃了过去，只留下一股浓浓的酒糟味。望着小倩趺趺撞撞的背影，老张忽然一阵心疼：她是谁家的女儿啊？等一会，太阳就要在江口的水面喷薄而出了，虽然太阳的面目浑浊不堪，可还是极其壮观的，她在梦里，看得见吗?!

朝阳把东边天空染作橘红的时候，老张及时撤出了小区——总不能迎头撞上阿宝一家三口向日葵一般的笑脸吧。老张不知该到哪里去，只好顺着阳光指引的方向走。日头的脚步明显比老张的要快不少，不久连墙旮旯也照亮了，老张的脚早就酥了，腰也垮了下来，老张扶着路边的铁栏杆喘了一会儿气，一看，江滨市场？啊，又走到轮渡码头附近了。

江滨市场是这座城里最大的市场，两层，都望不到边，门口瘫着一个老妇人，头发白苍苍的。老张想都不想，拐了进去，他心里只有一个念头，找一个地方，把身体放下来，好好地歇上一口气。

江滨市场二楼的楼梯口，人来人往，老张不管那么多了，瞄到扶手边有个干的地方，赶忙把行李袋和身体挤了过去。老张刚把屁股贴到楼梯板上，眼皮就耷拉了下来，摔进梦里去了。梦里，他天上地下跑了个遍，还带着桂英一块抽了牛建国好几个大嘴巴，抽得呼呼直喘气。气喘匀了，桂英把头偏在老张肩上，一起望西边山顶那半片太阳，太阳暖烘烘的，山下的稻田也暖烘烘的，老张全身上下痒起来，老张说，天要黑了，我回哪里去啊？桂英盯着老张的眼，好像老张是头傻犊子：回阿宝家啊，那是你的钱买的啊，你不过是把房子搬到了城里罢了。

老张一激灵，魂魄蹦回了人世间。老张把掉到胸口的口水吸溜回嘴里，一挺身，哇，眼前一黑，腰间刀子捅到似的——是钥匙！

老张的汗爆了出来，是家门的钥匙。

老张的前进帽不知什么时候掉到了地上，正好翻在脚板前，里面丢满了钱，软的硬的都有。

老张愣了一会儿。老张清点了帽子里的钱，大大小小，从百元大钞到一毛钢镚，总共有一百八十六元六毛！

老张把钱放进市场门口那个白发老妇面前的破碗里。老妇着了急，双手撑着肩膀磕下头去。

老张抬头望天，日光亮堂，日头稳稳当当地挂在头顶上。

胸口猛地鼓胀起来。老张想——我要好好冲个热水澡！

茶几上放着一包豆浆、一根油条、一个白馒头，豆浆压着一张小纸条：“爸：你怎么忘了扔垃圾！”

纸条后面有些阴影，翻过来一看：“豆浆要记得热了才喝，您年纪大了，喝冷的不好。”

阿宝的字迹真难看，蚂蚁搬家似的，这孩子。

婶婶

我有两个伯伯，但我只有一个婶婶。

小时候，我觉得这很没道理，所以当旧历 1974 年年关第一次跟着爸爸回到云霄县烟霞老家时，我屋前屋后地转，希望能转出个答案来，可是我很失望。

我正站在院子里望着三间烧得只剩后墙的房子发呆，忽听得身后动静不对，回头一看，我的妈呀，一只母灰鹅率领一群浑身青毛的小灰鹅正拉开架势把脖子挺作长枪，紧紧贴了地面一齐向着我的臀部冲杀过来，院子里烟尘滚滚。该母灰鹅体积庞大，正经走路时个子肯定比我高上一大截，它的脑袋像狮子，凶猛，不讲待客之道，如青春期的王朔，军用书包里装着板砖。我撒腿就跑。可台阶太高，我要上去必须连滚带爬，肯定无法维持天才儿童的正面形象，不由得暗暗叫苦。就这时，腋下一紧，身子一轻，我飘到了台阶上，急得灰鹅们在台阶下跳着脚叫骂不止。听到头顶传来一阵笑声，我挺胸昂头，头上是一张笑脸，有点像瓜子，眼角有些皱纹，额头挂着汗珠，短发，年纪比妈妈略大一点，身旁丢着一把锄头。她说：“哈哈，大呆。哈哈，大呆！我是谁？”

她知道我的外号叫大呆？我不假思索：“二婶！”

果然是二婶。

为什么没有大婶？这得从我大伯说起。

大伯出生于 1917 年，大二伯 12 岁，大我爸 14 岁。他一生放荡，士、农、工、商，一事无成，吃、喝、玩、乐，无一不精，性格喜怒无常阴晴不定，说翻脸就翻脸，连村里最不讲道理的流氓都怕他——烟霞是个大村落，有七百多年的历史，盘根错节，传统文化氛围浓厚，宗族势力庞大，流氓可都上了档次，连县委领导都不敢来惹。大家都叫他“魔神”，“魔神”就是疯子，不过他很清楚自己在干什么，经常叼着酒瓶嘴偷笑。年纪大了后，大家改叫他“老魔”，叫着叫着成了“老毛”，态度皆恭敬，他也不谦让，俨然一副领袖的模样。说来也是，他童年时正值我堂伯方昌禄在云霄开展地下革命，他经常给地下党领导人送饭送信，比地下党的特派员还忙碌，应该可以算是一个“老革命工作者”了，所以在受尽苦难之后摆点姿态怎么说也合情合理。

1934 年 9 月，我堂伯方昌禄被县长黄绍镐率领保安大队剿杀于烟霞家中。虽然我家的房子被黄县长放火烧掉了三间，但架子还是没散，大伯也依自然规律长成了一个翩翩美少年，整日白衣白裤白鞋子，俨然一个白马王子，气势一点也不输给青年时期的张学良。他不去上学，整日待在烟霞南门的一家小卖部帮人坐店，分毫不取，到了吃饭时间也舍不得回家。他爱上了南门一个外号“大眼”的姑娘。“大眼”眼睛很大，长得比第一茬水葱还水灵，不用掐都可以冒出水来，两个人放在一起，绝对是一双璧人，也叫金童玉女。“大眼”当然也爱他。很快，两个小青年就如胶似漆了，一心想学男女兔子，时时刻刻挨在一起。

烟霞是个传统文化氛围极端浓厚的地方，其中一条传统是“本村不得通婚”，违者打死不偿命，岂能容许两个年轻人如此轻视传统的力量？“大眼”的亲属把一切看在眼里，偷偷地咬牙。春天来了，两条年轻的生命再也按抑不住了，在一个月朗星稀暗香浮动的夜里，提着心开始体会生命的美好。这时，门被撞开了。“大眼”的亲属大喊：“通奸！”麻绳捆起，吊到屋梁上，抽，打，仿佛大伯是一只练功用的沙包，适合于沉到西门外的溪流里。白衣白鞋白裤子，被踩作了黑抹布。

消息传到我爷爷耳朵里，我爷爷再也扛不住了。三十多年前他大哥被他伯父逼得客死苏门答腊岛，那时他还是个少年，刚懂得一点愁滋味，尚且忍受得了；到 1934 年秋天他的侄儿方家长子方昌禄的头颅悬挂在县城经堂口示众时，作为一家之主，他心痛，自责，已经精神恍惚无法排遣，吸食上了鸦片；如今，他的亲生大儿子成了悬在屋梁下的人肉沙包。他再也承受不住了，疯了。他举着鸟铳，微笑着一扣扳机，把鸦片烟馆老板的手打残了。

当时经过几场大变故，烟霞的人心已有所松动，“大眼”家人下过狠手后也觉得不该把事做绝，于是叫人传过话来：“‘大眼’说了，如果肯正式娶她为媳妇，她愿意承担所有的责任。”

不想我奶奶站了出来：“不行！祖宗的家法不可废！一个不贞的女子，怎么能进我方家的门！”

“大眼”接到回话，当晚就把自己也挂到了屋梁上，和大伯不同的是，大伯吊的是手腕，她是自己水葱一样嫩的脖子。

这就是我们伟大的传统文化！我奶奶一句自以为正面的话就毁了一对活生生的年轻人！花儿刚刚要开放！所以我看到人家架着一副端正的嘴脸大谈弘扬传统文化和宗法制度时总是手痒，忍不住要从王朔的挎包里摸出板砖迎面拍去！

事情闹大了，赔钱了，报官了，大伯被关进了监狱。不久，抗日战争开始了，小日本的飞机时不时飞到县城的上空，边绕圈边拉下炸弹来。于是，大伯和大批罪犯一起被押解到龙岩继续坐牢，直到日本兵拖着膏药旗逃回日本。

出狱后，他到县城与人合伙开了一家干果店。因为他的经历比较复杂，不知不觉，县城的名厨师们都围到了他的身边，由他做东，天天变着花样煮东西下酒，瞎聊。这一吃，把他吃成了个苏东坡，嘴刁，会吃也会做。后来到了 20 世纪 80 年代，天气转暖，他把自己吃的经验发挥了出来，每日做上几样早菜出售。由于品味极佳，所以供不应求。因此，他虽然只取蝇头小利，但足以帮助一家人的生活。他甚至为下一代盖起了三间新房，在人生的最后几年，终于真正成了家庭的支柱。当然，这都是后话。

当年他把自己吃成了苏东坡，往事也渐渐在心中淡了色彩，于是也想到了祖宗的教训，比如“不孝有三，无后为大”。因为坐过牢，在云霄找一门好亲事是不现实的了，所以家里花钱到隔壁县买来了一个十七八岁的女子，这就是我的大婶。这年是 1947 年，北方战事大起。

大婶姓李，叫梧桐，长得很漂亮，一张脸像十五的月亮。大婶家里很穷，穷人家的女儿只不过是父母眼里的财物，可以用来改善生活。她们家门前有棵梧桐树，每年初夏都会满树红花开放得恍如神话世界。只是没有凤凰来栖，传说中的凤凰都跟和尚一样，不交穷朋友的。

大婶嫁给大伯，也算是跳出了穷门，心情还是比较愉快的，一年多后，她生下了我大堂哥。大堂哥眉清目秀，因此虽然家计渐渐困难，全家上上下下还是心生欢喜。大堂哥出生不久，解放了，换了山河。

二婶也姓李，巧合的是，她的名字竟然叫凤凰。她是广东潮州揭阳人，1943 年，为躲避日本军队跟着母亲逃到了云霄，被我姑婆收养。那年她 12 岁。姑婆说，现在是女儿，长大了也许是媳妇。姑婆终身未嫁，二伯打小就过继给了姑婆。

因为门框上挂着“光荣烈属”，而且仇人遭了报应，所以刚解放那段时间，全家人都觉得阳光颇温暖，甚至把出走多年在海边当庙祝兼乡医的我爷爷接回了家。

可是，贫穷像一只秃鹫，翅膀宽大，拖出的影子终于严严实实地覆盖住了我们的家。1950 年年底，土改，改得很彻底，只留下了两间卧房和一间厨房。姑婆、二婶一间，大伯、大婶一家人一间，二伯和我爸爸如果不睡在灶口就得睡在锅台上。二伯当时在县贸易局当干部，赶紧去找农会干部理论。农会干部不识字，不喜欢讲道理，非常厌恶读书人，于是话语间发生了摩擦。农会干部手里有枪，正想抓典型竖立威信，立刻上报，以破坏土改罪逮捕入狱。关押半年多后，群众大会讨论通过，无罪释放，交由群众管制劳动。

本来我家经过几场浩劫财产已经消耗殆尽，只剩几间自住的房子，不想这年二十八亩的方家公田恰好轮到了我们家。田地当然被没收，帽子也扣了下来，地主，没有有关领导同意，不得随意走动。农会干部顺便把“光荣烈属”的牌子扛走了。没有了“光荣烈属”，院子里的阴影果然浓重了许多，每条砖缝都渗出寒意来。家里人都劝二婶回潮州去，她母亲也希望她回家，回家就不是地主了。可二婶说，不，我愿意当地主崽。她说，姑婆有恩于她，她要照顾我姑婆。那年她十九岁了，喜欢自己拿主意。她喜欢我二伯。

大婶入我家正好不足三年，就差了几天，因此光荣地成为了我们这个地主家庭中唯一的贫下中农，不用低着头在村里来去，能分到和别的贫下中农一样多的口粮。

万幸的是1952年恢复高考，二伯赶紧去考。他说，云霄的天太黑了，我要跑得远远的，我不信天下的乌鸦都是黑的，我就不信找不到睡觉的地方。在当时人们的眼里，抗战期间蒋介石当过校长的“国立”中央大学是中国的最高学府，虽然改名南京大学，但庙还在，和尚也还是那些和尚，磁力依然不减。因此秋天一到二伯就赶忙收拾行李到南大中文系报到了。在南大，他碰到了金陵四大才子之一陈中凡先生，陈中凡是陈独秀的得意门生，陈先生把他当成了宝贝疙瘩。

我爸爸1951年清明，服从政府分配到海澄县人民银行工作，他背着棉被、草席一路从云霄走到漳州，走了两天，走得两脚板都是水泡。那年他20岁，头经常仰得高高的，喜欢看远处的云。

有了工作就有钱。爸爸把工资的近一半寄回了家，因为有了这眼泉水，所以家里生活不至于比贫下中农们困难太多。二伯上南大后，爸爸又把剩下的钱分了一半寄到南京去。那段时间，爸爸是根比较粗大的柱子，很有成就感。

幸福这种东西从来都恍如昙花，刚刚开出模样就凋谢了。1957年春夏之交，在反右运动的热身活动整风运动中，我爸就因为是地主的儿子，理所当然地被解除了公职，被赶到海澄乡下由贫下中农监督劳动。隔年，陈中凡先生卖尽老脸才把他留在南京身边的二伯再次掉进了旋涡，被以“纯清革命队伍”的名义开除公职送到南京石佛寺农场劳动教养。

天终于塌了下来。

良禽择木而栖。趋利避害是生物的本能，恶劣的生活条件会让人变得极端的现实。家里的地主太多了，连墙壁都是黑的，让人无法承受，大婶的觉悟空前提高，坚决要求分家。大伯虽然是最主要的劳动力，但作为一个地主兼原犯人已经再无抵挡的能耐，只好同意。于是他们一家，姑婆和二婶一老一少两个地主婆一家。她们共用一个厨房，共用一个饭锅，共用一张饭桌，可他们各吃各的饭了。姑婆是个从没迈出过家门的老人，二婶是个姑娘，都算不上劳动力，只好看天的脸色吃饭。二婶完全可以向大婶学习，放弃姑婆让她自生自灭，可是她不肯，她开始拼命出工，她干最重最累的活，她把自己当作了最粗壮的男人，她以为自己可以把屋顶扛在肩膀上。姑婆要她回自己母亲身边去，二伯要她找个好人家，可她说，不。我不敢想象大伯当年面对姑婆、二婶时的心情。

为什么二婶会说不呢？这得从我姑婆说起。姑婆是方家的小女儿，她上面还有三个姐姐两个哥哥，遵照门当户对的原则，三个姐姐全部嫁给了有钱人。可上天是公平的，当年全国世道飘摇，民生多艰，军阀遍地乱走，我们的家人也不能例外，她的三个姐姐全部家道败落不肯在人间多待，大哥也被逼死在佛齐国，也就是今天的苏门答腊。她们的孩子全部由姑婆一手抚养。看着围在身边的一大群孩子，姑婆发誓终身不嫁，一心抚养孩子们。可孩子们病死的病死，没有病死的两位也在壮年因为革命被国民政府枪杀。后来我爷爷出走后，我奶奶一急，也撒手不管人间的是非了，姑婆又开始抚养二伯和我爸爸，这时，二婶来了，很自然地就成了她贴心的小棉袄。姑婆虽然从没出过家门，但她在我家大院里见过了太多的血腥，腰上也吃过国民政府的子弹。可不管世道怎么变化，姑婆总不改变做人的标准，她受她父亲的影响太深，一辈子尽心尽力帮助别人，所以乡人们不分男女老少都叫她“姑”，传统伦常中“姑”是一个中国妇女能获得的最尊敬的称呼。难怪我当年打家里那见了底的米缸里舀了满满一筒白米送给蹲在门口的老乞丐时，爸爸只是苦笑着摸了摸我的头：“大呆呀，大呆呀。”

可是在生活压力面前，道德的力量绝对比不上连母鸡都捆不住的文弱书生。大婶小时候穷怕了，当她发现分家也不能解决根本问题，并且姑婆的存在还影响到了她胃肠的正常工作时，她决定采取更进一步的行动：离婚。树挪死，人挪活，这道理傻瓜都懂。

下家已经找好了，在她老家，当然不是地主，而且人家是华侨，会不时有钱从海外飞进来，甚至，会寄来吃的、穿的。在那个年代，她还能找到比这更理想的去处吗？不可能。孩子当然是不带的，人家要的是老婆，不是孩子。大婶毅然决然，把大堂哥二堂哥留给了大伯。那时二堂哥年纪尚小，还处在善于跟踪母亲乳房的阶段。大伯一时手忙脚乱，自然而然就把孩子们交给了姑婆她们，从此一窝大大小小的地主又紧密地团结在了姑婆的周围，在同一口锅里喝起了清晰得可以游泳的稀饭。二婶肩膀上那屋顶的重量自然又增加了不少。

烟霞的著名老头乌鸡公摇着头说，香稻啄余鹦鹉粒，梧桐栖老凤凰枝，凤凰没走，梧桐树倒是飞了。

很快，三年困难时期来了，连稀饭都没得喝了。要想活下去，当然得吃东西。还好山里还有一些亲戚和不少让我姑婆帮过忙的贫下中农，她们都不希望我姑婆一家人被饿死，她们偷偷省下一些吃食来，要送给姑婆。可是每个路口都站着民兵，民兵手里有枪，子弹是不长眼的，只能悄悄叫二婶去带回来。为什么不叫大伯去？民兵有点心吃，都是很讲原则的，大伯这种名人肯定过不了关卡，说不定还得被剥光衣物来场彻底检查。而二婶是个姑娘，额头上又没写着“地主”两个字，目标小，光天化日之下民兵们动作不至于太大。后来二婶谈起这事总是摇头，她说，看着蓝幽幽的刺刀，心都跳到了嗓门眼，不过见的次数多了，也觉着民兵背上的长枪和自己肩上的扁担差别不是很大。

虽然家里人没有饿得主动搬入天堂，但灾难是不会放过孩子的——大堂哥在该长身体的时候，整条脊柱软了，撑不住胸膛了，大人们束手无策，只能眼睁睁地看着他一点一点地长成驼背。这么一条弯曲的脊梁，当然无法承担起家族的重担。爸爸每次说起这事，总是痛心不已。

大堂哥成了驼背，只能侧卧或者趴着睡。当他趴在床上时背部圆圆的鼓鼓的，远远望去，仿佛日本的富士山耸立在眼前。我们家的孩子都有外号，他的外号叫“阿扁”，因为他的背是圆的，一点也不扁。我爸说，在非常的日子里，反着取外号有利于少年儿童身心的健康成长，我的外号叫“大呆”当然也是遵守了这一原则。

大人有了经验，所以二堂哥的情况好了不少，一条脊柱直直的没一个柔软的地方，只是因为营养不良，一口牙长烂了，仿若火山地质公园，没有两颗牙是一样齐的，不是黄的就是黑的。

我不知道多年以后大婶抚摸着大堂哥的那坨大龟背时是什么样的心情。反正我是看一眼难受一次，不是滋味。有人说，都怪他是个小地主，小地主还需要什么正面形象呢。

其实贫下中农的日子也不见得好到哪里去。

眼看着屋顶一天一天矮下来，二婶心里渐渐怕起来，她开始担心自己哪一天会扛不住了，她不知道怎么是好。这时，二伯从南京跑回来了。这是 1962 年春节。此时二伯已经不是一个劳教犯了，他是个重工业工人，在南京民生砖瓦厂，为社会主义建设事业生产砖块和瓦片。

因为家庭的原因，二伯的古典文学功底足够的深厚，上南京大学时经常在学报上发表文章。陈中凡先生一眼就看上了他，高兴坏了——大家应该都能够理解寂寞高手在老年时终于找到传人的那种喜悦。可是大四时“反胡风”，他被隔离审查半年。他跟胡风有关系吗？没有。他跟北风倒是能扯上点关系，他是南方人，最怕刀子一般的北风。他把陈老师审阅过的论文交班长代管，班长却用自己的名字发在了南大学报上。高教部长何其芳眼前一亮，毕业后把班长要了去，当个人秘书。只是很快发现文非其人，又将他退了回来。班长是个党员，胸怀坦荡，他承认自己是贼，要求把稿费退还给二伯。二伯不肯要，他说，那钱是脏的。陈老师要求二伯扩大研究层面，再写一篇论文。于是，他写了 80 万字的《第三代文学史》，把唐、宋、明、清的文学串了起来。陈先生把它推荐给了人民文学出版社，定好了，要出。二伯正在信里和被监督劳动的我爸盘算大笔稿费的去路，不想却被开除公职押送南京石佛寺农场劳动教养。

本来毕业时陈先生要求校方把他留作助教。当局不肯，陈先生也不退让，他说那就别分配，我留作个人秘书，薪水本人承担。陈先生面子太大，当局只好就近把他分配到了南京市 27 中。没想到一年多后就成了右派了。

陈先生的大儿子竟然是石佛寺的党委书记，万幸。陈书记听他父亲的话，安排给二伯的工种是夜间在长江边捕鱼，但没有任务定量——数字化管理会害死人啊。二伯会抓鱼，当然会吃鱼，因此大饥荒的时候他居然没有和夹边沟的同类们一道，灵魂儿飞到天堂学习小鸟。那时我爸爸就在鱼米之乡的海澄饿得全身浮肿，差点被黑白无常在大白天拉走。

三年后，教养结束，农场想把他留作财库，可他心里还想着他的古典文学，没有接受。结果却被安置进了砖瓦厂，成了重工业工人，每日模仿牛和马，从清晨到深夜。

还好，重工业工人是可以回家过年的，十年了，该回家了。师娘取出 500 元的存折，陈先生说，尽管用，但必须留下返回金陵的费用。

二伯只要了 100 元，回到家后，他用剩款买了粮票寄还给老师。那时候，粮票比性命值钱。

他再也不回南京去了，他要奉养母亲也就是姑婆，他要和二婶结婚。二婶不识字，二伯认识很多很多的字。他写信告诉陈老师，自己必须和她结婚，因为恩情，恩情比泰山重很多。这年二伯 34 岁，二婶 31 岁。他们一起生活了 14 年，直到 1976 年 5 月，二伯肺癌去世。这 14 年里，他们养育了三个孩子：我堂姐，三堂哥，还有堂弟。二婶心情很好，据说，跟心爱的人生活在一起，黄连也能吃出甜味来。

陈先生受不了了，当即把粮票退回，回信只有八个大字："诲尔谆谆，听尔藐藐。"信纸上有些水痕，不知是不是泪水。从此断绝交流。

小时候二伯和我说话，说着说着偶尔会望着眼前的空气发呆，眼里放出光来，蓝幽幽的。长大后我明白了，原来"心如死灰"的"灰"不是灰色的，是蓝色的，蓝幽幽的，像我夜里走山道时跟在身后的磷火，不声不响。

天早早就黑了，饭桌边坐满了大人，除了我爸和大伯，都是大学生。他们好像都不做正经行当，其中一位是南京航空学院毕业的，在县城街道福利五金厂生产削铅笔用的小刀；另一位华东师范大学中文系毕业的，在小队里记录粪水的桶数；而二伯研究的是古典文学，在海里抓鱼摸螃蟹。

其实我爸 1952 年也接到去人民大学上学的通知，只是银行的领导不肯放人，被截留在了漳州。这件事对我太重要了——不然我要到哪里去投胎呢。

桌上有煨刀豆、烤豆干、炖芥菜，还有煎鹅肝、清蒸溪鱼。那些溪鱼是下午我们到家时二伯刚从溪里拎回来的，二伯把它们放在桶里，倒上清水，让它们游给我看。见到我，那些鱼眼睛瞪得圆溜溜的，和葱姜一块躺在盘子里了，还是不肯闭上眼睛。桌子正中是一大盘的焖鹅肉。真香啊，香得喉咙都颤抖起来，想把空气也吞下去。这些菜都是大伯做的。大伯说，家里这只大公鹅真好，十五六斤，肥瘦正合适，正好下高粱酒。地上摆着一对高粱酒，六十度的。

在酒桌上，二伯是老大，大伯是老大的老大。我就站爸爸身边，我觉得自己只不过比老大们矮了几个头而已。

大学生们突然对我的酒量发生了兴趣。我当然没喝过酒。华东师大的从航空学院的手里接过酒瓶倒了满满一杯，坏笑着递给我。我接过酒杯，一仰头倒进了肚子里。呀，脑袋里立刻叮叮当当开起了铁匠铺。我赶忙捂上耳朵，跑到墙边，把右边耳朵抵在了黑黑的墙上，好像在听隔壁的人们说话。大学生们把嘴张大了，很礼貌地望着我。我堂伯方昌禄就是在那面墙的另一边把最后一颗子弹射进自己的大脑。他的母亲被保安大队乱枪射杀在他的身边。那几间房子都被烧光了，只剩了后背一面墙。

二婶进来了，说，你们这群大人啊，跟小孩子没两样！

她装了满满的一碗焖鹅肉，拉了一只小板凳让我坐下来，吃。吃完了，又装了一碗。我问她为什么不吃？她说，吃过了。见我望着她干裂的嘴唇，她下意识地伸手把嘴挡住了。这时，院子里那只母鹅叫唤了两声，二婶笑了："知道母灰鹅为啥要咬你屁股了吗？"

我点点头，打了个饱嗝。公鹅肉香啊。

爸爸他们三兄弟坐成一排，望着我笑。

见我酒后没有什么过于异常的举动，比如走路如在浪里行舟，或者面如熟螃蟹当场吟诗一首，大学生们有点纳闷，开始研究起我的酒量来，因为意见不统一，有人提议用实验验证一下，叫我再喝几杯。二婶一听，赶忙把我拉到隔壁找三堂哥和堂弟玩。

三堂哥大我两岁，堂弟小我一岁，他们盯着我的嘴巴，表情非常认真。原来，他们一块鹅肉也没吃到，一人只分到了半只鹅爪子。烟鹅肉香啊，香味排着队从我嘴里涌出来。后来我再也没吃过鹅肉，因为一见到鹅肉我就忍不住要想起当年他们兄弟那两张表情认真的脸，怎么也吃不下去。

三十多年来，我一直不知道大婶是否还在人间，大人们都不愿意提起大婶，每每问起，他们都向王学习，顾左右而言他，好像那是滴连膜都没有的水珠，无法触摸。有时我也想，也许这世界上根本就没有过她那么一个大活人，她的两个儿子都是石头里蹦出来的，到了这个人间，就是为了受苦。

姑婆活到了九十岁。把姑婆送上山后二婶再也不触摸锄头和扁担了，她搬到城里去了。她现在可以在全国各地自由来去不用再征求村里领导的意见，她甚至有了个人司机。钱在她的眼里，再也没有了可以压弯人脊背的分量，见人有难处，她会随手抽出一叠来，面带微笑，跟当年饿着肚子捞出米饭请人吃一样。不过谁要是想借钱娶老婆她是绝对不给的，这是我们家的另一条原则，因为你如果连自己都养不活如何再拖家带口，那岂不是拉人下水，害死人？

但她每年非得跟南京27中要属于她的那笔遗属生活补助费。开始几年，27中记性挺好，每年都能及时把钱寄过来，只是时日一长人事变换，后来的人难免懈怠。有人劝她别要了，反正也不是什么大钱。二婶生气了，她说，这钱是那条活跳跳的命换来的，怎么能不要，我就是要他们记住有这么一个活生生的人！他们别想忘记！

2008年清明，天气晴好，天上的云都是白的，高而且远，我、大哥和爸爸早早就赶到了云霄县城。高速公路真是好啊。

二婶坐在茶盘前，笑眯眯的。

因为我要写关于老家的小说，需要仔细了解近一百年来整个烟霞村的变化，爸爸决定陪我回烟霞仔细看看，看看墙头巷角那些弹孔，看看那些偶尔探出路面的九弯十八曲的长流水。

上车后我在后视镜里看到二婶也上了自己的车。

烟霞村体积庞大，计算人口得动用“万”做单位。这天正好是观音娘娘生日，整个村心广场都是香火，青烟把北边的天遮没了。观音娘娘率领全村大大小小的菩萨，端坐在广场中的凉亭内接受香火的熏陶。

广场上挤满了女人，大多丰乳肥臀，见到菩萨不管体积大小埋头便拜。

几乎没有老人，竟然没人认出我爸来。爸爸有些失落，因微笑而弯起的嘴角不经意间就平了。我问爸爸，为什么几乎见不到你的同龄人？爸爸给了我一个眼角：“你又装傻！你又不是不知道，当年饿坏了多少人。”

爸爸给端坐在凉亭正中拈着柳枝微笑的观音上了三炷香。他双手合十嘴里念念有词，好像在赞美观音身上所体现出来的中国传统女性的外在美。我叉臂站在旁边侧着头看他。他不在意，也没有叫我向他学习，因为他知道，我从不给任何形式的神祇上香，我只给我家已经去世而且值得尊敬的长辈上香。

爸爸说完了，深深鞠了一躬。

爸爸带着我在村里四处游走，走着走着，老村子的模样渐渐清晰起来。走到观音亭，爸爸停下脚来，观音亭里空空如也，只剩一个香炉，有几枝香冒着袅袅的青烟。我想起来了，拐过观音亭就是我们的家了。爸爸望着香炉说，当年他被解除公职时跑回了老家，不知何去何从，心中茫然，幸好檀木观音还没被砸作劈柴，于是他跑到屋后征求观音的意见。观音的答复是如果不想饿死，那就离开家乡到海澄去吧，至少那里有大片肥美的水稻田。爸爸接受了观音的劝告，果然没有饿死，甚至还为我那一生受苦的姐姐生下了四个弟弟。

爸爸眼里晃着水光。我的心尖略略有些疼痛，我转头望向观音亭背后的巷子里去。

啊，二婶正微微笑着向我走来，她手里还挎着一个年纪比她大不了多少的老太太。老太太的背已经驼了，满头白发，好像顶着一团乱雪，一张脸虽然比核桃光滑不了多少，但还保持着中秋月亮的基本轮廓。

老太太的眼光绕过我的身体向前走去：“末叔！末叔！”

爸爸回过头来，他的眼睛大了，直了。他咽了一下口水，一扯我的衣袖：“走！”

回身就走。他的脚步匆忙，有些碎乱，差点踩到了路边的一窝正在学习扒沙子的小鸡，结果母鸡非常不满，追在我们背后愤怒地叫唤了一阵。

“那就是阿扁的妈。”爸爸灌下了几杯茶水后才咬着牙说出话来，仿佛下了很大的决心。

原来，大堂哥把他妈接回来一段时日了。

大婶没有再生孩子，但他们有一个养子，前两年，她的丈夫死了，儿子却不肯抚养她，人家说，我又不是你生的。最要命的是，他甚至连国外亲戚寄来的钱也不给她，说，那是我爹的钱，我是继承人，你不是。老太太一急，头发白透了。

其实大堂哥在日子过不下去时曾经去找过他妈妈，多少要一点东西。据说他妈的态度不是太友好，好像他不是她身上掉下来的肉。大堂哥似乎不很在意，后来日子宽松了，时不时地也提点吃食去看他老妈。

爸爸说，二堂哥脊柱直，有志气，从不去求他妈，他说，她不要我，我也不要她！

二伯死后，二堂哥主动把自己变成了家里的柱子，很好地顶替了二伯留下的亏空。他跟着大伯下海打鱼抓螃蟹。后来三堂哥长开了架子，他就带着三堂哥到海上去了，让大伯到城里卖早点多挣点钱。那时大家都穷，下海的人一夜之间多了，海面上都是小划子，眼里全盯着海里的活物。可海里的鱼蟹不是你想抓多少就有多少的，而群众又一贯相信暴力，于是厮斗自然无法避免。人家都是成熟的汉子，自然是要欺小的，而且下手都非常狠，每每薅住了就往死里打，打散架了随手往海里一丢，谁管你生死。所以他总得舍命护住三堂哥，经常被别村的船桨劈得头破血流，可是他脊柱直，挺得住，竟然打出了名气，只要他们站在船头嘶吼一声，人家就会调转船头划到远处去，把头顶的白云和脚下的海水留给他们兄弟俩。每回我想到一个二十出头比扁担高不了多少的毛头瘦小子带着一个十二三岁的少年横握船桨双腿叉开挺立在一叶扁舟上作怒吼狮子状，心头难免怦怦乱跳血压急剧上升。

如今他也不下海了，因为没海可以下了，海水脏了，鱼蟹都不活了。他种地，种一亩多的旱田，他不靠天不靠地，也不靠亲戚和兄弟，他相信自己的双手，他认定可以在他名下的那一小块田地里扒拉出幸福的生活。我敬佩他，可我实在不忍心告诉他，在我们这块土地上，当农民从来与幸福生活不搭界，能填饱肚子就万幸了，从古至今，从南到北，莫不如此，农民做动词时的意思就是受苦。我不知道他的母亲是不是能接受他的想法。

爸爸说："她早就不是我的大嫂了，你叫我怎么称呼她？"

我说："你没必要躲开她，不管怎么说她也是阿扁他们的妈。五十年下来了，大家都是老人了，你看她那头白头发。她当年的确是不应该，可逃避总比落井下石好啊。"

爸爸愣了一下，他抬头看了看天花板，又看了我好一会，终于点了点头。

漳江北边的山体高大，我们在漫山遍野的枇杷树林里找到了一条如受伤的蚯蚓一般趴在杂草丛中的小路，爬了上去。山路太长，左扭右拐，漳江和云霄盆地在眼睛里时隐时现，两条腿渐渐成了木头，心里不由得想起了上学前经常看的那本《离骚》。《离骚》的封面上挺着一个瘦进骨头的老男人，腰间拖着一根棍子，爸爸说，那叫剑，跟锄头柄不一样。老男人的胸前有两排字，竖着："路漫漫其修远兮，吾将上下而求索。"噢，路漫漫，路漫漫。

就在两腿快不肯撑住身子时，我看到了一棵熟悉的相思树。风沿着山坡跑上来，相思树的叶子醒了，上上下下翻动，仿佛要笑出声来。腿脚一下忘了酸胀的感觉。姑婆的坟就在相思树下。

姑婆的坟上野草一如既往的蓬勃。我们从不除她坟山上的草，因为那些草太精神了，而姑婆一贯注意个人形象。大伯的坟在姑婆的背后。

站在姑婆的坟前望出去，山谷的北边是一片悬崖，二伯就埋在悬崖的半腰上，塞在一块大石头的腹肚下。

我们排着队上完了香，坐在姑婆坟前说话，边说边每人点了一支烟笑嘻嘻地放在姑婆的墓碑前——姑婆生前爱抽两口烟。大家都很快活，似乎姑婆就坐在我们正中间。二堂哥提起一瓶高粱酒放在大伯的墓碑前，阿扁追过去："打开打开！哈，爸就爱喝高粱酒，对，没错没错，六十度的。"

想起烟鹅肉的香味，我起身点了一支香，插在大伯面前的香炉上。

到二伯的坟前是没有路的，我们砍荆棘攀石头，你拉我拽，总算攀了上去，一路惊叫不断。站在二伯坟前，汗水顺着裤管流到鞋子里。

二伯的墓穴是乌鸡公找的。为什么不埋在泥土里？乌鸡公说，老二是活活气死的，棺材里装的，都是怨气，埋在土里会把坟包胀破的。当年他们根本无法把棺材抬上悬崖的半腰，但乌鸡公有办法，他叫十来条大汉把二伯抬到后山顶上，再用大绳坠下来。二伯的坟正对着将军山的山尖。眼睛跨过云霄盆地，我们看到了将军山上空有一堆白且肥大的云，慵懒放肆，仿佛刚走出酒家的干部，边走边剔着牙缝里的肉丝。想到云团底下有一群没有多少文化的文化人正在有关部门的指导下举行什么文化节，我忍不住嘿嘿笑了两声。我知道，为了提高文化节的含金量，他们甚至把全县的青壮年神棍集中起来，身上套着跟戏班子租来的服装，在一个长辫子男人的指挥下，认真地苦练跪拜基本功。

二伯的墓碑只有四个字："方正之墓。"简单，方正，不带泥水。

方正是陈中凡先生给他改的名，因为他的原名方昌镇给他带来的麻烦太多了，实在无法承受。

三堂哥说，二伯去世前那天晚上，叫他把所有的文稿搬出来，烧。因为不肯让人知道，就在床前烧，用铁锅烧，烧到天亮。铁锅就是大伯用来烟鹅肉的那口。他烧的最厚的那本叫《宋、金、元戏曲语词考释》，因为烧不透，还特意用手撕开了，结果手掌手指烫起了几个燎泡。他没哭。二伯侧卧在床上，一边咳嗽一边盯着锅里的火焰，咳一声，一口血。

三堂哥说，要是他能再多熬四个月就好了，至少死的时候能闭上眼睛，不用圆睁着双眼给装到棺材里。

上了香，烧了纸钱，大家放下心来边欣赏对面将军山顶那堆肥白的云团，边随手抓个自己喜欢吃的东西塞进嘴里。肚子早就咕咕叫唤了，二伯是不会让孩子们饿肚子的。

二堂哥却顾不上吃，他挑来拣去，净挑一些柔软爽口的小食品，比如海澄的双糕润、漳州的麻糍，挑了一堆，然后从口袋里摸出一个干净的食品袋，小心装了进去，扎好，递给他的小儿子："这些带回去给你奶奶吃，她的牙口不好，不能吃硬的。"

台风

海关胖张上船时竟然和天气一样臭着一张脸。他快退休了，长得跟弥勒佛没两样除了服装，常日里两嘴角咧到耳朵根，谁看谁开心。

他身后跟着一队武装警察，没有表情，戴了面具似的。他们胸口架着冲锋枪，手握一把两米来长的钢钎，钎头蓝幽幽的。

胖张上船时，船长刚给我们开过会，会议内容是：接上级通知，最近有一股偷渡浪潮，包庇纵容者，必予严惩，要追究刑事责任。船长说："你们给我仔细听好了，全船连坐！非常时期，别惹麻烦！"我们都不说话，这几天他天天都说同样的话，已经说了四五遍了。坐在我身边的泗水望着舷窗外，那里有一小块天空，灰着脸，阴沉沉的。泗水是船长的外甥，不过他在船上从不喊船长舅舅。他喊："船长大人！"

他叫我大哥。

我是海龙号货轮的大副，甲板上的事都归我管，包括给舵楼里的妈祖上香。他们要求打开所有的货柜重新检查。他们的眼睛像探照灯，连一只苍蝇都不想放过。他们看不顺眼了就祭起钢钎狠狠戳下去。唰、唰、唰，好像戳的是棉花糖。钢钎一扬起来，我的心就一紧，哆嗦一下。还好，还好。讨命啊，要是里面真的有人，那还不得活活戳死！

上上个月倒是有人藏在货柜里。我们谁都没有说起，仿佛他是一团空气。那人下到接他的艇子上时，给我们的船磕了三个响头。其实要是生活有奔头，谁愿意冒生命危险呢。那时我们正在横须贺港外等待引水。船长刚好走过来，一看，回头就走，猫到船尾抽烟去了。

连发动机也搜过了，一只老鼠也没戳出来。带队的武警竖起眉毛，要求检查住舱区。检查就检查，干嘛把眼睛瞪得圆鼓鼓的好像吃错了药。

他们把钢钎捏得紧紧的，看样子要是一只蟑螂飞过，他们也会一钎把它扎下来。一间一间搜过去，最后一间是泗水的宿舍。打开门时泗水没有跟进来，而是回身抓住栏杆欣赏远处海关的楼尖，胸口略有些起伏。泗水的宿舍当然没有他们要找的东西。什么都没有，连裸女的画册也没有。胖张大概觉得没意思，踢了床头的木沙发一脚："这么结实！原木的？"

望着胖张他们的背影，我突然很想离开，到海上去，到海上去。我们走船的当然最喜欢靠岸的日子，可这年太奇怪了，入了六月，风还一直从陆上吹过来，天板着脸，异常闷热，空气紧绷绷的，仿佛惊吓过度，死过去了。往年一入六月清清爽爽的风就从南边的海面赶上来了。我想到海上去。我不想再看到蓝幽幽的钢钎头。

船一出港海鸥就围上来了，跟在船后下雪一般飞，呼儿唤女似的叫喊，像细狗见了大骨头。有人说海鸥是海员最好的朋友，海鸥热爱轮船。瞎扯！它们热爱的是螺旋桨打烂的碎鱼尸，新鲜的，鲜血淋漓。不劳而获多爽啊。海鸥都是贼，什么吃食都偷，你的内裤要是没洗干净它们也要啄上两口。哪个贼在阳光底下不是打扮得人模狗样？

泗水站在船尾望着海鸥出神。泗水没当班，可他竟然没把自己锁在宿舍里做梦或者对着天花板的美女图片研究自己的身体，奇怪。

泗水是航校的毕业生，去年在古雷码头上的船。他一上船就跑前跑后，看到海鸥，还张开双臂大喊："大海，我来了！"

声音有点娘，和他的脸一样，差点把我笑死。

船绕过古雷码头，外海的浪一将船婴儿似的抛起来他就不行了，脸孔苍白两眼木愣愣，双手四处抓，抓到一把一把的空气，脖子一耸一耸，好像要把大肠送到口腔里。

大海望不到边，没有任何把柄可以抓在手里，越看头越晕，搞不好一头就扎进了浪花里。我喊他上舵楼来操舵，他听到了，鸡啄米似的点头。我刚手把手教他抓牢舵轮，他脖子一长两眼凸出来，腮帮子鼓得像准备吼叫的青蛙。我笑：“吐去吧。”他丢下舵轮往外冲，偏偏门是内开的，推不动。他左手掐住自己的嗓门眼右手推推推，大粒汗小粒汗。最后还是我拉开了门他才冲出去，哇！喷，如雪如雾。一群海鸥猛扑过来，有一只还狠狠地亲了他一口。

他是好样的，吐完了扶着墙壁下去擦擦嘴就又上舵楼来了。我点了根香递给他，他顶在额头上给妈祖深深鞠了一躬，插好了香，接过我手里的舵轮抬头挺胸撅臀，目视前方，眼眶里水汪汪的。他天天上来操舵，不吃不喝，一个航程下来，没事了。

我们每个人都黑不溜秋的，连船长也黑得像煤炭，就他死活晒不黑，洋娃娃似的，真是个怪物。

我们船长的头发比脸还黑。

天是灰的，船走了半天，他还在原来的位置发呆。偶尔有风从陆地方向赶过来，略带了点惊惶。泗水在想什么呢？他干嘛一直绞自己的手指头？

我们的船要去香港，去那个英国人的地盘。我们以前不跑这条线，我去过日本、俄罗斯，我去过泰国、印度、孟加拉国，我甚至去过马达加斯加，可是我没去过香港。我喜欢踏上新的土地，所以一到海上，胸口大了不少，呼吸也顺畅多了，如果不是偶尔想到蓝幽幽的钢钎头，我会唱上一到两首歌。

第四天上午，风终于从南海赶过来了，天开了，天空蓝透了，云白莹莹的，像一座座棉花堆成的大山，垛在半空中。天空摔在海水里，海蓝晕了，海面平展展，像微风拂过的蓝缎子，轻轻地起伏。海面上的日光乱了，碎成一望无际的金子。

看，前面的海面开花了！是海豚！是海豚在飞！不是一条，是上千条，一齐飞，飞，飞，飞，像乡下的小孩见了远方的客人，担心客人迷路了，争着抢着飞奔到客人的前头。胸口一下就打开了，把大海和天空一齐装了进去。

船像母亲手里的摇篮。船犁过去，水醒了，匆匆闪到两旁，船仿佛张开了翅膀，想飞到半天上。我把自己架在船头，望着起起落落的海豚，忍不住哼起了叶启田的《漂浪行船人》，当然，闽南语啦。船长也把胸口架在栏杆上，听到我唱走调了，就白着牙齿笑。我们船长对公司领导态度特别好，领导一开口他就点头，可一上了船，他的腰杆就直了，直成男子汉了。

我才不怕他笑话呢，我又不是叶启田。我一遍接着一遍，唱到第九遍，“我是堂堂男子汉”刚跳出嘴唇，电报员小邱跑了过来，递给船长一份电报。船长一看，牙齿收了回去，嘴角耷拉下来。

船长大踏步走向船桥。我们小跑着跟了上去。泗水在舵楼里操舵，一见船长，涎起一张小白脸：“船长大人，什么重要指示？”

船长不说话，掉头往住舱区走，泗水迟疑了一下，咬咬嘴唇把舵轮交给我，噔噔噔，踩着船长的脚印下去了。

不一会，甲板上有了动静。我把舵轮交给小邱。

甲板上多了一个人，一个年轻人，个子比铁钉大不了多少。他脸色苍白，红色的T恤像拧干了的咸菜，瘦得两腮帮子仿佛要在口腔里亲嘴。他卷了眉毛死死盯着眼前的空气，小眼镜啤酒瓶底一般厚，头发乱得像鸡窝，下巴上几根潦潦草草的胡子，抖得像只愤怒的小山羊。泗水挡在他面前。他把泗水拉到一边，拨开遮没了眼镜的头发，小胸脯挺得高高的，似乎想把天空扛在肩膀上。

他是泗水的中学同学，果然，大学生，快毕业了，当年的高考全市理科总分第一。胖张他们上船时，他就蜷在木沙发底下。泗水休息时经常站在外面看海鸥就是想把床空出来让他舒展一下筋骨。

海鸥不时扎入船尾的浪花里。船长看着海鸥，说：“你必须离开。”

小眼镜一听，眼神乱了，两手一长，紧紧抓住了栏杆。

泗水挤上来双手掐住船长的右臂摇：“舅舅！”

船长望着自己脚上的皮鞋：“有人举报了，船得开回去。不回去？不回去他就得离开。他是通缉犯。我可以告诉他们，没有这人，我担保。”

泗水膝眼一软，眼泪鼻涕下来了，整条身子挂在船长的右臂上：

“舅舅，留下他吧，他上了岸就安全了！到了香港他就自由了！我愿意承担所有的责任，我愿意坐牢，不关大家的事！”

船长摇摇头：“不行。香港那边已经有人等着了，他走不脱的。我们谁也走不脱。我们还有一船的人，这一船的人都有家人眼巴巴等着呢。”

船长叫我拿来海图，看了又看，看了又看。突然，他眼睛一大，对我说，准备一下吧。

我帮小眼镜穿上了救生衣，在救生衣上挂了三瓶矿泉水两大包压缩饼干和一把水手刀。船长找来三只废油桶，三手两脚捆成一只小筏子。我摸出一支短桨架了上去。船长拎来了一把小红旗，递给小眼镜。小眼镜接到手里一看，“呸！”扔到地板上。船长没反应，他转头望着天上的一朵云，那朵云肥嘟嘟的像尊弥勒佛。我捡起红旗塞到小眼镜的手里：“你只要看到不是我们国家的船就摇，有用。”

海豚不知什么时候都不见了，一点痕迹也没留下，仿佛刚才在海面上飞舞的是它们的灵魂。

前面不远出现了一座石头小岛，像一只鳄鱼脑袋，木愣愣地蹴在缎子一般的海面上。

船略略走过了小岛，船长吩咐减速。我和他一起动手，把舷梯放了下去。泗水却不来帮个手，他蹲坐在船桥边的甲板上，嘴里不停地念叨什么。

小眼镜随着海流向小岛漂去，很快就成了一个红点。几只海鸥一看，追了上去。船走走走，不一会，红点不见了。船长一直站在船尾，抽烟，看风来去。

海图说，这片海叫白沙洋，岛叫龙王岛。过了龙王岛再走四个小时就看得到香港。这天，我们海龙号见到龙王了。

进了维多利亚港，靠在华润码头上。果然，上来了一群黑衣人，黑着脸，搜。当然，没有他们要的东西，当然。他们还特意清点了救生艇，发现一条都不少，这才哼哼连声地离开了。临走前带头的黑衣人拿出一张什么保证书，叫船长签了字。

香港的楼房高大得很不客气，原始森林一般，遮天蔽日，跟挂历上一模一样。水手们一看，发一声喊，梳亮头发扎上领带就飞进去了。好像没看到泗水的身影。我和船长待在船上，我没心思，心里空落落的，不舒服。

老鬼也没上岸。老鬼就是轮机长。这位老鬼是新来的，他以前常跑香港。原来的老鬼自从上次日本回来后就辞职了。

老鬼问起减速的事。我照直说了。老鬼一拍大腿："夭寿啊！白沙洋！那里除了许许多多的海豚，还有比海豚多上一百倍的鲨鱼，都不吃素！那不是沙子的沙，是鲨鱼的鲨啊！"

船长黧黑的三角脸一下成了白纸。

因为有回头货，船长通知隔天午饭后就返航。

我希望他慎重考虑，晚一天走。因为天气预报说，夜间有台风经过白沙洋，将在大亚湾一带登陆。台风的名字叫海龙王。我上午轮休时就感觉不对劲，船不是上下晃，是左右晃，筛豆子一般，人在床上滚过来滚过去，滚过去滚过来，频率很快，想吐，根本睡不着，睁开眼，天花板上的裸女图片根本看不清眉眼，肉花花的一片。

我说，还是跟公司发个电报吧，叫公司请求货主让我们迟一天出发。

船长烦了："你是船长还是我是船长？午饭过后就走。来得及。台风到来时我们肯定过了白沙洋了。不用担心。没事。"

我差点给噎得背过气去。他可从来不是这样的。他常日里除了对公司领导态度特别好，对我态度也很端正，遇到大点的事都要和我商量。今天他吃错东西了？可是自从老鬼说了鲨鱼后，他好像什么东西都没吃啊，他的嘴唇干得都脱皮了。

没办法，我是大副，虽然有个"大"字但毕竟是个"副"的，我只能听他的。但我心里毛毛的，走起路感觉甲板软塌塌的，不踏实。

我带着水手长和木匠仔仔细细检查了锚、舷梯、救生艇、吊杆、货物和所有易移动物件，一件一件绑好了锁牢靠了。我们把缆绳拖入仓库里堆放好。我亲自检查了所有的舱口，水密性一点问题都没有，滴水不漏。

关闭了货舱通风口和外侧水密门窗，疏通了甲板排水孔道。应该没问题了吧？为什么站在甲板上我的心还是怦怦怦跳，慌得紧？

我喊来水手长和木匠，搬出仓库里的圆木，量好了锯锯锯，锯成一段一段，把所有的货柜死死楔住了。因为太着急，手心磨破了，火辣辣的疼，一擦，袖口上都是血道子。

异常闷热，空气紧绷绷的，一丝风也没有，甲板热得滋滋地响，皮鞋底都快融化了。我发现泗水没上舵楼值班，赶忙到宿舍找。泗水宿舍的门锁得死死的。我的心狂跳起来，一使劲把门顶开了。泗水躺在床上，两眼直直地盯着天花板，嘴巴动个不停。我回身往舵楼走。走到扶梯边，心还是跳个不停，喉咙干得冒出烟来。于是回去把他扯起来，架到舵楼里。

我把香顶在头顶，我跟妈祖说："唵，天上圣母妈祖啊，求您保佑我们海龙号一路平安，逢凶化吉。梭哈！"

船长命令全速前进。一群海鸥呜哇呜哇怪叫着从高楼大厦的森林里扑了上来。

太阳疯了，云吓得跑光了，空气晒死过去了。甲板上一条人影都没有。船长时不时跑到舵楼里拿着望远镜望，很反常。前方能有什么？龙王岛？龙王岛还在前面大老远呢。

两个半小时后，龙王岛浮出来了。船长踮起脚尖，脖子差点伸到舵楼的玻璃窗外，舌头不停地舔嘴唇，舔了上唇，舔下唇。

到了龙王岛前，船长跑上船头，攀到栏杆上望，恨不得脖子能长到龙王岛上。

船突然开始触了电似的摇晃。黑沉沉的乌云从龙王岛的身后一声不吭地站起身来，太阳一惊，逃到天外去了。天一跤跌进深夜里，一伸手，半天才找到手指头。

风猛然从乌云底下冲了过来，船身一下侧了过去。天哪，我们海龙号可是万吨货轮啊。这风力至少得有 16 级！雨水哒哒哒，哒哒哒，扫射在玻璃窗上。冷汗都炸出来了，鸡皮疙瘩噼噼啪啪爆满了全身。

船长尖叫着冲上来："快快快！右转舵！！！"

我整个身子扑在舵轮上，海龙号一使劲，调过头来，正面顶着风。我死死抓住舵轮，我要是稍一松手，方向一偏，船就要翻个肚皮朝天。

船长直着脖子拼了命喊："放锚放锚！两条都放下！十节都放下！"

船锚一节二十五米，十节两百五十米，比海底深多了。

船锚一咬上海底，锚链立刻扽得直绷绷。船长的脑子好像突然断了电，两眼呆呆地看着我。我火了："操你妈！叫老鬼啊！"

船长一抖，回到了人间："轮机！快！开足马力！顶住！顶住！！！"

船在海底和天空之间上上下下。嗯，上去，嘭！下来。啊，下地狱的感觉！我通知所有的人躲在底舱，穿上救生衣。船长很听话，抖抖索索地就穿上了。泗水蹲坐在地上不动，船长使了吃奶的劲才把救生衣给他套上了。泗水根本就不配合，仿佛那是一件和自己完全无关的事。我本来也想穿，可是一想，万一下到海里，左右是个死，穿了也是白穿，于是手就没有离开舵轮。船长盯着我的手，一句话也没有说。

妈祖啊，您快快显灵吧！妈祖啊，您救救我们吧！

十多个小时。风在舵楼外，嘶喊得像千年前的冤魂。我看不到雨水，只感觉整个舵楼冲进了瀑布里。泗水的嘴巴动个不停。我明白了，他在说话，他说："对不起，对不起，对不起……"

风吼个不停。泗水突然站起来，开始砸东西，椅子、舵轮、罗盘、玻璃窗、航海日记、他舅舅、我……

后来，他竟然举起椅子要砸墙上的妈祖！天，这还得了！我们只好把他压在地上，剥下他的外衣把他的手捆了起来。可他差点把我踹翻了。只好抽出他的腰带把腿也捆上了。

船长瘫坐在地上，紧紧抱着泗水，狼一般地号。

凌晨五点，"砰"的一声，船锚断了一条，不一会，又是一声，"砰！"又断了一条。船撑不住了，向后退去。越退越快。我发现我们的螺旋桨一点劲都使不上，船不听使唤，而且地板是斜的，向前探下去。前舱进水了！天，我们海龙号真的要见海龙王了！

我的手脚彻底僵了，开始抖着嘴唇念阿弥陀佛。

……

天忽然开了。妈祖稳稳地坐在神龛里，安详地望着我们。

锁住货柜的小臂一般粗的铁钩都抻直了，还好圆木把货柜死死顶住了。

船长的头发全白了。

全家桶

窗外，午后的凤凰树绿得发了疯，两只蝉闪在树叶里，比拼胸部的发达程度，因为过于投入，声嘶力竭。日光火烧火燎，快把蝉翼烤化了。

白水大学多媒体大教室里，授课的某著名教授端坐在计算机前半闭了眼面无表情地念着电子稿件，唐僧一般，底下的学员们则孙悟空似的说话、咳嗽、来去，或者吞云吐雾，仿佛全不相干。

教授头顶拉着一条横幅，红底白字："全省国税系统中层干部骨干培训班"。

蝉的嘶喊一声一声锯进来，长一声短一声，拉大锯，扯大锯。心都浮在了头顶上。

程万里没有学唐僧，也不像孙悟空，他看书，看小说。已经有五年多没机会坐下来好好看上一本书了，这一星期来，每个字都像失散多年的初恋情人，揪着眼睛往前飞奔，脚下一街的花朵，绚烂，空气都是彩色的，每一脚踩下去，心都快乐得尖叫起来。可是今天很奇怪，看着看着，浑身不舒服起来，心在头顶窜来窜去，抓不住。

他把双拳压在书上，狠狠伸了个懒腰。他双拳压着的书叫《狼图腾》。

封面上，两只狼眼，目光犀利，仿佛要看进人心里。

整本书都是臆想、玄幻，充满了意淫。每字每页都在鼓吹人要有狼性，要消灭竞争对手。万万没想到，如今竟然流行这种垃圾。难道非得活回畜生去才叫成功的人生吗?

他百无聊赖，于是把钥匙串拿捏在手里数数，一不留神按了摩托车报警器的遥控开关，摩托车在窗外唧唧呱呱尖叫起来，叫声放肆张扬，吓得两只蝉一齐把牢骚咽入胸腔里，连教授也猛然回到了人间，长了脖子两只眼睛穿过镜片爬到窗口去。因为不得要领，教授扭了扭腰，不想竟然扭出一粒屁来，声音娇嗔妖冶。教授的头脸一下成了火龙果，红彤彤的。教授狠狠咬了几下嘴唇。

程万里忍不住，笑了，心落在胃上面，脚底也踏实了。

其他学员还是像孙悟空似的说话，来去，或者吞云吐雾，根本没把这一些动静放在耳朵里。

程万里是骑着摩托车上白水来的，程万里的家离白水足足有一百五十公里。这事放在二十年前可以理解，可如今21世纪的第一个十年都过完了，的确有点夸张。

但程万里喜欢，他就喜欢风不管不顾拍在脸上的感觉，啪啪啪，麻麻的，木木的，心里空荡荡的。想去哪里就去哪里。有多少年没有轻松自在的感觉了？不知道。离开家的时候，程万里没有回头望上一眼，他不想回头。培训的时间整整一个月，他至少暂时有一个月的时间不用回头。

其实时间要是回到十年前多好啊。那时自己浑身有使不完的劲，反应太快了，快得影子也跟不上自己的脚步，每次都得在心里喊自己，慢一点啊，慢一点啊，你有的是时间。那时最好的是王君，王君就像一颗八月的石榴，饱满多汁，两只乳房又大又弹手，看一眼，眼睛就着火了，想化在她的身子里，化在她酸酸甜甜的气味里。夜里，他们谁也不肯放开谁，一齐使劲，往无限的深里使劲，使劲，直到把身体里的最后一丝力气榨出去。可天色刚一翻成鱼肚皮，王君就要扯上他到中山公园打羽毛球，晨练，练得两个人像刚从水里拎出来似的。爱情是什么？爱情是中山公园里飞来飞去的羽毛球，爱情是王君一碰就着火的身子。那时怎么就不知道啥是累呢！

一直到儿子小航两岁生日前，一切都是那么的美好。

那天老同学毕扶生带了双胞胎女儿来给小航过生日。毕扶生是医生，白白胖胖的就像弥勒佛，孩子们都喜欢他，他和孩子们在地板上滚来滚去，滚出了一房子的笑声。可是小航架子很大，不理大家，一个人对着墙壁说话，说，爸爸，爸爸。其实小航的架子一直很大，他就喜欢自己玩，像头家一样，从不把别人的话放在耳朵里，也许他天生就是个当头家的料。

临走前毕扶生把程万里拉到走廊里，他说，小航好像有点问题，找个时间带他到医院查一查，可能是自闭症。

果然是自闭症。

程万里眼前一黑，感觉就像小时放学后一路蹦蹦跳跳，突然，背上的书包被人猛地拽住了，脊柱往下一沉，两条腿僵了，那人却不放手，死死拽住。活跳跳的世界突然死了。但程万里没有瘫倒在地，因为王君已经软了，他必须紧紧地抱住她。

他突然有点恨毕扶生。

他们跑了一家又一家的医院，跑得王君的身子都瘪了下去。但是，进展不大，小航的架子还是很大，就喜欢自己玩，像头家一样，不把别人的话放在耳朵里。

从此整天脑子里乱哄哄，走起路来脚步都是虚的，行尸走肉一般，头发大把大把地掉。没多久，程万里头顶的皮露出来，在镜子里闪亮。他有时就不愿意看到梳子了。

王君常常在夜里突然打开灯，看着孩子熟睡的脸，两眼直直的，流泪。

孩子上学了，王君忙得像个陀螺，一刻也停不下来。每次提到老师的眼神，王君就噎住了，眼泪像汩汩的泉水。老师需要成绩啊。家庭作业不完成是不行的，老师说了，天下哪有不做作业的学生！小航不肯做作业，哭，闹，疯狂地敲打桌椅，文具扔得到处都是，逼急了，他拿头撞墙，梆梆梆！程万里抱起他想把他抓到书桌前，可是他乱踢乱蹬，哭喊得像吃了刀子的小野猪。

太吵了，邻居们有意见了，敲开门了。夫妻俩只好赔笑，赔笑。笑容是挤旧牙膏壳一般挤出来的，挤得声音都走了调了。对不起对不起，我们会好好教育孩子的，我们会注意教育方式的，我们会用爱心对待孩子的。谢谢您，谢谢您。对不起，对不起，谢谢您，对不起。

毕扶生说，要有耐心，要有信心，小航只是喜欢待在自己的世界里而已。

可是，日子一天一天过去，前方一片渺茫，不知道彼岸在哪一个方向。眼睛一睁开就发现自己是在战场上，两腿发软，迈不动步子，可你还是得向前，向前。你时时刻刻都得跟着小航，因为一不留神他就会跑得不见踪影。小航不爱说话，可他的手脚利索得很，程万里常常追不上，更不用说王君。程万里有时就想到了死，带着孩子一块去死。可是人来到世上不应该仅仅是为了赴死……

程万里上大学时是校足球队的，守门员，高大魁梧，还挺得住，但王君先受不了了。因为要照看小航，王君经常请假，王君的单位不是慈善机构，人家是县人事改革试点，大刀阔斧，一斧头就把王君劈回了家。

王君没了单位，整个人像出了水的鱿鱼，连骨头都是软的，从此话也不想说完整了，憋坏了就一个字一个字地往外蹦。

王君的骨头软了，但王君的乳房硬了，硬得像两坨石头，不是翡翠，是花岗岩。到医院切开一看，坏了，都化脓了，癌症，晚期。只好切除，完全切除。然后是化疗。王君没有了乳房就不是王君了。化疗后头发掉光了的王君更不是王君。是谁？程万里一直没能搞清楚，反正完全变了一个人，不再是女人了。她不让程万里看到她的身体，程万里一打开她的衣服，她就暴跳如雷。程万里开始还能体谅她，可是日子一长，他渐渐对王君的身体和表情产生了敬畏感，每天都要一遍一遍地劝说自己才能走进家门面对王君那洗衣板一般的身材和脸庞。这才明白，原来，面对一个人是需要理由的。

程万里只好一有时间就把自己丢进网络里。这样就可以暂时用后背面对王君，面对小航。他打心底感激比尔·盖茨。

右腿突然一麻，是短信。打开一看，是小云的："你能带小蜜蜂吃一顿肯德基吗？今天是她六周岁生日。"

小云是程万里的网上好友，住在另一个县城里，那个县城离台湾海峡很近，放只纸船下去，船帮还没湿透就到了。

在网上，小云有个可爱的女儿，叫小蜜蜂，特别爱跳舞。程万里有个可爱的儿子叫航航，大小蜜蜂一岁，很有主见，最喜欢自己一个人搭积木，玩迷宫。两人特别聊得来，还互相留了手机号码。小云的QQ头像已经差不多两个月没有闪过了。不知道怎么回事。

程万里不知道为什么，一到白水就给小云发了一个短信。不知道为什么。他只知道要是白水之行能见到小云那肯定是件挺愉快的事。白水市区离小云她们县城不到二十公里。

当时小云回的短信是："白水有很多好吃的小吃呢，你要去吃个够！"

他拇指马上一阵跳动："你要是来白水，我请你吃个够！"

小云回了一个笑脸。

当时他脸一热，把手机收了起来。

——"你能带小蜜蜂吃一顿肯德基吗？"当然可以！

教授的灵魂还在他自己的世界里进进出出，程万里就摸出了教室。

回到宾馆的房间里，他把浴缸灌满了，漂进去，好好打了一个盹，顺便想象了一下小云的样子。程万里没见过小云。他闭着眼睛的时候，小云是个长圆脸，个子高高的，很饱满，服装款式和颜色无法确定，声音沙沙的，甜，像糯米糍。

太阳好不容易才跑到城外去。程万里套上了压在旅行袋底的牛仔裤。他感到屁股紧绷绷的，下身充满了力量，忍不住站到大镜子前仔细端详自己。镜子里的程万里头皮锃亮眉眼清楚，脸部棱角线条简单劲道，腮帮子青愣愣的，像一个人。对，像法国足球队的灵魂齐达内。真好！于是深吸一口气，胸部鼓胀起来。

宾馆走廊拐角的墙上有只小箱子。程万里心中一动，踩着毛茸茸的地毯走过去，喂了它一块一元的硬币，接了一只安全套，塞进裤兜里。他知道这也许没什么用，但是放一个在裤兜里，感觉挺好。

宾馆的大院里暗香浮动，甜丝丝的，哦，是洋玉兰。宾馆的大院种了一圈的洋玉兰。果然，满大院的洋玉兰都开了，星星点点，热热闹闹，香气一点一点溢出来，空气一晃，香气就漾开了，一波追着一波。

程万里两腿一热，蹦起来，掐了一朵在手心里。洋玉兰白嫩嫩的，花瓣柔韧有弹性，躺在手心里，跳跳的。一只蜜蜂匆匆忙忙爬出来，转了两下头，没整明白怎么回事，翅膀一举慌慌张张飞走了。程万里把花托到鼻尖下，闭上眼睛长长吸了一口气，呀，全身的毛孔都熏开了，眼眶有点湿。想了想，小心翼翼地放进上衣口袋里。

见面的地点定好了，在中山路的金都大厦大门口。小云的短信问，要什么接头暗号？程万里自信满满："我肯定认得出你来！"他发完短信就回宾馆泡澡去了，也没征求一下教授的意见。

肯德基在金都大厦的隔壁，全白水市的小朋友和父母们都知道。

小云上车时又发来了一条短信。她说，把小蜜蜂抱在腿上和人拼车，只要十块钱，一人平均才五块，占了便宜了，哈哈。

金都大厦的门前都是人，像汛期的沙丁鱼，密密麻麻。程万里的眼光只在异性的身上停留。可是才看了一会，眼睛就看花了——女性们大大小小着装都很清凉，连六七十岁的阿婆也穿着吊带裙，老天，女人们都争着抢着把身上与男人不同的部位展露出来。这世界是不是疯了。

迎面走来一个女郎，眼影吊带高跟超短裙，露着肚脐眼，像一只直立行走的母猫。程万里的眼光钩在她的腰上，舍不得下来。见程万里眼里都是自己，女郎笑了，女狐狸一般吊了他一眼。

女郎一笑，程万里的小腿肚就软了，这才明白自己应该把眼光挪动到别的方向才显得像个文明人。

女郎真香啊。女郎将将要走过程万里的身边了，却突然停下脚来转身，大半个胸部怒放在程万里的眼前，仿佛东北吉林的丰满水库起了风，波光潋滟：

"大哥，一个人哪？要不要小妹陪陪？嗯哼。"

女郎的声音甜糯轻飘，声声入耳。程万里脑子一热，下身有了动静，脑子里蹦出"亮剑"两字，差点把持不住。还好李云龙那张苦瓜脸及时出现了，把不良的势头按压住了，脑子恢复了清醒——李云龙是前一段热播的电视连续剧《亮剑》的主角，他一个人就把二战时的所有日本军人赶出了中国：

“不好意思，我，我，我等人。谢谢。”

女郎用绿色的嘴唇“啵”了一口面前的空气：“不客气！”

女郎一扭一扭地踩着猫步走了，香味拖在身后迟迟不肯离去。程万里知道，要是她回过头来，拍拍自己的肩膀自己肯定就会听她的安排了，万幸的是，她没有。

程万里把抄在裤子里的上衣下摆扯出来，休闲。还撮起下唇学了一声鸟叫，画眉。小云的短信说了，问过司机了，大概七点十五分会到。现在已经七点十六分了。

前面不远处来了一辆黄色的出租车，车里下来了一个三十来岁的女人，左手牵着一个扎着俩小辫的小女孩。一下车，女人急急忙忙打挎包里摸出一只手机。女人个子高挑，一身浅灰套裙，脖子长长的，脑后绾了一个发髻，站在洪水一般的吊带裙们中间，仿佛一只走错了季节的天鹅。那身套裙七八年前流行过，程万里的女同事们一人都有四五套。女人的身子不胖，但还是恰到好处地把套裙撑住了。要是她今晚能留下来多好啊。

女人看看手机，抬起眼，从金都大厦门口扫向肯德基的门口，又从肯德基门口扫向金都大厦的门口。程万里紧走两步，闪进她身后的一棵人行道树下。

女人把孩子往怀里紧了紧，右手拇指开始在手机按键上走动。程万里的手机很快就抖动起来。程万里一看，果然是小云：“你在哪里啊？”

程万里不回短信。他悄悄地走到她的身后，按了呼叫。女人手里的手机很快就唱起歌来，是田震的《干杯，朋友》。女人刚打开翻盖，程万里就把手机关上了。女人把手机放在耳朵边，半天没听到动静，于是卷着眉毛转过身来。哦，不是长圆脸，比长圆脸还好。她的眼光一闪——程万里正在笑呢，牙齿整齐闪亮，手里举着手机，摇。

女人举起手中的手机作势要打他，动作做到一半，收住了，腮帮子着了火。

果然是小云。

小云的脸好像年画里的王昭君，杏仁形，笑容淡淡的，不是很流畅。她说，本来想叫个女伴一起来，可是人家没空。说完，又笑一笑，浅浅的。她的声音果然沙沙的，甜，柔软，像糯米糍。

她的眼光不好意思在程万里的脸上停留太久，很快就转到了小蜜蜂头上，她拨了拨小蜜蜂的小辫子，脸从底里红上来，鼻尖冒出了细细的汗珠，灯光打在那些汗珠上，程万里眼前一亮。

女人会害羞真好，真好啊。

小蜜蜂果然像只小蜜蜂，一张小杏仁脸，眼睛大大的，眼珠子黑漆漆，穿着公主裙，没有白丝袜，凉鞋明显是旧的，鞋帮都缝了两圈了。公主裙太小了，后背最上面的那粒纽扣也扣不上了。

小蜜蜂伸出食指、中指对着他，嘴里含了笑模样，接着双手掌心向上，在胸前上下扇扇扇。

小云说，小蜜蜂说很高兴见到你。

程万里有点奇怪，小蜜蜂干嘛不说话，非得用手比画呢？但一时也不好意思多问。他摸摸孩子头顶，说，走，我们先到商场里走走，今天是我们小蜜蜂的六周岁生日啊。

小云有些犹疑，小蜜蜂已经点头了，还跳着脚拍了拍手。

服装卖场在商场的三楼四楼和五楼，海洋似的，眼睛都不够使。小蜜蜂左手拉着小云右手扯了程万里，在花花绿绿的衣服间一蹦一跳地穿行，看样子，要是有翅膀，她会飞起来。不少人向他们投来了羡慕的眼光——这一家子太美好了。程万里心里喝了雪碧一般，清凉，甜美，忍不住胸一挺，探手摸摸小蜜蜂的头顶心，两嘴角向上弯起来，一脸心满意足的微笑。

走到五楼儿童服装专场，小蜜蜂站在一个和她一般高矮的模特儿前，挪不开脚了。那小模特儿穿着一条泡泡裙，歪着头笑得蜜糖似的，太可爱了。小云嫌贵，想把小蜜蜂拉走，程万里拦住了她。程万里比着孩子的脚，又要了一双娃娃鞋。

从更衣室出来，哇，整个一个小公主啊。

小蜜蜂高兴啊，在穿衣镜前跳来跳去，摆出各种可人的姿势，前前后后地照。太可爱了，像一滴露珠，在清晨微风里的草叶上，蹦。

小蜜蜂右手拍拍自己的前胸，伸出左手十指交叉放在前胸微微点头，接着右手食指指着程万里，翘起左手大拇指，右手手心顺着左大拇指的轮廓从上至下轻轻抚了一圈，然后翘起右手大拇指，收回右手摸摸自己的下巴。

小云说："孩子说，她相信你是个好爸爸。"

小蜜蜂点点头，右手贴在嘴边向外一挥。这回程万里一眼就看懂了——飞吻！

眼泪差点掉下来，才两百多块钱，就可以让孩子如此的快乐。程万里他们局长一顿饭就可以签掉两三万。程万里侧过身，用袖口蹭了蹭眼角，把眼角的睫毛蹭干了。

程万里要小云也挑两套，小云死活不肯。灯光里，小云眼角有细细的皱纹躲躲闪闪。小云涨红着脸说，不行，已经让你破费了。

一家子高高兴兴地走进肯德基。

一进门，大堂里迎面挂了几排新书包，很热烈，原来是肯德基正在搞派送活动，准备迎接新学年。有带小孩的家庭都可以参与。活动很简单，就是每家派一个代表把面前的二十来块纸片在三十秒内拼成一个肯德基老头像，成功的，奖励新书包一个。最快的纪录是十七秒。

小蜜蜂看到一只粉红的书包，高兴得握紧了拳头，眼睛盯着书包上的那只头扎蝴蝶结的米老鼠直咬下唇。程万里有些手痒，于是看看小云，看看小蜜蜂。小蜜蜂冲他直点头，还使劲挥了挥拳头。小云捅了捅他的右肘尖，程万里就上去了。

程万里的手如蝴蝶翻飞，一眨眼，面前的纸片只剩下了两块。程万里得意了，侧头冲着小云眨了眨眼。却见小云的眼睛死盯着自己的手，紧张得鼻子额头都是汗，两眼水汪汪的，像个十七八岁不懂人事的少女。

程万里的脑子一时短路，拿着纸片发了呆。

小云见程万里突然没了动作，侧头一看，见程万里正痴痴地望着自己，脸"腾"，烧透了。

这时有个胖子挤过来，说，我来我来。小蜜蜂卷起眉毛食指竖在紧闭的嘴巴中间轻轻吁了一声。胖子乐了，赶忙双手合十闪到一旁去。

小蜜蜂跳到他面前，伸直了右手，拇指食指互相垂直比作手枪模样，掌心向左，以食指为轴，里里外外翻，一脸疑惑的表情。程万里明白，她是在问，为什么呢?

程万里不知道为什么。

小蜜蜂挺起胸膛右手自信地拍拍自己的前胸，十指交叉放在前胸微微点点头，又伸出右手指着程万里，翘起左手大拇指，将右手手心顺着左大拇指的轮廓从上至下轻轻一抚，接着对程万里翘起右手大拇指，然后收回右手轻轻摸了摸自己的下巴。

小云这时已缓过神来，她推了推程万里："小蜜蜂说，她说，她相信你是个好爸爸！"

最后一句说得相当用力，一下把程万里敲醒了。赶紧把剩下的两块纸片塞上去。

小蜜蜂把大拇指竖到程万里的鼻尖前。程万里很自豪，把胸口往前一送。

18秒！服务员说，真不错，恭喜你们全家！

接过书包，小蜜蜂高兴得蹦到半空亲了程万里一口，程万里的脸竟然红了。

吃什么？当然全家桶！听说小蜜蜂生日，店里特意送了小蜜蜂一块小蛋糕，还在上面插了六根小蜡烛，火苗蹦蹦跳跳。

小蜜蜂高兴坏了，忙不迭地吹灭了蜡烛，舀了蛋糕喂了小云一口，接着又喂了程万里一口。程万里胸口都融了，忍不住探过头去亲了小蜜蜂的腮帮子一下，仿佛她是自己丢失多年的亲生女儿。

小蜜蜂把自己埋在鸡块里，放开手脚吃。程万里和小云一人握了一根鸡腿面对面坐着，微笑着看小蜜蜂，好像一对从没红过脸的夫妻。

小蜜蜂的肚量很小，一个鸡块一根鸡翅半杯可乐就饱了，她擦了手和嘴，飞进游乐区去玩了。游乐区里都是孩子，树上的小猴子似的，上蹿下跳。

程万里回头看小云，小云鼻尖一动，问，你身上怎么这么香啊，洋玉兰吗？我家老院子里就有一棵，可惜拆迁时让铲车铲翻了。

程万里点点头，放下手里的鸡块，擦净了手，轻手轻脚拈出上衣口袋里的洋玉兰。

一股甜丝丝的香气漾开了，一波追着一波，把烤鸡的气味挤到了墙角。

小云接了花，别在上衣的扣眼里，低头看了看，想想，拿下来，别到鬓角去，抬起脸，整张面孔生动起来。程万里心里甜沁沁的。

程万里问，小蜜蜂为什么不会说话呢？她听得见啊。

望着小蜜蜂飞来飞去的影子，小云的眼白红了："小蜜蜂天生没有声带。"

程万里心疼得倒吸了一口凉气。他说，可惜了，这么好的孩子。

小蜜蜂天生没有声带。找了许多医院，都没办法，小云说。小蜜蜂是个好样的，她看着盘片自己学会了哑语，还学会了很多种舞蹈。小蜜蜂的爸爸是个小学老师，喜欢打麻将，不知道为什么，小学老师都喜欢打麻将。小蜜蜂不会说话，她爸开始也着急，后来慢慢就习惯了。小云说，他不是不爱小蜜蜂，他肯定是不肯面对，可打麻将要钱啊，他输光了，上个月竟然把计算机也搬去抵钱了。小蜜蜂不知道，因为小云说是计算机坏了，爸爸拿去修理。小云在县宾馆当前台服务员，一个月工资才六百块。服务员也有收入高的，但那得做不是正经人做的事。是啊，谁不喜欢钱哪，可小蜜蜂的妈妈怎么能是不正经的人呢，小蜜蜂的眼睛多亮啊。小云身上穿的是工作服，因为实在找不出合身的了，宾馆效益不好，已经几年没换服装了。为什么不离开宾馆？事业单位呀，再熬几年就可以退休，养老的问题有保障。再说宾馆的活不重，回到家还有力气陪孩子玩。去年小蜜蜂生日就答应她了，今年生日一定要让她吃一顿肯德基，小蜜蜂的幼儿园同学大多吃过肯德基了，远的去厦门，近的来白水市区。小蜜蜂没吃过，所以每次电视播肯德基广告，她都抢着看，两眼直愣愣，看了让人心疼。可是这两个月小蜜蜂的外婆生病了，前后花了一些钱，今天想起肯德基，却想不起买肯德基的钱在哪里，还好，想起了程万里，于是发了短信。小云说，就知道你不会笑话我。

程万里说，哪会呢，谁都可能碰到难处的，我很乐意帮你的忙啊，小蜜蜂太可爱了。

小云说，你还没跟我说起航航呢。

程万里于是说了。他说到了航航喜欢叫墙壁："爸爸。"

小云说，航航没问题啊，很可爱啊，他只是喜欢待在自己的世界里而已，你要耐心地等待他。他能天天叫你"爸爸"呢！要是小蜜蜂能喊我一声"妈妈"，叫我做什么都可以啊。

——他只是喜欢待在自己的世界里而已。毕扶生也这样说过。自己怎么一直就不肯把他的话放在心上呢。是啊，航航只是喜欢待在自己的世界里而已。知音是什么？知音就是小云，就是眼前这个美好的女人。

小云的双手搭在可乐杯口上，象牙一般颜色，几条淡蓝色的血管隐隐约约。这是一双情人的手吗？程万里心中一动，忍不住探出手去想把它们捏在掌心里。只是双手走到半途，突然望见小云的胸口有一点莹莹的绿。

那点莹莹的绿是一尊小小的观音。这观音程万里也有过一个，那是谈恋爱时王君到白水最大的寺庙栖霞寺求来的，不要钱。记得王君把它挂上自己胸口时，程万里那颗心一下找到了依靠，不再随意蹿跳，呼吸也平稳了。天，自己把它丢在哪里了？好像王君进了手术室后它就不见了。

感觉一股泉水从头顶一路走下来，清凉，每个毛孔都心甘情愿地回到了自己的位置。程万里的双手醒过来，折到全家桶里拿起了一根玉米棒，递给小云。

小云发现程万里看着自己的胸口，低头一看，明白了。小云于是把观音托在掌心里，说，我有时心里也苦，但是看到观音我就跟自己说，面对它，接受它，放下它，这样心情就好多了。

面对它，接受它，放下它。面对它，接受它，放下它。程万里没开口，他把这句话在心里跟自己说了一遍，又说了一遍，眼眶里渐渐汪上了水。

面对它，接受它，放下它。面对它，接受它，放下它。

小云说，你们比我们还不容易，航航的妈妈肯定累坏了。

程万里揉揉自己的手掌，把王君的情况仔仔细细说了。他突然特别想说话，连自己第一次不小心看到王君只有两块伤疤的胸口时的感觉也说了。那是什么感觉？陌生，惊讶，仿佛突然一脚踏空了，而脚下，是望不到底的深渊。要命的是一说到王君手术时自己在手术室外颤抖的感觉，双手竟然抖起来，眼眶里的水不听话，摔出了好几颗。

小云丢了玉米棒，把他的双手紧紧抓在自己手掌里。小云泪汪汪的："航航妈太不容易了！"

小云说，你要多陪陪航航妈啊，她太难了。

小云的掌心长着硬硬的茧子。这不是情人的手，这是一双大姐的手。

外面刚刚落过一场小雨，街面是湿的，空气是湿的，树叶也是湿的。天空洗干净了，月亮大而且圆，把天空照蓝了。深吸一口气，胸中凉丝丝，每个毛孔都醒过来。

小云她们上了车，程万里拿出钱要给司机，小云死活不让，她说她已经准备好了回去的车钱了，如果让程万里再出钱，那太不讲道理了。

车子启动了，小蜜蜂探出车窗来，拍拍自己的下巴，挥挥手。

程万里明白她的意思：爸爸，再见！

程万里一愣，突然想起了什么。

他回身冲进肯德基："再来一个全家桶！"

一份热烘烘的全家桶。我要回家。我要听航航叫我："爸爸！"

对着墙壁叫也行。

回家的路上没有多少车辆，月亮把公路照得像一匹银白的绸缎。摩托车行驶在水一样的月光里，路边的树啊山啊溪水啊轻手轻脚地向后退去，风吹到程万里的脸上，风吹进程万里的胸口里。程万里的眼泪像水，像月光，尽情地淌过他的脸庞。

安全套在裤袋里挤着大腿。也许今晚就用得上。也许，也许我们可以关上灯啊王君。

宝贝

6月10日清晨七点半，太古桥温泉澡堂里静悄悄的，大池的水里摊着七八个人，好像沉睡中的小鱼不小心把肚皮翻了上来。小池那边雾气腾腾，三道白肉在雾气里时隐时现，不时长长嘶上一声，仿佛远古时代的灵魂醒了过来。

突然一声惊叫："哎呀，看，他死过去了！"

雾气吓得闪到了天花板上。池里一阵忙乱，很快，大小两座白肉托上一副骨架子来，这副骨架子上上下下烫红了，只有脸、头顶、手和内裤头是黑的。大胖的白肉一边探摸骨架子的鼻息一边抽下肩头的白毛巾递到身后："没事没事，蘸点冷水来，他晕汤了。"

晕过去的骨架子是位安徽淮北人士，今年虚岁五十八，学名叫吴有财，不过通常叫"喂！"或者"捡垃圾的！"

七年前，他在老家养黄牛，每天跟着日头一起出入，日子虽然紧得像竹桶箍，但是，梦还是有得做的，有几回甚至在梦里捡到了金元宝，开心得笑醒过来。要不是那个电话，他做梦也不会来到这海边的城里。电话说，儿子病了，重病，要钱，尽快，不然就见不到了。老吴赶忙翻箱倒柜，还找村长借了两万块，利息四千，急急忙忙汇了过去。儿子是全村的骄傲，大学生，在北京。想想不放心，老吴把牛也押给了村长，凑了一叠钱，冲到儿子的学校里。儿子不在医院，儿子和女朋友登长城去了。儿子的同学说，儿子真潇洒，和女朋友一起在校外租房子，还给女朋友买了苹果笔记本。老吴知道苹果和笔记本是啥，但闹不明白什么是苹果笔记本。同学说："苹果笔记本就是最时兴的电脑，敲不死，牛啊！”等半天，终于在出租房门口等到了儿子，还有他的女朋友。女朋友屁股很大嘴唇很红，蛮好，可惜的是脸跟屁股一样，没有表情。老吴还没开口，儿子硬起脸：“你跑这来干啥子？！”

老吴一口痰堵住了嗓门眼，只好一跺脚回了家。回家一看，天塌了——老爹一听儿媳说宝贝孙子重病，直了过去，半边身子不能动弹，话也不会说了，白着两个眼珠子，好像对天花板很有意见。村长知道他一时半会还不了钱，担心利息太多压坏了老吴，已经主动帮老吴把牛卖了，把钱还了。老吴一时没了主意，还是村长人好，叫老吴留下老婆服侍老人顺便看管一下家里那一亩多地，扛上席子和被子，跟着县里的干部上了火车。火车一路奔到了台湾海峡边上，这里空气腥腥的，很提神。

老吴第二天清晨就上工了。因为初来乍到，一切从头开始，扛包。不知道是包太重还是水土不服没睡饱，老吴的腰吃不住劲，让大麻袋压塌了。老板人不坏，送他住了两天医院才叫他把行李搬出去。有人建议他找老板讨个说法。老板板起脸：“喂！是你自己不小心！再说你还没签合同。”说得老吴脸火辣辣的。

腰坏了，干不了重活，总不能不活了吧。怎么办？要饭？不行啊，老吴手脚都齐整，只是腰坏了而已，腰坏了谁看得见。这样子要饭，要吃唾沫的，再说老吴不姓朱，老家又没有出过皇帝。

老吴拾荒。这城市有许多垃圾桶。这里的人讲话糯糯的，很喜欢丢垃圾。这个城市很干净，因为有许多像老吴这样的人。这个城市浮在海上，海时不时在城市的角落探出头来。海面上，常常有一大群的白鸟儿大雪一般盖下来，听人说，是白鹭鸶。老吴喜欢大海，有时看着看着就呆了，不由得想啊，要是老婆也在就好了，可每每就想起老爹的白眼珠子和儿子那张脸，天就阴了。这个城里一到夏天就刮一种很凶猛的风，叫台风，台风把大海提溜到城市的头顶，一松手，天就垮了，一片汪洋。老吴第一次见到时，吓得两条腿都成了别人家的，不听话，抖、抖、抖。

老吴来南方是准备要赚钱的。机会是为有准备的人准备的。去年的这个时候，他在一个叫名仕豪庭的小区里发现了一个宝贝。那小区树大花多，小洋楼一排接着一排，男人仿佛一尾尾直立行走的大金鱼，女人都端着架子，一脚一脚耐着性子丈量时间的长度。当时他正在收拾一大堆废纸箱，眼皮冷不丁跳跳跳——纸箱底下一只黑色的小木箱！探手一拎，没拎动，差点摔进纸箱堆里，太沉了！赶紧抢张牛皮纸包严实。

回到租来的柴草间，掩上门一看，妈呀，这个箱子竟然是雕出来的，细腻得跟十八岁妹子的皮肤没两样，一股淡淡的香味靠过来，对，老家大庙里那尊香火最盛的檀木送子观音就这味。箱盖一打开，老吴差点晕死过去，宝贝啊。

老吴再也不敢往名仕豪庭那条路上走。他买了一台黑白电视，一有空就支起天线看鉴宝节目。他目不转睛地看，把鉴宝专家的每句话记在心底，再套上一副洗得白生生的纱手套，把宝贝请出来，仔仔细细地瞅，瞅着瞅着，心大起来，快把胸膛胀破了。因为怕宝贝长翅膀飞走了，这个春节，他干脆不回老家了。

宝贝把沉甸甸的天空撑得高起来，高得可以瞭见老家的小山包。

电视说，大型民间寻宝鉴宝活动“我们一起来寻宝”今天上午九点将在白鹭广场准时举行。特邀国家级权威专家来鉴宝，届时有大批海内外经济实力雄厚的收藏家当场收购。电视说，这次活动将有效增强全市人民对文物收藏品的识别与鉴赏能力，再现中华古代文明的真谛。电视还说，不用入场费报名费，没有门槛，只要藏友对自己的宝物有疑惑都可以来请教专家；只要藏友对自己的宝物有足够的信心，都可以来打擂台。天上掉馅饼的好事即将发生。

宝贝显灵了。老吴昨晚一夜都是梦。老吴梦见自己买了车买了房，推开门大海就在眼前，白鹭鸶雪一般盖下来。老吴梦见老爹坐在阳台上，看着日头一点一点让海水吃进去。老吴梦见老婆环着自己的腰，还是二十几年前的模样。老吴梦见毕业后就连声音都找不着的儿子敲门进来了……

老吴决定好好洗个澡，洗得干干净净，准备迎接人生的崭新阶段。

太古桥温泉的门票每人次五元，老吴咬咬牙，买了一张。

老吴没泡过温泉，一进去，有点闷，脱了老半天，才照着别人的样把自己脱光了，但想了想，又把内裤头套了回去——老吴从没在城里人面前脱光过，不习惯。大池子已经摊了七八个人。小池子还好，雾腾腾的，就大小两个胖子。老吴往小池子走。大胖子正在梦里进进出出，花白脑袋一动不动。小胖子三十出头，眯着眼睛柔声吟唱：“在每个想你的夜里，我哭得好无力……”见老吴看他，他笑了笑，肥肥的嘴唇噙上了，身子往下沉了沉，很享受地长长嘶了一声。老吴侧着身子走到小池子的拐角。

脚探进去，哇，烫，几十根针一齐扎进脚底板，忍不住“嘶——”，狠狠吃了一口气。脚触电似的缩回来。看看四周，没人注意他。于是模仿小时候冷天下河游水的样子，先把脚摁在水里，手一点一点把水拍到腿上胸前，然后闭眼撮起眉毛和鼻嘴，缓缓蹲入水里。果然好多了。一入水，汗啪就炸了出来，爽。脑子飞了，里面肉红色的百元大钞鹅毛大雪似的。大钞铺满了老家的平原。老吴上电视了，胸前大红花，因为老吴捐了一间小学。鞭炮锣鼓一路吵到了天上。一位肥肥的领导抓住老吴的手，摇摇摇。老吴觉得自己该说两句，说什么好呢……

忽然，肚子咕噜噜叫唤起来，尿泡也胀了。不知怎么办才好，一急，身子散架了，滑进了水底，什么都不知道了。

老吴接受了两位胖汤友的建议，美美地吃了一碗米筛目，胃踏实了，每个毛孔都眉开眼笑。

老吴挖出一套西装一副墨镜。可惜没有领带，要是拾荒时也能淘到领带那多好！老吴把宝贝请出来，给它上了一炷香，说了一连串的好话。香燃尽了，他将宝贝请回箱子。宝贝抱在胸前，墨镜罩上，天一黑，信心就站起来了。

白鹭广场有点远。当然不能踩拾荒的三轮车，当然打的。

天阴沉沉的，电视说了，是台风外围的影响。风正使了吃奶的劲要把房子和树拉到天上玩，一团团乌云像惊吓过度的牛群，向着西北方向狂奔。赶到白鹭广场，正好九点，哇，人已经排成龙了，还扭了好几下腰。红地毯一路长进广场中心的博物馆里。两队奇形怪状的老太太围着人龙乐颠颠地扭来扭去，打腰鼓，咚咚咚，咚咚咚。一队绿军装，一队红旗袍。不少人正在队伍旁边的红顶帐篷里交钱。原来，不要入场费报名费，但是，“只需缴纳专家鉴定费每件 250 元。”

心疼是疼，老吴还是很利索地把二百五交了，换了一张扑克牌，扑克牌一面画着一只青花瓶，另一面是个烫金的数字：168！真好。

站在红地毯上，老吴担心宝贝长了翅膀，于是将箱子紧紧箍在胸口。忽听得扑通一声，大家笑了，前面那人吊着小嗓子说：“哇，谁家的国宝摔碎了啊。可惜了。”老吴一看，是打腰鼓的一个老太太，让地毯绊翻了。风把她的旗袍下摆撩到上身，水桶腰，丁字裤，大屁股，肥肉四处乱窜。前面那人又说了：“哇塞，原来是个老宝贝。”声音走入耳朵时熟门熟路。

眼前一紧：小鼻小眼肥嘴唇，是把自己捞出汤池的小胖子！背心短裤，像粒气球。小胖子笑了：“您也来呀，好多了吧……我带这青花坛子来鉴鉴。我知道不是官窑，是我奶奶的妈留下的。这样算起来也是祖传三代了。小时候我妈拿它盛猪油，后来觉得，怎么都是个纪念，就收起来了。你看，青花的纹路确实蛮好看。您那是啥宝贝？”

老吴得意：“没什么啦，一件小摆设啦，就是年代久一点，传了十八代了，不值钱的。”

小胖子嘴巴圆了：“哟嗬，那值大钱哪……”

老吴正想客套两句，一座玫瑰花园撞过来，香味把老吴的话熏回了大肠里。老吴忍不住咽了几下口水。好漂亮的妹子！白生生的，比老吴高了半个脑袋不止，前凸后翘，一身奶白的短裙，将将把屁股包住了。妹子的眼睛真深啊，望不到底。妹子俯下身来咬着小胖子的耳朵：“大哥，您能让我吗？人家今天鞋跟尖，站不久的，疼。”

小胖子眼睛恰好撞在妹子的胸前，直了：“好好好。”

妹子大大方方地站在老吴的前面，手里捏了一个小盒子。老吴的眼光不好意思往上挑，矮下来顺着妹子的颈腰臀一路往下，到了大腿，下不去了。妹子咳嗽了一声。老吴赶紧甩头，甩了两次，终于把目光甩到了一边。可是没两秒，它们又转了回去，紧紧地钩在了妹子白花花的大腿上。老吴发觉自己的裤裆起了动静，连忙腾出手把西装的扣子扣上了。

小胖子闪在旁边望着妹子嘿嘿嘿傻笑。

红地毯的尽头是鉴宝现场。专家肥嘟嘟的，像一尊不会笑的弥勒佛。两位助手一人握了一支放大镜一左一右簇拥着专家。嘉宾和摄像机乌压压的。一位三十出头的女主持人，青花大瓷瓶般站在镜头前。女主持人说："有请下一位持宝人。"

妹子一听，两条大腿一闪一闪走上前去。女主持眼睛一大："哇，这位姑娘本身就是一宝啊！这样的一宝，带来的又是什么样的宝贝？我看你手表就很厉害，香奈儿吗？"

妹子抬起手腕："对，香奈儿的 J12，陶瓷的，白陶瓷。"

主持人："好东西。自己买的吗？"

妹子摇摇头："干爹送的。"

主持人："干爹送的？"

妹子打开了小盒子："对，干爹对我特别好，还送了我这个宝贝，我今天拿来让专家鉴定一下。这是一个绿色的翠观音，绿翠观音。"

观音？老吴的心咯噔了一下。

主持人："哎哟，你为什么不戴在脖子上呢？"

妹子："太贵重了嘛，你知道吗，干爹给我说，这个观音非常值钱，能买好多个 LV 包包呢。"

主持人："你干爹对你可真好！他为什么要送你翡翠，而你好像又不喜欢这个翡翠？"

妹子侧了侧头："我特别喜欢呀，因为他说女孩子戴这种玉的能美容养颜，对身体特别好。"

主持人点点头："哦。"

妹子把盒子送到主持人的鼻子前："你看，金镶玉的白链子，应该非常值钱吧。"

主持人笑了："你干爹出手真大方。他是做什么的呢？"

妹子："他是一家房地产公司的老板。"

主持人："你做什么呢？"

妹子柳腰款摆:“我呀，我什么都不用做呀。”

主持人:“好吧，让专家来鉴定鉴定吧。”

专家的眼光在妹子身上乱走，走到胸口，愣住了，像蜜蜂一头扎进了怒放的牡丹，半天才拔出来:“你干爹送你这个东西呀，你觉得怎样?”

妹子:“我觉得很漂亮呀，色泽很翠啊。”

专家:“你刚才一直说它很贵，是吗?”

妹子:“对呀，我觉得干爹送的应该不会有假东西。”

专家:“这个颜色确实很漂亮，而且呢是满翠的，如果要是真的话，很值个钱。”

妹子急了:“您的意思这不是真的吗?”

专家:“问题就在这儿。”

妹子:“不会吧，不可能啊。干爹不会骗我的。”

专家:“而且这个问题很大，就是说什么呢，我告诉你翡翠分三个级别，一个是A货，A货就是天然翡翠。第二个是B货，B货呢是用强酸洗过，把杂质洗出去，实际上那个翠啊已经碎了，然后又用胶把它粘起来，这是B货。第三个就是玻璃等乱七八糟的东西合成的。对不起，你这个就是第三类。”

妹子:“不可能吧，您再帮我看一看好吗?”

专家:“我看的已经是很注意的了，而且呢特别是你说的那个白金链子也有问题，它不太像白金。”

妹子:“您的意思是这链子跟那翠……”

专家:“像是合金。”

妹子声音带了哭腔:“都是假的吗?”

专家用力点点头:“可以直接地说是个大赝品，谢谢你来参加我们这个节目。”

妹子哇的一声冲了出去，差点把老吴怀里的箱子撞掉了。

主持人轻轻摇摇头:“不说了，这个一言难尽，我一听到干爹这两个字呢，就害怕。来，有请下一位，168号。哇，好吉利的号码。”

老吴抬起腿，又收回来，想一想，跺跺，咳一声，挺胸，迈步，左，右，左右，左右……

看到老吴怀里的箱子，专家眼睛定住了。老吴一打开，专家眼睛大了两圈，不由自主地直起身，戴上白手套，把老吴的宝贝请出来。宝贝太沉了，专家的手有点晃。

这是一尊金色的滴水观音。观音面目祥和，半闭着眼，仿佛刚刚看破了红尘。

专家坐稳了，翻来翻去地看，还从助手手里抓过了放大镜，照了观音的脚底，又照了她头顶的发髻。

女主持说："请专家点评。"

老吴的心提到了嗓门眼。

专家上上下下打量老吴，最后目光停在老吴的领口上，眉毛卷起来："您这宝贝是哪来的？"

老吴见专家盯着自己的领口，赶忙赶了过去。老吴西服里穿的是睡衣，枣红的，好几个地方洗掉了色，摸起来软塌塌的。老吴左胸突然有点痒，手于是跳过去使劲挠了一把，正挠在心口上。老吴决定实话实说："捡来的。"

专家肩膀一松，浑身的肥肉散开了，身子一仰摊在椅子靠背上，长出一口气，那口气拖着尾巴飘到天花板上去了："我说呢。"

老吴不明白他是什么意思，只能尽力把要跳出来的心摁在胸膛里。专家屁股一张十指交叉架在桌面上："我乍一看还以为是春秋战国的。但是，我可以负责任地对你说，这件藏品是个假货。"

他把肥脸转向摄像机镜头："他说这件藏品祖传十八代，怎么可能，我一眼就看出来了！包浆是不错，但是工艺太细腻了。人人都有追求财富的权利，但是不是人人都可以追求到财富。天上也许会掉馅饼，但是白日做梦不利于构建和谐社会。"

老吴懵了，他怎么知道我跟小胖子开的玩笑？！眼前金星点点。

专家不在意老吴心里想什么，他回过头盯着老吴的领口，右嘴角往右耳根走走走："我说您哪，回您睡觉的地方挑几块木板，钉个盒子，把您的宝贝观音供上，每天清晨一炷香，供个十年八载，兴许能发财。

观音很灵感的。”

老吴不知道自己是怎么出来的。到了广场上，小胖子还在地毯上种着呢，见老吴过来，一把薅住了：“怎么样怎么样？”

老吴没反应。小胖子握着他的臂膀晃了好几晃，老吴终于回到了人间：“啊。秦朝的，滴水观音！秦始皇家供奉的。专家说了，价值连城！”

小胖子的眼睛和嘴巴一齐大起来。

老吴走到广场边的彩虹桥上，把观音请出来，举过头顶，小跑两步，一发力，观音飞了出去，飞进了桥下的观音河。

老吴拔脚就走。走到桥下，又折了回来，把箱子捡起来。

风不知什么时候停了，天空很晴朗。

痒

大伯和老爸打起来了，地点就在院门外的猪圈边。他们动了手，动了脚，还动了锄头。

他们的动作都极尽夸张豪放，吓得圈里的猪都缩在角落里，垂着眼，不敢有所动作。

他们骂骂咧咧，他们嘴里骂的都是：“干你老母！”

他们互相戳中指，好像他们从来没有住过同一个子宫。在我们闽南，戳中指效果要比操祖宗十八代强烈许多。

因为不小心被大伯骑到了背上并且差点被摁进了粪坑，老爸吃不消，翻起身冲回屋里举出了一把锄头，锄头刃在他大脑壳上一米多高的地方闪出青蓝色的光。

八十一岁的大伯一看，闪电般缩起正往粪坑里尿尿的家什，头也不回地往田野狂奔。

大伯只有一个儿子，在外地打工。而老爸除了两个女儿，还有六个带把柄的儿子，最大的五十八岁，最小的是我，四十一岁。

有没有比他们更好的兄弟？没有，至少我活了四十来年没见过。村里九十七岁的老龟头也没见过，他说，没见过这么铁的兄弟，比铁桶还铁！十年前重新划分责任田，为了一道田埂的归属，身高一米八十多的老龟头就被总身高不到三米二的两兄弟抱倒在稀泥里，一个抱脖子，一个抱脚脖子。老龟头差点让一口痰给噎死。

他们吵什么？

工业区从厦门那边大踏步走了过来。政府发展经济，下大力气把我们老家的田地开辟成工业开发区，规模很大，所有的水田旱地都不够用，红线一下划到家门口，两家的院子和猪舍都给划进去了，猪舍前面那个装猪尿的粪坑当然也给划了进去。

我们两家人关系好，猪的关系也很好，经常哼哼唧唧地把头探过猪舍的矮墙，交流一下对天气的看法，顺便瞟一眼对方吃了什么好料草。

两家的猪圈都有对联，那是大伯的手笔，油漆写在破木板上，歪歪扭扭，好像喝醉了酒的懒汉。大伯那边是“抓革命，促生产”，我家是“三十不停战，初一继续干”，横批都是“六畜兴旺”，大小分毫不差。

关系这么好，所以两猪舍共用了一个粪坑。因为猪尿不肥，浇到地里白费力气，没人要。老爸说，共用可以节省空间和建筑材料，水泥要钱啊。大伯很痛快地点了点头。

粪坑面积多大？长九十厘米宽八十厘米，合计总建筑面积为零点七二平方米。

钱这东西真要命。

现在的政府办事效率有时高得惊死人。一星期后，门口就圈起了两米高的围墙，院子、猪圈和粪坑都圈进去了，院子里那棵八十多岁的油桐树也给放倒了。我们村里家家户户院子里都种龙眼树，就我们家例外。那是我爷爷种下的。

我爸说，爷爷小时候住在天岭背后的大山里，那里有生土夯成的土楼，还有漫山遍野的油桐树，每年春风一暖，油桐花开了，老家就成了白茫茫的大海，波澜起伏。爷爷是客家人，爷爷常常对爸爸讲，油桐就像我们客家人，随遇而安，走到哪里，扎根到哪里。

这棵油桐比村里最高大的龙眼还要高出一个头。它的树冠庞大，树荫底下凉沁沁，是村里几个老头晚饭后铁定的泡茶地点。每年四五月，一树沉甸甸的白花，整个村子的天空亮了，海风一挤，洁白的油桐花漫天飞舞，像瞌睡醒了的蝴蝶，你在树下略带青涩的甜香里愣上一会，就成了一个雪人了。

本来大门望出去是无边无际的稻田。稻田外面，是大海。天一黑凉爽的海风就跟着打鱼归来的渔夫一起大踏步走进村里来，一步三摇，不一会，干煎鲜鱼的香味也起来了。

如今大墙一起，不仅稻田不见了，连风也迷了路，空气中再也闻不到那股海腥味，门口迎面一堵大白墙，心中干得紧，堵得慌。

你见过哪个中国农民被尿憋死过吗？没有，对。

老爸他们改从后门出入，泡茶地点也从前门移到了后院。后院也有一棵油桐树，那是我儿子出生那年我爸种的，矮笃笃的还没长开身子，但树荫勉强还是有的，有树荫的地方当然就是泡茶的地方，闽南人是很好款待的。

这粪坑让老爸多领了375元钱。本来，村委会只想给45元，可村会计算不过我老爸。他动用了算盘，动用了计算器，还是算不过我老爸的手指头。

黑鼻到学校找我泡茶。我住在学校里。黑鼻是我们村的村委副主任兼治安委员，我小学同桌。黑鼻长得有点像催肥了的猴子，两门牙常年在嘴巴外面冻露水，嘴巴没一刻不在动，都是话和唾沫星子。他说，全村十八岁以上的男性就我和老龟头他大哥没嫖，老龟头他大哥比老龟头大十一岁，也是，无能为力。还是你老爸厉害，375元十次，人家还送他一包红梅烟。足赞！

我差点把茶泼在他的脸上。

我之所以把茶杯放回桌面上是因为有三个早年的学生正好进来了，他们大声说：“陈老师，好难找！”

师道尊严这种东西是需要细心呵护的。我在学生面前一贯很斯文。

我刚毕业时在离家很远的一所中学教书，教物理。那所学校叫覆船中学。覆船中学不在水边，在山腰上。那座山像一只底朝天的大船，叫覆船山。他们是我在覆船中学时教的第一届学生，当时我年轻，天天和他们泡在一起。

二女一男。女的一个抱孩子，另一个没抱孩子，抱着一袋水果，老得像我妈的妹妹。

男的长得像切·格瓦拉，两道眉毛像刷子。他沉着两肩膀，没有一只手是空的。我一眼就认出来了，黄征宇，一班的物理课代表。黄征宇书读得好，年级第一很少不是他。

抱孩子的是林艳媚，当年的校花。她刚结婚一年多，孩子还在吃奶。她说，哎呀，一不小心差点就嫁不出去了。

老得像我姨妈的竟然是张清芳！张清芳是一班的语文课代表，作文写得特别好，得了很多奖。她特别爱笑，爱唱歌。她的歌声清亮得像半天里挂下的瀑布，像漫天飞舞的油桐花。张清芳老家也在天岭的背后。

张清芳说她结婚比较早，已经有两个女儿了。她丈夫兄弟多，所以一结婚就分家了，除了住的房间，婆婆还给了她二百元。如今家里的碗有五种颜色，没钱啊，怎么舍得用整套的。还唱歌吗？偶尔还唱的，孩子们喜欢听啊。猪好像也喜欢听。张清芳养了十五头猪，如今就指望这十五头猪了。

黄征宇在一中上完了高一，不上了，当然，是没钱读。因为他爸爸想尽快走上富裕的道路，可是他不是干部，于是走私毒品，被抓，放出来后说，读什么鸟书！现在征宇活跃在白水高速公路收费站一带，工作性质比古惑仔高级一点点。二班的发财也上了一中，现在在白水大学当老师，好像真的发财了，肚子圆鼓鼓的。

发财是二班的物理课代表，读书远不如黄征宇。黄征宇说，老师，我有分寸的，您当年说做垃圾也要干干净净的，这点，我记得牢。

他们说，老师，想死你了！

大家说起往事，心情特别好，但不知为了什么，眼底有些水时不时趁着大笑的时候蹦出眼眶来，溅到嘴角，咸得狠。青春是那么的美好。

我要带他们吃午饭。张清芳突然一拍大腿："不吃饭了，赶紧，得赶紧回家，人饿了不要紧，那十五头猪饿了，麻烦可就大了。"

黑鼻一直坐着不走，他似乎对我们的谈话很感兴趣。他一反常态，嘴皮努力把门牙包起来，安安静静地坐着，不时闪电一般，探手到裤裆里挠上一把。

等征宇他们的车轱辘拐过墙角，黑鼻扯住我："兄弟，帮个忙，叫你爸把大、大庙的理事长让给我。"

我乜了他一眼：凭什么。

黑鼻脸红耳赤，嘴唇又把牙齿包了起来大了眼睛：凭什么？凭什么？凭……

他的二哥是村支书，他大哥是村长。

我们村有一座大道公庙，很大，沿着我们村道一路拉开有一百来米，浩浩荡荡。大道公率领儒释道各路神仙住在里头。和别的庙不同的是，它是双层的，和皇宫一样，站在二楼手扶栏杆望出去，一下就找到了天安门城楼的感觉，右手忍不住要探出去左右摇摆，好像在关怀远处的空气。我小时候，大道公和各路神仙被公社砍作劈柴烧了饭，大道公庙灰头土脸，成了一座仓库，里面堆满了各式各样的麻袋。因为墙面写上了“要把伟大的文化大革命进行到底！”大家很快就忘了它原来是座庙。

一九八七年年底，村里来了几个台湾人，头顶白苍苍，跪在仓库门口埋头就拜，还流了眼泪。

大家这才想起这里是大道公的家。

很快，一大沓一大沓的钞票和几十万张金箔从台湾飞了过来。

一年后，大道公庙露出了本来面目，金碧辉煌，像二婚的新郎。大道公领着各路神仙回来了，其中一个是孔老夫子。信徒从四面八方涌了过来，有本地的、台湾的，有东南亚的，还有美洲的，庙里没有一天断过人，功德箱也出现在了庙里，天天塞得饱饱的。

村里决定成立大道公庙理事会。

我恰好在这时考上了大学。我是村里“文革”后的第一个大学生。我爸决定请全村的人吃打卤面。打卤面当然要钱，可我爸是农民，凑足了我上学的路费后，他手里只剩下了两串香蕉也就是二十根手指头。人民的智慧是无穷的，群众的眼光是锐利的，他盯上了我家那头老水牛。那头水牛是包产到户时分到我家的，那是我妈的命根子。它虽然老得有点踉跄，但还能下田还能下崽还能挤奶，我们家的酱油盐巴都是它挤出来的。

牛贩子是带着尖刀来到我家的。

老牛前腿一软，瘫在我妈的脚下，仰头望定她，大着眼睛开始流泪，扑簌簌的，像受了天大的委屈，上气不接下气。

我妈抱着牛脖子也哭开了。

我爸说，我们要守信用，你总不能叫我卖了油桐树。

他说，他跟大道公庙里的孔夫子求的签，文仔考上了我请全村人吃打卤面！孔夫子脸红红的，答应了，大道公也答应了，我们要守信用！

我妈哭晕了，我爸把她架进了屋里。

牛贩子的动作很麻利，他只用了一个来时辰就在我家的油桐树下把老水牛分解成一堆牛肉和一架大骨头。尖刀在他手里挥舞时，伯伯家和我家的那几头半大的黑猪都努了腰身把脖子架在猪圈的矮墙上，全神贯注地欣赏了整个过程。

牛贩子把牛肉和骨头堆在三轮车上的箩筐里，身子一长踩远了。我听到我爸长长叹了一口气。

我拿来水管，捏紧了管口，水雾喷出来。水雾中，隐隐约约看到老牛昂首挺胸，抿唇大眼直耳，一脸的不屑。

我妈醒来后只在油桐树下找到了一摊血水。她从此不跟我爸说心里话，她天天烧香，她所有的心里话都只说给菩萨听。

我爸守信用，儿子又是村里的第一个大学生，所以大庙理事会成立时，大家一致推选他当理事长。

我爸说，我孩子是读书人，我必须守信用。所有理事谁也不许私自动用庙里的钱。大家都只能尽义务。

功德箱的钱怎么用？修村道，赡养孤寡老人，资助上学的孩子，请人天天打扫大道公庙和村道的卫生……

其中有一条是，本村的人过世了，由大道公庙负责一切丧葬费用，并且在庙前的大埕举行追悼会。

悼词都是我爸写的，也是他念的，他念起悼词气派庄严，胸口挺得很高，让人忍不住就要跟死者鞠躬敬礼。

大家都很支持。

大道公庙的香火越来越旺，所以我爸每天都很忙。事情越多，时间过得越快。我爸很快就老成一个老头子了。

他越来越忙。

要是世上一件坏事也不发生，庙啊道观啊教堂等就不会存在了。你看它们都和市场一样忙碌，就因为这世上永远有不好的事情在发生。

大家的热情维持了十来年。慢慢地，唧唧喳喳的声音就出来了，特别是当开发区的围墙拦住了海风后，有人出来大声说话了：一分辛苦钱都领不到，理什么鸟事！

读书有什么卵用，现在大学生塞倒街，读完大学还不是去打工。

什么声音最大，钱的声音最大！

我爸沉下脸："弥勒佛看着我们呢。"

大殿后的墙壁上，有一幅国画，画中的弥勒佛神态悠闲。神奇的是弥勒佛的眼睛，会随着观赏者的移动而转动，不管你走到哪里，他的眼睛都盯着你，面带微笑。

大家只好把满肚子的牢骚吞回大肠里。

我们校园里种了一列夹竹桃。夹竹桃开起来黄澄澄一片绚烂。但是夹竹桃的气味浓烈，闻起来头晕，容易让人想起一些不甚美好的事，比如到乡下串门时不小心就踩上的鸡稀屎。这天上午我正和校长商量要不要拔了夹竹桃种点别的，老爸进来了。见了校长，他不再像往日一般挺着胸上前握住校长的手，而是点点头闪在我身后。

校长走后，他踩着我的脚印进了屋。我泡了一杯铁观音递给他，他最喜欢铁观音。

他不接，一直站着，也不看我的眼睛，低着眉左手搓右手。他说，不舒服，裤裆里不舒服，痒，痒得受不了，手一抓，老皮都破了。他说，手脏，身子也脏。

我想起了黑鼻的话，不接茬。

他乜了眼睛瞄着门口的一队蚂蚁，吞吞吐吐：电视说了，可以到白水博爱医院看男科专家。你知道，到白水要坐车的，肯定还得拿一些药抹抹。你的哥哥们都没钱……你有空吗？

我数出十张老人头塞进他手里：我明天开会。

第二天日头刚攀上屋檐他就出门了。虽然手脚并用，他上公交车时动作还是稍微慢了那么一点点，没座位了。现在大家只认钱，祖宗都不认，敬老爱幼？你给我钱吗？

他挤在门口，双手捂了裤裆，蹲着。车还没开出镇口，卖票的说，交管在前面，太挤了，超载，抓到罚死！老伙计啊，你最后一个上车，你下去吧。

车门“嗤”一声开了，老爸就下来了。因为车还走着，所以他一踩着地面，就直直摔了下去，后脑勺磕在水泥地上，睡了过去。

老爸磕在地上时我正在上课，讲光学，讲光路是可逆的。出于责任感，我顺便对学生进行了人生观、价值观的引导。

我说，人生最好是要发光，但人生不是光，是不可逆的，死了就没了，你们要珍惜时间，好好生活。学生们听得连连点头，我也觉得胸部膨大许多。

没想到就这时，一个从来只会趴在桌上睡觉的呆子突然跳起来，中指直直向我戳过来：“你爸我不死！”

呆子个子高大，至少有两百斤。

呆子的爸爸原来在部队里养猪，退伍后做了木匠，如今是我们学校的保安。他说，陈老师，你要严格管教我们家阿弟，要打要骂随你便。他太笨了，做生意肯定不行，看来只有上大学一条路。你好好管教，他要是考上了个好大学，最惨也可以当老师，至少不会饿死。

孩子们嘴都大了。没办法，我只好跳起来劈了呆子一个耳光。呆子吃了耳光，一屁股坐回去，又睡着了。

我正在揉手掌，办公室主任在门口招手，表情很严肃，好像他父亲出了车祸。

送到市医院一拍 CT，颅内出血。

医生说，为什么摔倒？后脑勺都摔凹了。

为什么摔倒？惯性啊。老爸能生出我这么优秀的物理教师，可他和中央电视台的体育解说员一样，搞不懂什么叫惯性，当然，全国的物理教师也没几个真正能搞懂。

我爸没兴趣了解这么多，他直挺挺地昏迷着。

医生说，希望不大，我们会尽力的，但需要很多钱，你们要有思想准备。

果然。

哥哥们都是打工的，家里牙齿一箩筐，当然没有钱。全家就我一个人吃公家饭，所以嫂嫂们认为我应该把天撑起来。我也觉得有道理。可是我连我老婆的项链也抵押掉了，还是挡不住催缴费用的通知单。我到处找人借，可如今钱都比爹妈还亲，爹妈都不能借了，何况是钱。

我很累，我趴在病床边睡着了。我在梦里去了一趟大道公庙，我看到大道公和孔夫子都苦着脸，不时趁人不注意，手闪电一般到裆里掏上一把。

赶紧跑回村里到大道公面前上了一炷香。可是理事们不同意把钱借给我，他们说，钱是不能丢进无底洞的，好钢要用在刀刃上，再说，没有理事长同意，谁也做不了主。他们说，大道公同意了也没用，必须有理事长的亲笔签名。你是大学生，肯定有更好的办法。

医生也是大学生，医生讲道理。医生说，找肇事者啊。

对。

公交公司可能因为我个子不高，不搭理我。他们经理借口上厕所提着裤子跑了。他一边跑一边说，这事我们处理不了，你找我们的上级主管部门吧。

我到了交通局运管科。他们的科长倒是客气，还倒了一纸杯矿泉水给我。但他还没等我把话说完就把上衣的纽扣解开了：你们走法律程序吧，这个夏天实在太热了。

我只好转身出来了。我听他在背后跟身边的女孩们说：吓我一跳，我还以为是暗访的呢，还夹了一个公文包。我因为还要赶着去上课，所以腋下夹着一个黑公文包，里面放了一本物理书，一本教案，两根粉笔。

法律程序的入口在交警。交警正在进行行风建设，红布条拉了好几条。交警们全部服装整齐风纪扣扣得紧紧的，两手都是白手套，脖子根有星星点点的痱子。

一位老交警耐心地听我把前前后后说了个彻底，把整个胸膛都说空了。奇怪的是我说完后他只是定定地看着我。

我说，请交警同志秉公处理!

他深吸了一口气，胸口凸起来：我们爱莫能助，你没有保护现场，你没有拍照没有目击证人……

我瘫在椅子上，我的大脑袋耷拉在胸前。

在制服的面前，知识是没有任何用处的，无可奈何，人家根本不理你。你只有一种感觉：无力，连一只母鸡都抓不住。

他说，您还有什么事吗?

我仰起头：我要找黑社会。

他说，那不是我的建议。

我摸出手机，摁了黄征宇的号码。征宇说，老师你别急，我给我堂哥打个电话试试看，你就坐在那里，不要走。征宇挂上电话时嘟呶了一句：张清芳家的猪圈被拆了。

我坐在大厅里瞌睡，我太累了，全身的力气都离家出走了。我正在梦里跟大道公发脾气，有人摇我肩膀："您好陈老师。你放心回去吧，我们黄局说了，我们一定秉公办理。好好照顾老人。我爸去年也是车祸走的。"

是老交警。他的眼睛竟然红了，比脖子根的痱子还红。

公交公司的经理第二天就出现在医院里。

我爸在医院里直挺挺地睡着，他的手偶尔地会到裆里掏上一把。公交公司不时派人来看望，看得我们不好意思了，觉得很对不住他们。大家都不容易啊。

第三个月的第一天，护士又来送费用通知单，我爸突然睁开了眼，他看到了白色的墙壁白色的护士服。他似乎有点害怕。他把被单扯上来遮住半张脸："我要回家。文，文仔，跟你阿母讲，歹势啦。"

歹势就是不好意思，正经点叫"对不起!"

说完又睡过去了。

赶紧把他运回家。

第二天傍晚，他的胸口突然开了锅般起伏了一阵，再也没有动静，就像一块大石头砸进水里，开出一朵大大的水花后，化作一道道涟漪，渐渐消失在一片薄暮里。

妈妈坐在床边，两眼空空的：阿弥陀佛，阿弥陀佛……

大哥说："我去找大道公。"

不一会他就回来了，死命一甩门，磅！差点把我爸震到地上去："兄弟们，抄家伙！"

原来，大道公理事会已经改选了，黑鼻是新一任理事长。黑鼻说，大道公庙是国家重点文物，市里要来成立风景区管委会，再也不许在庙前举行追悼会。管委会是国家机构，资金是不允许随意挪用的；再说，总不能叫你爸给自己念悼词吧。

大哥闪电似的掏了一把裤裆，吼道，我们兄弟六个还怕了他黑鼻不成！走，去砸了他的家！

二哥他们赶紧摁住他。

我走到小油桐树下，这个夏天，它长高了不少，把后院的天空撑高了一大截，天空一点云彩都没有，干净得像刚洗过的玻璃，月亮胖着一张脸，没心没肺地浮在树梢上。

眼睛一酸，眼泪如漫过堤坝的潮水，下来了。

今天是中秋了吗？

今天是中秋了。

张清芳家的猪不知怎么了。

神鼠

傍晚一转身天就翻脸了。闪电抽打着乌云，轰轰隆隆地打东南方向压过来，风忙不迭地追上来，在行道树上一脚接一脚踹出自己的大胖模样，走廊晾衣架上的衣服吓坏了，推推挤挤地要抢入屋内，一派惊惶。

雨突然冲过来，把天和地缝在了一起。

吴春勇和妻子在厅里往旅行袋里塞东西——举人粿、红龟、发糕、寿金、高香，还有苹果一袋，袋口扎了一朵红花。

“哐！”一声巨响，妻子手里的香烛扑到了地板上。是劈雷吗？不对啊，窗外没有异常啊。那是儿子房间里炸出来的，里面还有动静，儿子喊，打死你打死你！

儿子的房门锁死了，敲不开。吴春勇感觉血液轰隆隆从脸皮底下奔涌而过，脑子一热，肩膀一沉往门上撞去。

门开了。有只小东西灵魂一般打脚面飘过。吴春勇一激灵，往门框上一缩，差点把腰闪了。儿子举着一只枕头，将将劈到吴春勇的脸上。儿子气喘吁吁，五官都不在正常的位置上，眼镜也歪了。房间里像古代大战后的战场，无处下脚。书架倒了，架在床和书桌上，摇晃，像失血过多的将军，还在有所努力。地上床上桌上，躺的都是书，小兵的尸体一般。台灯也倒了，悬在桌边摇，像牧师在对士兵进行临终关怀。

等儿子五官回到了各自的大致位置，吴春勇小着声问儿子：“怎么回事？”

儿子没吱声，吴春勇赶忙轻轻接上一句：“不要紧吧？”

儿子看着台灯，手里的枕头一直抖，半天才抖出两个词：“老鼠。老鼠。”

费了半天的力气，总算把房间清理清楚了，一句话不敢多说，退到厅里来，顺手把门带上了。儿子一直端坐在椅子上，一动不动，庙里的菩萨似的。

刚要把旅行袋拉上，老婆一把抓住他的手腕轻声说，等等，等等。卷起眉头想了半天才说："对！"起身到佛龛前拜了拜，请下一只挺括括的红包袋来。吴春勇打开一看，不是钱，是一张烫金的卡片，上面写着孩子的名字、性别、出生年月日，还有时辰，准确到了分钟，和准生证上一样。

老婆说："你跟圣人说，保佑我们震宇考上省状元，以后我们天天给圣人您烧高香！"

在这台风雨开始伸展拳脚的季节里，有什么比儿子高考更要紧？明天吴春勇要去月港的文庙拜孔子，月港的孔子最灵感了。

老婆说，记住了，要烧三支香，上香时，要心无杂念，想象圣人是我们家最亲最近的亲人，把心里的话说给他听。老婆说，明天早上一定要吃素啊，不能才三天没吃肉就忍不住，见圣人斋戒是最要紧的。还有啊，晚上一定要洗干净。

吴春勇把自己搓得皮都脱了，换上睡衣睡裤坐在沙发上数自己的手指。数到眼皮重得像铁门，儿子房间里的灯终于灭了，这才放心地爬到床上。望着老婆起起伏伏的身子，吴春勇忽然起了兴致，但老婆坚决不配合，只好作罢。老婆说："明天你要做正经事，别开玩笑。"

只好逃进梦里。在梦里他听到厨房里窸窸窣窣都是动静，拉开灯一看，哇，满满的一地老鼠，每一只尾巴都竖得像旗杆一样，小眼睛晶晶亮。老鼠们根本不把他放在眼里，自顾自抱上东西就啃。不时地还有老鼠从墙上扑下来，一落地，尾巴噌就竖成了旗杆。

白水市的老鼠和别的地方的不一样，尾巴竖得像旗杆。

这时，不知哪里来了一只黑猫，头小腰长，轻轻喵了一声，回头就走。老鼠们赶忙丢下爪子里的东西，排成长龙，屁股一扭一扭，扭出狐狸一般的步伐来，跟在黑猫的身后。老鼠们的尾巴直挺挺，仿佛古代的士兵举了长枪准备去赴死。走廊长长的，月光飘进来，老鼠的队伍拉得很长，很浩荡，很不真实。

队伍咔嗤咔嗤走着，突然变成了一列高速列车，吴春勇就坐在列车里，要回老家。他忽然发现列车开错了方向，于是跟身边的人说了，可是没人搭理他，大家刷白的脸望着眼前的空气。吴春勇喊，我们跳车吧！没人出声，动都不动一下。他走到车头一看，天，竟然没有司机。前面是深渊。列车“呜——”的一声惨叫，一头扎入深渊里。吴春勇吃了刀子一般叫起来，醒了，背上都是汗水。

月港在白水市的东南方向，月港是吴春勇的老家。五百年前，那里是中国最大的走私港口，烟叶和番薯就是从这地方和一船一船的银圆一起踏上这块老气横秋的大陆的，那时，月港的风都会讲好几国的语言。在老家门口的江滩上，还能找到当年留下的七个码头，一串珠子似的，散落在绿油油的咸草丛里。月港的空气腥腥的咸咸的，一走进鼻孔，眼睛就看见大海了。去往月港的公路两边都是平展展的稻田，一入夏天，稻子一路黄过去，喊都喊不住。不过吴春勇离开那里许多年了，连做梦都很少回去。

月港的文庙就在月港中学里面。记得一进校门是一条林荫道，树是凤凰木，每年夏天一到，满树花朵，天空都是红的，着了火一般，风一起，花瓣下雪似的，整条道都是略带黄晕的胭红花瓣，犹如千千万万的蝴蝶在跳舞，你每一步都得赔着小心，怕把它们的翅膀踩折了。

长长的林荫道尽头是座花圃，花圃里坐着半个雷锋，没有双臂，没有下半身。花圃的背后是个半月形的池塘，叫泮池，泮池的水是活的，夕阳西下的时候，一阵风吹来，水面就碎作一摊金子，仿佛一群金色的小鲤鱼儿约好了，一齐翻了个身。泮池过去就是文庙，坐北朝南，沉寂肃穆，像饿了肚子的文天祥一样沉着一张脸。

记得文庙右边有一棵大木棉，直挺挺的，高到天上去。那棵木棉太大了，想抱住它，要比市里中山公园的那棵木棉王还要多叫上三四个人。吴春勇后来再没见过那么高大的木棉。

木棉树上挂着一粒小铜钟，时间一到就当当当，当当当。声音可以跟着海风跑老远，全校的人都听它的话。木棉树下，蹲着一个齐膝高的石碑，不厚，上面刻着字：“圣旨：文武官员到此下马”。字迹不清不楚。

上午十点整，吴春勇来到了月港中学。月港的天空没有云，地上一点雨水的痕迹都没有。他一眼就看见了学校的后围墙。林荫道不见了，花圃不见了，泮池不见了。迎面四座汉白玉石桥架在一条窄窄的水沟上，乍一看，以为自己来到了故宫门前。印象里，学校是座幽深的园林，到处都是树，几十上百岁的树，从校门口到后面的田径场，得拐好几个弯，要在树荫底下走上老半天，走着走着，忍不住要把书掏出来再看上两眼。到处都是时间的影子。

一口酸水涌上喉头，感觉月港中学像一个极端优雅端庄的女人，猛然大咧咧地把胸膛扒拉开了。

吴春勇把车开过了汉白玉石桥。一推开车门，日光如一盆热水劈头盖脸泼下来，全身的皮肤烫得尖叫起来。看着手臂上的汗一粒一粒迅速肥大起来，无可奈何。

忙不迭地眯起眼戴上了墨镜。

木棉不见了，圣旨不见了，树都不见了。田径场挖开了正在盖楼房，地上摆满了模板和建筑垃圾。

风和孩子自由来去的大成殿两边用钢栅栏锁住了。

空气还是咸咸的腥腥的，但有一股怪味隐隐约约，偷偷摸进了鼻腔，怎么也不肯离去，那是长年堆积的垃圾养出来的馊味。

只好小跑着来到大门前。大门关着，门上碗口大的铜钉，面无表情。只能从侧门进去，不想门槛比膝盖高，差点绊翻了。

抬眼一看，狠狠吃了一惊。条石垒砌的高高的台基上，大成殿金碧辉煌，飞檐翘角，红彤彤的大柱子一根紧跟着一根，斗拱弓梁描龙绘凤，完全不是记忆中的寒酸模样。月台正面是青石浮雕的盘龙陛石，四周环着汉白玉，双龙戏珠、如意牡丹、古瓶梅菊，雕工一刀细过一刀。

石头雕的孔子站在月台上，比姚明高大许多，略略探着身，微微笑着，好像很不好意思。孔子的脚下是一丛杜鹃，开疯了，薄薄的花瓣拼死拼活地抢在日光里，孔子的衣角都染红了。吴春勇突然想，杜鹃开花根本不是为了结果，不想结果的花是谎花啊。

天井里密密麻麻整整齐齐地插满了学生，正在一个胖得像粒篮球的老人率领下，向圣人像行跪拜大礼。老人穿得像五百年前的日本浪人，头顶一只饭窠模样的帽子，吴春勇知道，那叫“冠”，古代的官员在公共场合都要套一只的。

是黄老师。黄老师屁股肥大，脑袋细小。日头煎下来，黄老师油涔涔的。

吴春勇突然起了心思：他要是摔倒了，扶哪一头好呢？

黄老师是吴春勇初中时的政治老师，后来当了校长，兼党委书记。他原是食堂的大师傅，操把铁锹在大锅里炒菜，高丽菜、大白菜、空心菜，不用油。他说自己天生是劳动人民，根子比菠菜头还红。

有回黄老师上课，讲爱国主义。黄老师说：“我爷爷五岁就被日本鬼子杀死了，所以我特别地恨小日本！”

同学们很受感动，眼眶里都是咸水，坐在吴春勇身后的团支书都哭出声来了。

吴春勇心想，你爷爷五岁就死了，那你是谁的孙子啊？！忍不住吃吃笑出声来。因为怕黄老师不开心，他把嘴巴埋入了胳膊弯里。

黄老师的脑袋很小，但是他的耳朵大得像蒲扇，一下就听到了。他走下讲台来到吴春勇面前，蹲个马步，回身往天上一踢，恰似一张大石桌翻转过来，劲爆力道，有风。

当然，他踢的是空气。

“一叩首，二叩首，三叩首！”黄老师的声音高亢嘹亮，像长鞭一样甩到天上。两只在飞檐上歇脚的白鹭鸶惊得呼呼呼飞上了天。

一千多号人齐刷刷地双手合十，举过胸、额、头顶，然后平扑在地上。他们的头磕到地上去时，屁股撅向了天空。吴春勇恍恍惚惚就看到了一千余只王八浩浩荡荡趴在眼前，身子不由自主一颤，鸡皮疙瘩爆满了全身。

忍不住往周围看了看。

香客们围在两庑和大门边，一个个长着脖子。身旁一老一少两个女人，一人一只大香袋。不远处有一只红头发的脑袋高高地探出来，是个白人青年，也掮了一只大香袋。

每个香客都挎着一只大香袋。昨晚吴春勇觉得一个大男人挎个大香袋不伦不类，于是不听老婆的话，坚持要用旅行袋。可是到了这里，反倒显得不伦不类了，一点专业精神也没有。

也许是站得太久连耐心都偷懒去了，香客们唧唧喳喳地说起话来。身旁两个女人的口水都飞到天井里了。老女人说儿子要考博，以前考本科考硕士都来求过，圣人都答应了，灵验！小女人胸口鼓胀，似乎还在哺乳期，她抢着说，孩子要上小小班了，如今竞争太激烈了，一定要赢在起跑线上。老女人听了直点头，还用手里的葵扇帮小女人扇扇扇，仿佛是人家的亲娘。

总算到了最后一个环节，誓师。一个油头粉脸的小男生爬上月台去，因为脚步太碎，在台阶上绊了一跤，嘴巴差点吃上了条石地板。他爬起身抓过黄老师手里的话筒，脖子一长咳嗽两声开始念手里的稿子，声音尖尖的像第一次打鸣的公鸡：

“又到了高三学子们高考的季节，想必大家都有梦想，抑或是梦寐以求的大学通知书，抑或是朝思暮想的女神，抑或是大洋彼岸的美利坚。你要做一个屌丝撸一辈子，还是成为高富帅去啪啪啪？这是一次属于我们屌丝逆袭高富帅的节奏！”

学生们啪啪啪地鼓掌，暴雨一般。孔子一脸的不解。

黄老师吊起嗓门：“求圣人保佑月港中学的全体高三学子！”

学生们振臂齐声高呼：“感谢圣人！感谢圣人！！感谢圣人！！！”

喊完了低着头一个接一个翻过门槛出去了。队伍很长，像蜿蜒曲折的龙，翻了老半天。吴春勇闪在一边，突然想唱“龙的传人”。

天井空出来了，香客们呼啦啦围到孔子的脚跟前，抢着把用的东西摆上去，开始烧香，开始闭上眼睛和圣人说心里话。

好不容易才空出一个位置来，吴春勇赶忙蹲下来打开旅行袋。拉链刚打开，有个影子窜出来，一闪，闪入了杜鹃丛里，像一句谎话，没影子了。

吴春勇眨眨眼，没看到什么异常，于是决定认为是自己眼花了。

他把举人粿、红龟、发糕、寿金、香烛、苹果摆在孔子的脚板前，把装有写着孩子的名字、性别、出生年月日时辰的烫金卡片抽出来，踮起脚尖塞到圣人的手里。

抽出三根香到香炉里点燃了，大拇指、食指将香夹住，余下三指合拢了，双手将香平举至眉齐，开始想象圣人是自己家最亲最近的亲人，把心里的话说给他听："圣人啊，我是月港人啊，我儿子也是我们月港的孩子！托您的福，他书读得特别好。他想读北大，北大说了，照顾20分。但是最近心里不踏实。请圣人劝劝他的同学小兰，别骚扰我们家震宇，她没争到北大自主招生名额，跳了楼。小兰书读得好，肯定听您的话。请您在关键时刻帮帮震宇，让他为我们月港争光！如果能让他考个省状元，我们夫妻天天给您烧高香！"

吴春勇还在和圣人说心里话，黄老师从大成殿里踱出来，在功德箱前站定了，一股真气打胸膛昂然而出："请各位贵宾添油香！一万不嫌多，一百不嫌少！！捐资助学，多多益善！！！"

一些香客开始收拾东西往外走，更多的香客排成一条龙向功德箱走，吴春勇连忙赶上去。

黄老师看看差不多了，面露微笑高喊一声："请捐了善款的贵宾觐见圣人金身！"

白人小伙子没捐钱，两手一摊歪歪头耸耸肩挤到吴春勇前面。黄老师卷起眉头，嘴皮动了动，没吱出声来。

吴春勇摘下墨镜，看着黄老师。黄老师的脸红扑扑，表情没有变化，两个眼睛紧盯着他手里的钞票。吴春勇只好把"黄老师"三个字和口水一齐咽到大肠里。

大成殿的门楣上"中华至圣"四个鎏金大字气派堂皇。吴春勇上学时那地方只有三个字，"图书馆"，校长的办公室就窝在图书馆的尽头。

原来的校长还活着吗？校长每次在大成殿前碰到吴春勇都要摸摸他的脑瓜："这是一个聪明透顶的脑袋！"

但是这颗聪明透顶的脑袋也没带来多大动静，只不过当了个副科级的代局长，而且当了不到半年头发就掉光了。当年文庙里没有孔子，自己没地方找人说心里话，而且他的政治一直读不好，一看到政治考卷就想起黄老师那大石桌一般的屁股，只好将希望寄托在儿子身上了。老校长还在人间吗？

一进大成殿，夏天的手脚缩了回去，凉气贴着地面涌过来。

一字排开的跪垫有上百个，整整三排。香烟缭绕，烟味迎面撞来，一下满鼻满胸。一束阳光从大梁上方挤了进来，斜斜地披在孔子的胸口上。孔子比外面的石头像高大多了，头都快顶到藻井了。巨大的檀木孔子端端正正地坐着，和皇帝一样，一身明黄，黑着脸，一声不吭。孔子头顶正上方悬着一面大匾额，"师道尊严"。圣人身旁站着四个木头人，长着一模一样的脸，东边两个，西边两个，低眉顺眼。比人还高的仙鹤、麒麟一左一右站在香案两边，用下巴颏儿看着大家。

刚才还在唧唧喳喳的女人们闭了嘴，鞋子擦过地面的声音清清楚楚。

牌匾的上空，藻井像一朵巨大无比的金色莲花，在烟雾里若隐若现，一会儿挺近，一会儿很远。

突然，"啊——"的一声惊叫，如花腔女高音过分激动唱破了音。循声望去，小女人面白如纸，左手掩嘴右手遥指着眼前金碧辉煌的孔子，眼眶里都是白眼珠子。大殿里连鞋子擦地的声音都不见了，只有喘气声，又粗，又短。

站在吴春勇身旁的老女人双手一长抓住他的右臂，把全身的重量吊在了他身上，牙齿嗒嗒嗒，不知道要说什么，眼神直直向前飘去。吴春勇跟着一瞭，呼吸一下子就停了，嘴巴大起来——高大庄严的孔子那蒙着金黄色龙袍的胸口正在起起伏伏！那是活人的心跳！圣人显灵了！奇迹正在发生！

圣人好像要起身离座向大家走来。

哆嗦一浪挤着一浪，吴春勇整个人浮了起来，双掌不由自主合在胸前，嘴里默念：“阿弥陀佛！阿弥陀佛！”

黄老师热泪盈眶，一身肥肉哗愣愣地响，脸红得像刚烤好的猪头，嘴巴大大的，下颌挂在了脖子上。白小伙把拇指、食指和中指捏在一起，从上到下、然后再从右往左，一遍一遍地在胸前写十字，嘴巴呶呶呶念个不停。

不少人已经扑到跪垫上开始练习五体投地了。吴春勇身上的肉忽忽忽想拔腿逃走，膝盖酥了，如果挂在手臂上的老太太再重上一点点他就碎了。

且慢！圣人的胸口平静了。一乍眼，圣人的裆部有了动静！鸡啄米似的，好像憋了很久的周公见到了身段妖娆的周婆，不断地行礼。

吴春勇的膝盖僵在了半空中，跪也不是，不跪也不是。怎么回事？怎么回事？

圣人的裤裆行了半天的礼，终于累了，安静了。

突然，一阵波浪顺着圣人的右大腿闪电一般射了出来，“嗖——”射到了香案上。

是一只老鼠！一只昨晚进过吴春勇梦里的白水小老鼠！

小老鼠在香案上站稳了，小眼睛冷冷地扫了大家一眼，扭过头尾巴“噔”地竖起来，在香案上来来回回地走，这个闻闻，那个嗅嗅，满意了，张嘴就啃。众人冻住了，半天才缓过神来。大家看看老鼠，不相信，又互相看看各自的眼睛，还是不敢相信。

哆嗦潮水一般退走了，吴春勇的脚踩在了实在地方。他看见了小兰蹿着火苗的眼睛，像圣人面前的长明灯，蓝幽幽。

这时，黄老师合上了嘴巴，咬一咬，又张开了：“各位贵宾，这是神鼠！圣人答应你们的请求了！”

黄老师用了膛音，洪亮深沉，铿锵有力。大家争先恐后地又埋头磕下去。

吴春勇狠狠扇了自己的脸一巴掌，回头就走。

媚然

那天我们从南门进的白水城，我们排着整齐的队伍，我们一边走一边喊，一！一、二、一！汤师长骑着高头大马，人黑马黑，像一座铁塔，昂然移动在队伍正中，队伍后面，是三顶轿子，里面各装有一个姨太太。护着轿子的是一位白脸长身的青年军官，他叫北贡，是卫队连长，东北人，大学生，因为不肯做满洲国人，又劈杀了两个日本兵，只好一路跑到南边来了。

我们事先在城里各要紧地方贴了标语，比如“热烈欢迎杰出青年汤龙图！”“坚决拥护一代将星汤师长！”等。为了让气氛更热烈，我们把标语写在红纸上。可是，不见一个人影，我们的标语只好像牡丹一般盛开在日光里，风一吹，羞得直想闪上天去。按理说不管来了什么军队，都会有人组织老百姓竖立在街道两旁，头顶一些吃的喝的——这是一种姿态，也是一种规矩。

街上安静极了，在口号“一、二、一！”的间隔中，不时响起汤师长的马蹄声，得，得得。五月底了，连蝉叫都没有！我们的脸不由得火烧火燎起来。

白水自古是兵家必争之地，不为地势，争的是土地肥腴交通便利，工商业发达。

大兵一走，不出几个月，白水又会缓过气来。最惨的是闹长毛那一段，断垣残壁，尸体叠尸体，满城的绿头苍蝇，但是，三两年一过，商铺、烟馆、妓院一样的精气神，连斗鸡也铆足了劲把同类往死里啄。

可三年前来了一批兵，腿杆子光秃秃的，一根汗毛也没有，漫山遍野淹过来，住了好几夜，看电影。他们很文明，不骂人，只是端着枪站在你门口，子弹上膛，刺刀蓝晃晃地端详着你的胸口。他们走的时候，扛走了五六百箩筐的袁大头，连雨具厂的雨靴雨衣也扫了个精光，他们一路走一路说，嘿哟、嘿哟、嘿哟。白水一下失了元神，白天街上的行人垂头丧气，工厂的门歪倒在路边的草丛里，连斗鸡都不想相咬，入了夜，一片死黑，鬼也不敢出门，整座城静悄悄，只有虫叫，没有人声。不过命案倒是出了一些，几乎一天一起，有个警察甚至被倒栽在粪坑里，裤裆豁然，身上衣物不少一件，就是丢了钱包，还有枪。

汤师长说，末叔，这样下去不行！说这话时天刚透亮，日光还没斜入天井来，我们正坐在知府衙门里泡着工夫茶，汤师长望着天井上空慢慢挪动的那朵云，我望着他的胸口，他的胸口别了好几枚军功章，他一挺胸，军功章就精神起来。汤师长一拳捶在大腿上：必须有所动作！

汤师长是我的大侄子，我是他最小的叔叔。我今年虚岁 17 岁，汤师长大我 15 岁。他是个师长，加强师的师长，委员长曾亲切接见过他，除了握手，委员长还拥着他拍了好几下后背，说：后生可畏，青年楷模！

我老爸喜欢娶姨太太，60 岁了还讨了第七房姨太太也就是我的妈。汤师长也喜欢。我爸说过，当年他最大的失误在于教育，没能教育好他的第二代接班人——原名汤鸿渐的汤师长。作为前清举人兼本族族长，我老爸在姨太太们面前展现自己的玉树临风时压根就没注意到当年的汤师长已不知不觉长成了一匹黑豹子。

当汤鸿渐与大眼媚衣衫不整地被推到我老爸面前时，我老爸揉了半天眼睛，总算醒过神来：“沉塘！”他亲手把汤鸿渐捆成了一粒粽子。

我们村有又厚又高的寨墙，有十个成人也抱不过来的大榕树，还有全白水最大的文庙。文庙里面供着文昌帝君孔夫子，孔夫子整天黑着脸。文庙前面是口大池塘，半月形，就叫半月塘。半月塘塘面宽大，能把半边的天吞进去，塘水深，阳光照进去，黑漆漆一片，见不到底，倒是满池塘的红鲤鱼，身长体肥，不时地跃到水面上来，惊得阳光在水上烫了脚似的乱跳——这鲤鱼在白水地面非常有名，过年的时候有钱人家在自家祭祖的桌上摆上一条，很长面子。

大眼媚是保长的大儿媳，保长的大儿子结婚前就病死了。

汤鸿渐当晚三更天就不见了，蜕下了一地的麻绳。他还顺手捶了看守他的呆毛后脑一拳，如今，呆毛走路还高一脚低一脚。

当大眼媚被推下船去时，半月塘的水面打了个激灵，哗，红了，全是鲤鱼。女人们走到塘边去，排着队，一人往塘里吐了一口浓痰，呸、呸、呸！

五年后，鸿渐带着一团的人马罩住保长的家，保长一见满天星斗一般的枪嘴巴，脸一下子歪了，口水挂到脚面来。鸿渐摸出一方水红手帕，上面绣着一对水鸟儿，色彩斑斓。鸿渐说，这就是大眼媚。保长为手帕举行了一场本村活人见过的最大的葬礼，纸钱把整座山都撒黄了。作为孝男，保长哭得那个惨哪！

鸿渐掉转马头就走，再也没有回来。大家花了好几天的时间才弄明白了一件事：汤鸿渐早就不见了，就像一只掠过云朵的大鸟，连爪印也不肯留下，骑在马上的是汤龙图，著名军校毕业生，青年军官楷模，背影高大。

我爸老糊涂了，竟然还要我念四书、五经，他难道不知道现在是民国了吗！那天我说想去外地上学，他虎起一张老脸："不行！圣人云……"没办法，我只好踅出来，沿着寨墙慢慢地走。天空静静的，墙边有不知名的黄色小花正一朵一朵地掉到地上来。我看着日头下自己又瘦又扁的影子，一肚子的无聊全堵在嗓门眼。正好呆毛的儿子阿雄迎面走来，阿雄说，一起去——文庙玩！

孔夫子是铁木雕的，又黑又大，板着一张老脸。孔夫子的后心有个碗口大的洞，真古怪，我刚想把手伸进去摸摸里边有啥东西，不想阿雄抢在了我前面——阿雄家里穷，我爸说过，穷人就是猴急猴急的，办不成大事情。

阿雄的手一进去，马上烫到火似的抽出来，天啊，他的手腕上叮着一条蛇，一节黑一节白，一节白一节黑。阿雄双手一捺一扯，把蛇扯作两段，紫着脸侧过眼微微一笑，轻轻说，哎哟。说完就趴在孔夫子的脚边，不动了。我望着一动不动的阿雄，想，我还有很多没看过的东西呢，我还有很多没去过的地方呢，我不应该像阿雄一般轻轻易易就不喘气了啊。

我出了寨门，望定东方一步一个脚印地走，路上，尘土比巴掌还厚。

可是，刚走到盘龙岭下，问题就出现了——我身上没有钱。我总不能饿死在路面上啊，所以我走进了九一八加强师的师部。汤师长说，啊，末叔，啊，末叔。

洗好吃好，汤师长取出一套浆得笔挺的副官服套到我身上，他说，副官不是官，不是正式军人，只是附着官陪官说闲话的人，委屈末叔了。

那身副官服实在太宽大了，风迎面一吹，我就想飞起来，跟只大鸟差不多。

汤师长几乎天天陪我泡工夫茶，茶杯一捏在手心，他的话就止不住。他说，流氓会武术，谁都挡不住；他说，坏人活得当然比好人好，不然，他们把自己弄得那么恶心就没啥意义了，保长就是个坏人；他说，他是真的喜欢大眼媚，噢，不是喜欢，是爱；他说，那天晚上要不是我爸他爷爷亲手捆的他，他早就被半月塘的红鲤鱼啃成了零零碎碎的骨架子了……

可是我一直就没法想明白，他为什么每次漱完口非得把水吐回井里去？

汤师长军人风格，既已拍了大腿，怎么可以把事情拖到明天？他喊来卫队连长北贡，两个人关在师长办公室里磨了半个多小时。汤师长信任北贡，他跟我说过，北贡是个爱国青年，热血，他愿意把脑袋放在北贡的手心里。

北贡要护送八姨太的轿子到西门外的霞栖寺烧香。霞栖寺的名气很大，我在乡下就听说庙里的菩萨极灵验，特别是送子观音，更让人眼热的是庙里的和尚相当的花，爱唱酸曲儿。我说，我也去。汤师长不同意。北贡说，没事，包在我身上，保证回来时不会少了一根寒毛！汤师长看看北贡，又看看我，脚跟在地上碾了三四圈，说，好，北贡，就看你的了。

霞栖寺比我想象的要高大好几倍，天都遮了一半，日光碎在琉璃瓦上，像微风跑过的湖水起了波澜。我眯起眼，站在庙前的菩提树下，情不自禁地“啊”了一声。突然，头皮一凉，“噗噗”两声，大檐帽飞到了树根边。当我明白那是子弹时，尿就下来了。

北贡夹起我，丢到菩提树后，他回身冲进庙里去，庙里一时人声杂乱。我还在树下大喘气，他们就出来了，押着一白一黑两个和尚，白肥黑瘦。后来还扛出了一具尸体，头上光秃秃的。白和尚一边走一边回头用官话冲黑和尚大吼大叫，他的官话真难懂，我好几天后才明白过来，他说的话里有“省委”，有“机关”，还有“破坏”，不过有一句我一下子就听清了，他说：“蠢猪蠢猪蠢猪！”黑和尚脸上挂不住了，跳起来一口呸过去：“你才蠢猪！笨猪母！笨猪母笨猪母！你母你爸都是笨猪母！”他说的是本地话。我尿了裤子，太没面子了，本想上去踹他们两脚，一听，忍不住蹲到地上嘎嘎大笑。

汤师长叫人到府衙后院扒出太平军用过的绞刑架，气昂昂腥乎乎地竖在中山公园的正门口。白水人很久没见过绞刑架了，哗啦啦将公园的正门围了个水泄不通。两个和尚都很安静，白和尚侧了脸，眼白鼻孔都翻到天上去，黑和尚不时微笑着冲人群点点头，好像是在街上散步时碰到了熟人。奇怪的是，那两个行刑人却“噢、噢、噢”地大声吼叫，拿拳头把胸口砸得红通通的。汤师长命令卫兵在两副绞刑架下各放了一只大笸箩，上面衬了油纸，他说，不能弄脏了白水的地面。

行刑人突然闭上了嘴巴，两个和尚双腿悬空四肢一阵乱舞，屎尿顺着裤管流到了笸箩里，整条大街都臭起来。人们再也忍不住了，好啊、好啊喊起来，把手里的泥巴、石块、香蕉皮、破鞋子噼噼啪啪砸向了两个和尚，可那两条躯体一点反应都没有。

白水的治安一下子好起来，店铺的门板又卸下了，专营妓院的醉里街和大同道也挂满了红灯笼。税丁们脸上的肉明显活泛不少，见了人也有精神打招呼了。一入夜，整个白水城都是响动——麻将声、骰子声、叫卖声，等等，等等。其中那“买烧肉粽——”的喊声调子偏高气韵绵长，叫人满嘴生津双目含泪，心一下子飞到月亮边上去了，一腔的离愁别绪，想唱歌，想作诗。

和平对一个军人来说，总不知是好事还是坏事：打战意味着机会，意味着他们可以理直气壮地存在，可谁喜欢去死呀。汤师长必须为九一八师找到在白水长期驻扎下去的理由，汤师长不是个不讲理的人。

汤师长决定进行一场卫生文明城市建设，要轰轰烈烈——蒋委员长倡导新生活运动已经一年多了，白水城早该有所动作，有所发扬，有所创新。卫生文明城市建设要全民参与，当然包括军人，军人还担当着一项重任：对市民的卫生文明建设进行评估、监督以及现场指导，很动脑筋的。卫生文明建设的最重要一项内容是，除四坏。哪四坏？老鼠、苍蝇、蚊子和蟑螂。老鼠排在第一位——白水的老鼠在周边地区名气很大，目中无人。有人提议不要蟑螂，改成麻雀，因为秋收时麻雀会叼谷子吃，吃得胸部鼓鼓的，翅膀都懒得拍，就在地上扭出花来。汤师长说，放你娘的鸡巴屁！麻雀平日里吃虫子呢！虫子啃粮食，没有粮食我们吃风？还当什么鸡巴军人！……一马靴踹到那人屁股上，踹出一声凄厉的“哎哟——”来。

通知发到各机关单位，发到各条小巷子里，城里的空气为之大变，到处是石灰水的碱味，闻着鼻毛也挺起腰杆来。七月初七下午，汤师长穿着少将军服和我一道在街上私访。汤师长和我并着肩走，充分体现了对长辈的尊重。刚刚有一场不大不小的雷阵雨紧手紧脚地跑过街市，街道上清清爽爽、滋滋润润，呼吸着带了水汽和花草清香的空气，不由得心旷神怡，想在街上不停地转下去。

白水师范是白水最大最高级的学校。一进门是一座石桥，桥面宽大，雕了两排小狮子，汤师长说，北方无定河上有一座大桥，长得快望不到头了，上面也雕了两排石狮子，密密麻麻，数也数不清，都活了似的，可是没有两只是重样的，那桥叫卢沟桥，卢沟桥上的上弦月可出名了。

一尊石头孔夫子高高矗在桥的另一头双手握了竹简微笑着望你。

桥的两边都是水，温泉水，冒着白汽，红彰彰的红鲤鱼不时蹿到空中来，左右扭摆一顿，啪，又摔回水里去，恍如老家文庙前的半月塘。

校园里静悄悄的，只有一只老蝉一声长一声短地拖着哑嗓子。有树荫，没有人影。汤师长说，走，大礼堂。

大礼堂后门进去，是一串台阶，台阶尽头，是戏台。

“……如果有人问要说，没有四坏，没有老鼠！特别是没有老鼠！没见过老鼠！走读的同学注意了，在家也要这样说……”

声音高亢、嘹亮、圆润，是个女生，短发齐耳，屁股又大又弹手。台下是乌压压的人头。人头们本来嗯嗯嗡嗡作响，一见我们，气都不喘了，一齐把嘴巴张成山洞。蝉声及时从窗口挤进来，长一声，短一声。

这个女生的眼睛真大呀！——她回过头来，一、二、三、四、五，嫣然一笑，就像一个花苞儿，到了点子上，一瓣一瓣，开了。

她甜了嗓子：啊，师长，啊，您好汤师长。她回过头去昂起声来：同学们！汤师长日理万机废寝忘食，百忙之中还特意抽空到敝校来，让敝校蓬荜生辉！同学们，下面让我们热烈鼓掌，欢迎汤师长给我们演讲！

汤师长也不客气，他意味深长地看了女生一眼，把人家的耳朵都看红了。汤师长收了小腹提起丹田气来，开始谈修身，谈养性，谈人生的意义，谈民族独立，谈国家，谈爱国，谈爱国与个人良好卫生习惯的必然联系……最后，两马靴的脚后跟一磕，啪，来了一个军礼！

掌声响起来，像惊涛，像骇浪。离开白水师范时，我们两脚都是虚的，踩不到点，汤师长的靴尖有几次还踢了自己的脚后跟。

月牙挂上屋角时，一架花轿悠进了知府衙门。

第二天日上三竿后又过了一个时辰，汤师长牵了一个新嫁娘打扮的姑娘来到我面前，汤师长眼睛泡泡的，想来一夜都没睡好。我一抬头，不由得瞪大了双眼，瞪得眼眶又酸又麻：是白水师范戏台上的那位女生！

新娘子腮帮飞红，眼睛似两大塘刚开春的泉水，波光潋滟，她的脖根耳下有些紫斑，在领口处出出没没。新娘子细声细语：“小叔公好。”

声音又沙又甜，甜到了人的心里，连脚后跟都酥了。

她是九姨太，汤师长说，她现在叫媚然。

媚然是个奇怪的人，自打进了知府衙门就再也不见当日在师范大礼堂戏台上慷慨激昂的模样。她柔声软语，低眉顺眼，见了我，总是浅浅一笑，轻轻一声“小叔公好。”让我觉得自己十几岁的脸上拖出了三千丈长的白胡子，不好意思多看她的大眼睛，更不好意思多看她的翘屁股。

更让我惊讶的是，她有好几种声音，她可以高亢嘹亮，可以小鸟依人，竟然还可以粗门大嗓。那天，我正在院子里的丁香树下吃早饭，北贡夹了两本书来看我，北贡人高声大，声音里一股大渣子味。刚说上两句，忽听得里边一声大吼：哎呀，我的妈呀！

媚然一阵风似的扑出来，拽住北贡的双手跳着脚转起圈来，她的嘴巴关不住：“哎呀，我的妈呀！哎呀，我的妈呀……”北贡不好意思了，头皮都红了。

我愣了一碗饭的工夫才确定，那“哎呀，我的妈呀！”是打媚然的小嘴里吼出来的。

他们都是奉天人。他们谁也不认识谁。他们说，一听到奉天话，眼泪就下来了。

我低眼看手中的筷子，我发现，他们俩恰似一双筷子，放在一起，别提多合适了！

那天，汤师长不在家，他到几个有驻军的县里去了，去关心自己的部队，顺便关心一下散养在县城里的四位姨太太，尽一尽自己在生理方面的义务。他从不谈起大太太，但我知道，大太太在广州呢，养了两个小崽子，都是公的。因为地方清静了，他甚至不用北贡护卫，叫上一队贴身卫兵就走了。

台风就要来了。日头有些摇晃。天气异常的闷热，偶尔一阵风擦过手臂，寒毛都热得蜷起来。风走两步就顿住了，把人捂出一身汗水来。

北贡脸红扑扑的，他晕了头了，他在找死。人都是要死的，可是死法有讲究。死在敌人手里的，是烈士，可以刻碑；死在自己人手里？什么都不是。我心里希望他俩在一起，他和媚然。可我又不能眼睁睁地看着他们在一起，我是汤师长的末叔啊。

只好装聋作哑，只好绕着走，就当作这个世界上，什么也没发生过。

我在大街小巷里漫无目的地走。我看到天上的飞云像受了惊吓的羊群，往西边的天飘去。我看到芳华里有棵百年老桂树，夹在楼缝里，孙子似的。我看到那个叫文昌门的城楼上有某要人题的“文昌”二字，因为靠太近了，草书，乍一看，一点文气都没有，倒更像个“娼”字，不禁摇头。

文昌门外是条大马路，马路中间高高矮矮围了一大圈人，不时喊出好来。这马路是十多年前驻守白水的陈司令修的，是白水的形象工程，后来陈司令走了，大家就搞不清它的用处——白水又没有几匹马，于是用来斗鸡。在有关部门的引导下，大家也仿佛一夜之间弄明白了，陈司令原来是个爱斗鸡的人啊，玩物丧志啊，一己私利啊，等等。

我突然想看点血腥的，我想闻闻鲜血的腥味。斗鸡咬起架来不要命，皮开肉绽鲜血四溅——肯定是在斗鸡。挤进去一看，一根鸡毛也没有，黄狗倒是有两条，连接在一起。围观的人都非常兴奋，鼻尖上净是汗珠子，目不转睛。日光亮堂，照得两条狗都快和地上的黄土化作一体了。

我的心猛然一揪，推开人群往回就走。

汤师长的乌骓马绑在知府衙门口的拴马石上！

我看到了汤师长的背影。他大手一挥，四个卫兵一人抓住一张渔网的一角，冲进了媚然的卧房。

北贡戳在天井里，四周都是黑洞洞的枪口。北贡像一条剥光了鳞的大鱼，白赤闪亮。北贡被紧紧兜在渔网里。他使劲伸了双手想去捂住裆部，可怎么也够不着，渔网裹得太紧了。北贡低头、垂眉、耷眼，脖子像抽掉了筋，一扇风从天井外拍下来，他的脸抽成了一团乱肉。屋檐的风马忍不住叮叮当当叫了一通。

汤师长在天井里背了手一圈一圈地走，每一步都恶狠狠的，不仔细看，你会以为那是一只中了箭的老虎。

后来，他在我面前刹住了脚步，他的眼睛蓝起来：他妈的，咋办？末叔，你说我咋办？！

他身后一整墙的爬墙虎绿得头昏眼花。

我说不出话。

风是突然就起来的。风大呀，风马都飞到天上去了，有一些瓦片也急急忙忙跟了上去。

汤师长大吼一声：开闸放水！

雨落下来前，风忽然顿住了，天扯开了，漫天红霞。天愣了一刻钟，突然像犯了错的孩子，手忙脚乱地合上了。地一下沉到黑夜里去了，水从天上摔下来了。

雨声如雷，人似在水帘洞里。

厦门怕风胎，白水怕水灾。风胎就是台风，厦门在海上，来了台风躲也躲不开，白水离大海有一小段路，台风到了白水，累了，顺手就把水都扔到白水地面上，所以一来台风白水就淹水，白茫茫的。这场雨猛哪，才半个时辰，伙房落在院子里的洋铁皮桶就满了。幸好汤师长处理及时，最主要是建设卫生文明城市期间部队疏浚了白水市区的所有水道，白水街上竟然没有积水。

雨稍稍小下来，我和汤师长一齐登上北门城楼，往北边望去：天啊，山追着山，轰隆隆，瘫到平原上来了。远处九龙江的水浮成一堵墙，嗡嗡嗡向白水城顶过来，一到城门外，稍一使劲，就把旧桥抬走了。白水城外的江上有桥两座，新旧各一，旧的叫安澜桥，快一千岁了，新的叫中山桥，是陈司令驻白水期间组织有钱人捐的，原名倒不叫中山桥。

汤师长脸色白得像竹子纸。我不知道自己是什么脸色，反正心卡在胸膛里，不跳了。

水退下去的时候，中山桥孤零零地卧在江面上，一脸的落寞。

天蓝得发抖。

新任独立团团长赵北贡和丁香的婚礼是如此的隆重。婚礼由汤师长亲自主持，白水城所有有头有脸的人物都到齐了。记者们也齐了，照片拍了一张又一张，镁灯“嘭、嘭、嘭……”闪了又闪，闪出许多白烟来。婚宴过后，北贡骑在一匹大白马上让众人簇拥着沿了白水的主干道慢慢地游，游出了满城的炮仗屑，花花绿绿的。小孩子们家雀似的顺街蹦跶过去，踹出一路的花来。大白马胸前系了一朵大红花，北贡也系了一朵，北贡怀里还搂着丁香，丁香的婚纱和大白马一样白，下雪似的，都拖到地上了。大白马是汤师长以个人名义跟商会会长蔡清贫蔡老板借的，德国货，走起路来都是花样。汤师长有乌骓马，四个蹄子都是白的，跑起来宛如在雪上飞，可汤师长一贯是把坐骑当老婆一样疼的，再说这匹乌骓确实是一匹女马。

丁香就是媚然。汤师长读过书，喜欢给人取名字。汤师长说，舌送丁香啊，好，好。说得丁香的脖子根都红了。

北贡抱起丁香进了知府衙门斜对面的小姐楼，临进门时还腾出一只手来冲我们挥了挥。汤师长远远地望了，回头微笑着对我说，末叔，我们到小操场较量一下。

我是长辈，我怕什么！他还没摆好架势，我就狠狠地扑了上去。

他一款腰就闪了我个大筋斗，我翻起身坐在尘土里，满心欢喜。

汤师长拉起我，笑，哈哈，末叔末叔。他说，我送你到师范读书，衣裤日用品都备好了，你可以脱了这身副官服，安心做个读书人。

第二天，整张的报纸全是北贡婚礼的消息。第一版主要歌颂了一代将星青年军人楷模少将师长汤龙图的宏大气量。我看了很受用，作为长辈，我为汤师长感到骄傲。北贡毕竟是我的救命恩人，我的书友，我真心地希望丁香能和他在一起。我为什么愿意不顾辈分跟汤师长摔跤？因为我太开心了，而且汤师长说了，把长辈摔翻在地可以让他充分体会到反帝反封建的快乐——我何乐而不为？

第二版一抬头先介绍了故事“破镜重圆”，不过记者把年代搞错了，他说，故事发生在唐朝，而且他把杨素写作了唐太宗李世民，接着，记者浓墨重彩地描述了一个曲折离奇、催人泪下的爱情故事，尽情讴歌了纯真的爱情，报纸说，爱情是永不熄灭的火焰。报纸还说，北贡和丁香青梅竹马、两小无猜——这明摆着是瞎扯嘛：北贡快三十了，丁香二十不到，如何竹马如何青梅？如何两小无猜？想猜都会脸红。而且，以前他们根本不知道世界上还有对方的存在。当然，他们都是奉天人，都是热血青年。看来，新闻记者的基本功应该是瞎扯淡。北贡以前倒是有过女朋友，那是别人的老婆，会写小说，身体不好脾气也不好，后来，他们在上海的大街上让日本人的子弹打散了。关于丁香，北贡和我一样，不甚了了。

今天是民国二十五年9月17日，下午。我们学生会的骨干们集中在我的宿舍里开重要会议。骨干们都是男的，因为贾宝玉说了，女子是水做的，水是没有骨头的，所以女生当骨干是不合适的，当然，原名贾春风的媚然或者丁香是个特例，她是原学生会主席。我们首先讨论了恋爱问题，深入交流了各自从女生手中以各种手段取得的手帕的颜色、形状以及质地，还有气味。天气虽然闷热，但是我们的交流非常热烈、非常踊跃，大家一致认定，爱情是头让人心惊肉跳的动物。这时，我想起了北贡。前几天报上说了，独立团团长赵北贡率领精兵开赴天柱山围剿悍匪叶文龙。叶文龙是白水最大的土匪，听说有三个鼻孔，国军围剿了十几次，每次回城时无一不是灰头土脸，断胳膊拖尸体的。丁香没有跟去，她在小姐楼等待北贡的凯旋——汤师长教导北贡说，好男儿当不贪一晌之欢，再说，匈奴未灭，何以家为？！

想起了北贡，想起了北贡的老家在奉天，想起了北贡劈过日本人，我猛然发现，我们今天的讨论实在有些离谱。因为明天就是9月18日了，九一八、九一八，我们应该有所表示。而且，听说日本人已经在攻打厦门岛了。我们召开全体学生会骨干联席会议就是要确定明天该举行什么有意义的活动，并且必须制定具体的行动步骤。

大家都是明白人，日头才贴住山头我们就决定了，明天举行抗日示威大游行，走遍白水的主要干道，要喊口号，还要撒传单，最后，到知府衙门递送请愿书，说服汤师长率领具有强大战斗力的九一八师北上抗日，收复山河。大家一致推举我为请愿代表，负责说服汤师长，因为我是汤师长的长辈，肯定出效果。大伙儿热烈鼓掌，掌声如台风雨，啪啪啪啪啪啪，我觉着自己的胸腔大起来，涨满豪气。

可是，猛然就想起他每次漱完口非得把水吐回井里去，我胸腔里的气立马走了不少。他跟我说过，老婆或许可以不要，但军队万万不可，军队是他的命根子，有了军队，他才可能昂首挺胸地在白水的地面上自由地来去，没有了军队，他就什么都不是了，甚至不如厨房门边那两只洋铁皮桶！

而且，自打日本人要攻打厦门的消息传到白水城里，知府衙门口就架起了机关枪，枪口黑洞洞的，好像随时准备发脾气。

我捏捏两只手掌，还好，还听使唤，可是手掌里空落落的什么都没有。我能说服他吗？我没有把握，一点把握都没有。

我必须让大家明白，我们不是在玩过家家，我们准备做的是一件很有难度的事情，意外是随时都可能发生的，别光想着喊喊口号出一身臭汗然后一齐猛扑向食堂吃个痛快。

我伸出双手压压胸前的空气，沉住嗓子咳了两声，正想说上两句，同学们突然脸色大变：走廊上传来一阵跑步声，是军鞋踩在地板上，齐整，劲道，威猛。接着一队兵撞进门来，啪！立正，竖作两排。汤师长出现在门口，他的身材高大，屋内一下就暗淡了许多。

同学们抿着嘴，互相望了望，一齐低下头煞白着小脸踮起脚跟侧身贴着墙壁滑了出去。

汤师长大踏步向我走过来，脸红喷喷：“哈哈，末叔，哈哈，末叔——我把他老婆睡了！”

我的头有点大：啥？

汤师长咬着牙：北贡啊！他敢睡我老婆！奶奶的，我也睡他老婆！现在我天天都去小姐楼！

我抬眼望到窗外去，窗外的景物一派模糊。

台风又要来了。

小官同志的爱情故事

小官同志姓陈，全名陈小官。小官是国家的人，而且是党员，所以经常听人叫他小官同志，只是听的次数一多，他恍恍惚惚就以为自己是个日本人，姓小官名同志，于是就对本地的饮食有些不适应，不过等他醒过神来时心里总是很不愉快——小官喜欢日本电器，但小官讨厌日本人。

小官是个民族主义者，爱国。

这世界上的所有民族主义者都有一个共同的特点：不希望自己成为被爱情遗忘的角落。

小官也是如此。

2003 年农历正月十四。明日是元宵，今天是 2 月 14 日，中外的情人节都挤一块了，气氛难免与往年有所不同。

国产的情人节早就只让人记得吃有馅汤圆了，但进口的情人节是铁定要过的，不用说一般的有理想有感情有性欲的年轻人，甚至一些脸皮起皱的中老年男女，时间到了总也得上场出溜一回。

陈小官请邬梦倩吃饭，到“意乱情迷”。

陈小官属于有理想有感情有性欲的年轻人。小官当然想当大官，有几次午睡时他甚至梦到自己当了国家重要领导，站在大工地上，左手叉腰，右手握支话筒指这点那，比画得周围的脑袋点个不止，闪光灯嚓嚓嚓。

可事情哪有吹气球容易。

小官原在某市直中学教语文，教了三年，终于发现在教育战线上奋斗一生，当上个教委主任的希望也近乎于零。

小官不服气！

命运总是青睐有理想有准备的人。去年 3 月，市教委下达文件，允许青年教师参加公务员考试，给了广大青年教师更广阔的施展才能抱负的空间。

小官怎么可以放过任何的机会。

小官临走时校领导特意在富豪大厦十三楼举行了欢送酒会。这可是破了例的，因为小官毕竟是个普通青年教师啊，而学校只为校级领导的荣调或荣升开送别酒会，特级教师光荣退休？自己回家泡两杯茶喝吧。

喝得差不多了，校长起身举杯："小官同志啊，前途远大！我早看出你是个人才！爱拼才会赢哪。记得常回学校关心关心，看看老哥哥我。来，为了小官同志更上一层楼，来，都来，准备好了，干！"

小官一口把整杯茅台灌了下去，呛得眼睛直冒酸水。小官知道做人是不能太夸张的，可实在有些按捺不住，转身到窗口对着满城的灯火长长号了一声。

事情进展要是有想象的那么容易有多好！小官头脸一新地到新单位坐了几天班就发现，照这么坐下去，陈小官到了六十周岁，肯定也还是"小官同志"，至多折腾成"小陈"，想把自己弄成个小官？午睡时再去做一个梦吧。

小官当然不甘心。小官上学时政治读得好，知道内因是条件，外因是关键，矛盾是普遍存在的，事物是呈螺旋式上升的，辩证法，放之四海而皆准，六十周岁不到，努力不止。

邬梦倩比陈小官迟三天到单位报到。

彼此有些熟悉了，小官问："小邬啊，那天公务员面试怎么没见着你啊？"

邬梦倩斜他一眼："我才不考公务员！"

呛得小官的眼泪差点从鼻孔涌出来。

邬梦倩长的不是太好，瘦，且小，眼神有点斜，向左斜，看什么东西都是一副满不在乎的神色，就是对单位的头头，也是斜着眼看的。头头对她的态度很端正，经常嘘寒问暖的，有时还问问：“老领导最近身体不错吧？”

邬梦倩说话不说话的时候经常会不经意地拈着涂了蔻丹的小指甲，挺有气质的，小官很爱看。并且，邬梦倩的爸爸是头头的领导的领导。

小官决定有所动作。

小官的思维很有条理，缜密。这得感谢多年的正规教育。这几年兴素质教育，“素质”是什么呀，培养一批没心没肺的人，又吹又唱的，哪里有小官如此的扎实。小官认为，从量变到质变，时间的把握最关键，2月14日，国际通用情人节，再合适不过了。孔老夫子说，食、色、性也。食就是吃，吃是第一要紧的。所以大年初二小官就决定了，请梦倩吃饭，2月14日，到“意乱情迷”，吃广告说的今年最流行的“情人节大餐”。小官想，舍得了孩子，还怕套不着大灰狼？

“意乱情迷”当然是西餐厅，本市最上档次的西餐厅。它的最大特点就是烛光摇曳，一派黯淡，在它的橡木地板上踩一脚就可咯吱出两个浪漫来。

也许你要说，以小官同志的经济实力为什么非得到“意乱情迷”？到舞厅不是更合适而且更直接？再说，我们白水市的舞厅比初夏的大兴安岭的蘑菇还多，门前广告的关键字眼都是“打折”。——我跟你说，你最好别跟我们小官同志提起“舞厅”这两个字，一提他的心里马上会变得空空荡荡的，连空气也找不着，缺氧，于他的身心健康极其不利。他又不是没去过！去年七月初七他就去过“忘乎所以”，而且是丽达主动邀请他去的。

丽达是小官同志以前的同事，教英语，身体和表情都极其的“吓可死兮”——就是性感啊，并且经常说“现嗅”——丽达打死也不会用汉语说“谢谢”的，这使她比网上的三版女郎乔丹女士更具有覆盖力，不仅小官同志，就是一贯严肃端庄的老校长见了她也忍不住要腰身大晃，晃出一脸的汗水和笑容来。丽达就坐在他的正对面，偶尔高跟鞋的头部会扎到他的鞋底，扎得他的全身给电到似的，麻，几乎要把持不住，所以小官同志第一天下了班到学校食堂吃午饭时就发现满饭盒里漾的，尽是丽达的嘴唇，红艳艳的，咬起来嘎巴嘎巴脆响，怎么也嚼不出猪头皮的味道。

小官给丽达写情诗，写了不仅一大堆，年轻人嘛头脑简单容易发蠢，写写诗是完全符合生理学和心理学的规律的。可丽达看都不看，捻起来就丢到垃圾桶里，就像那是些擤了鼻涕的面巾纸，回过头照样在小官同志的对面坐出一身的性感来。这让小官同志很失望，只好把自己包在被窝里闭上眼睛将想象中的丽达剥光了狠狠地压在身子底下，压得猛了就低吟一声，然后下床擦擦下身的某些部位，擦完了把手里的面巾纸丢到墙角去，动作过程与丽达丢他的情诗基本一致。

去年七月初七下午，小官同志正把宿舍的门窗全封死了在床上哼唱《丽达之歌》并且有所动作，这时手机响了，停下手一接，嘴巴就大起来——竟然是丽达，丽达叫他晚上一起到舞厅跳舞。丽达说，七月初七啊应该活动活动嘛。

他们去的是“忘乎所以”夜总会，“忘乎所以”里灯光富丽璀璨，亮得让人直想把衣物全剥光了到池子里狂扭一场。小官同志一见到丽达两眼就直了：丽达套一件低胸紧身短裙，鹅黄色，臀部把裙子绷得像一粒中国女排比赛用球，两匹乳房各有三分之一多一点肆无忌惮地挤出胸口来。

到夜总会来的当然没有一对会是夫妻，瞎子都看得出来，不外乎三类人：情人对情人，妓女对嫖客，恋人对恋人。小官同志自然把自己和丽达列为第三类，因为这才说得过去。令小官同志有些惊讶的是，他看到了一个肥婆，正把一身的肥膘挂在一个很帅气的年轻人的脖子上，一边让他拖着一边咬他的耳朵。小官同志愣了一下，太眼熟了！眯了眼一瞅，不错，那肥婆他昨晚刚在电视上看过，当时肥婆就堆在电视里，手拿着一叠稿纸，嘴巴粘着话筒不住地运动，背后是一条大横幅，大红，上写："全市十大廉内助先进事迹报告会"。那年轻人明摆着是他的小师弟，该上大四了吧，那孩子是大山里来的，书读得一级棒，小官同志以前经常看到他躲在食堂的角落里啃萝卜条。年轻人也瞥见了小官同志，可人家并不理会他，人家回过头去认真地啃起肥婆的脖子来，啃得肥婆嗯嗯嗯直哼哼。

小官同志很快就全身是汗了，衬衫和内裤都紧紧地粘在身上让他实在按捺不住，两只手像刚下锅的大闸蟹似的在丽达的臀部上无规则运动起来——因为丽达的胸部紧紧地压着他的胸口，嘴巴随着舞曲的节拍不停地吞吃小官同志的舌头。

当他们舞到舞厅的角落时，灯突然灭了，这点小官同志是有思想准备的，因为这是舞厅的规矩，令他完全意料不到的是丽达竟然"刷"的就把他的裤链扯开了，玉爪逮住小官同志那正不知要奔向何方的把柄往自己的身体里面塞。小官同志身子猛一抖，不由自主地"啊"了一声。

丽达说，啊，你还是个处男哪。

可直到今天为止，小官同志仍然无法断定自己还算不算是个处男，因为他的确对丽达的身体内部结构没有任何印象。

后来再见到丽达，小官同志赶紧冲上前去搭话，可丽达就像不怎么认识他似的，笑一笑美臀一撅，就让男朋友的超大摩托运走了，只留给他一股淡青色的烟雾，熏得他的鼻子酸起来。丽达的男朋友穿的是无袖T恤，两条手臂比小官的小腿粗大不少，上面都刻了一个和泰森一样的人头。小官同志对该男朋友的爸爸很熟悉，经常见人家在电视上布置重要工作。

所以小官同志盯着他们的背影咽着口水立下重誓，一定要抓住一切机会改变自己的生存空间，不然，下辈子投胎当公鸡。

目标锁定，下手要紧。初八第一天上班时，小官看看左右没人，耳朵红红地抖着手在梦倩的桌上压了一纸条，一溜小跑回到自己的座位上，闭着气，瞄。邬梦倩打卫生间回来了，斜一眼，把纸条翻了个个，沙沙两笔，揉一团，远远丢过来。小官一打开，差点就晕倒在办公椅上——天上掉馅饼了，大大的两个英文字母：OK，外加一个感叹号。

情人节吃饭是必须的，但礼物更要紧。做文章最讲究凤头豹尾了，礼物就是豹尾巴，一尾巴鞭狠了，马上食进化到性，不经过色。书上说，要出奇制胜。送玫瑰？土拉吧叽。康乃馨？别说笑了，找老婆又不是找后妈。要有新意！小官同志一贯循规蹈矩，这可难坏了他。到了正月十一晚上 7 点 50 分，他还是拿不定主意，急得小肚子酸溜溜的，有山洪要爆发的感觉，赶紧往厕所冲。

在厕所门口，他看到了四瓶白醋。那是昨天深夜敲门找小学同学阿辉买的，一瓶二十块。当时他在心里狠骂：黑心肝了，你这鸭母养的！

可今天下午已涨到一瓶一百二了，全城的人都知道，电视也报道。

打厕所出来，小官同志从上到下都舒服，他终于彻底体会到主观能动性的作用了。

2003 年 2 月 14 日晚，7 点 15 分，小官同志在“意乱情迷”里刚把椅子坐热了，邬梦倩就飘进来，坤包一甩，坐在他的对面，斜着眼，微微笑着，等他动作。

小官同志的眼睛一酸——邬梦倩身上套的，也是鹅黄色的紧身短裙，鹅黄色好啊，黄种人穿起来，在黯淡的灯光下，有不穿衣服的效果。更让小官同志惊讶的是，当邬梦倩俯下身去时，胸口竟然也有两粒圆滚滚的肉肉探出头来——梦倩是个那么瘦的人啊。小官同志想，女人真是不可捉摸的动物哪。

小官同志的心理素质是过硬的，他很快就回过神来，右手在头顶上空伸直了，“啪”，打一响指，扎着红蝴蝶结的白衫黑裤小伙立马小跑过来，立在桌旁微微笑，笑得桌上蜡烛的火焰都打了结。

小官轻手轻脚地把椅子挪到邬梦倩的左手边，将菜单小小心心地举在她面前，估摸着她斜着眼正好能看清楚，然后清清嗓子，开始点：“情人节大餐。征服情海——疯狂雪莱酒；人约巴黎——法式可颂面包；红色情深——迷乱罗宋汤；布拉格之春——缠绵沙拉吧；芭比爱情盛宴——销魂蚀骨肋眼牛排；爱你九周半——情趣水果盘；嗯，嗯，CoffeeorTea——罗兰？巴特恋人絮语杯。”

侧脸瞅瞅梦倩的斜眼睛：“OK？”

邬梦倩拈着自己的小指甲，眉毛都没动一下：“OK！”

正吃得有滋有味，有披着绶带的速递小姐一身春风地卷进来，提着一花花绿绿的大礼包，上粘一大纸条，又粗又大地写着：“JJ：情人节 Happy！最爱你的 DD。”小官的右手桌边竖起一红毛女子，高喊我的我的！抢过就撕开了，双手一按胸口：“哇！白醋！你呀，小鬼头！爱死你了！！”

那桌的男的至少比女的小了十二岁，额上吃了一指头，痴痴地笑，笑的空气都甜起来。

小官同志看得兴起，扭头往左边瞅。左边那桌的男的，有二十岁了吧，头发蛋清胶着似的，正滴滴滴地按手机，发短信。不一会，吱吱两声，那桌的剪平头绿嘴唇的女的握起手机一揿：“你这鬼聪明！两瓶白醋，一包板蓝根，一袋加碘盐。亲爱的，别患上了？肺炎！嘻，在哪里呀?！拿出来！”

蛋清头发的从屁股底下抓出一花花绿绿的四方大包，嗵，顿在桌上。

嗵嗵嗵嗵嗵嗵嗵，满餐厅的桌上都竖起了白醋瓶，立在绿绿花花的包装纸之中，各自招摇。没有一朵玫瑰，一朵也没有。

小官同志吃了一惊，到这里的全是有品位的人哪！

是时候了，小邬已经打了两个饱嗝，正用餐巾纸点嘴角呢。

小官同志使了劲把一个四四方方的东西打桌下提出来，有轻有重地放到小邬的怀里，颤颤地笑着，说：“正月十一，深夜，特意找关系为你买的。”

那东西穿的全身紫，红绸带绑一同心结，上面还贴了一张粉红色的纸，有画，有字，一下就在一厅的花花绿绿中站出格调来。

那画是小官同志画的，小官小学四年级时得过“全国幼儿书画大奖赛”铜奖，作品名称叫“朵朵葵花向太阳”。他这回画的是两光屁股长翅膀的小人儿，在太阳底下，正亲嘴呢。字如下：我最最最爱的梦梦，我能想到最浪漫的事，就是和你一起慢慢变老……

邬梦倩眼皮都没闪一下，扒拉扒拉就扯开了，左看看，右看看，“砰”！顿在桌上，虎起身坤包往肩后一甩：“你当我是白痴！你不知道我们家只喝镇江特级老黑醋？！”

那是四瓶大白醋，小官厕所门边那四瓶。

朋友

火车一入福建，眼睛绿晕了。浙江绿，江西也绿，但都不像福建这么绿得不管不顾，从脚下绿到天上，如果不是想到一些人和事，心都会醉的。

我不走高速，我坐火车，火车慢一点，路途熟悉，一站一站望过去，可以顺便想起很多的事，比如青年时期的，甚至，可以想到少年时代。高速太匆忙了，景象模糊，记忆容易错乱。

我要去福州开个作品研讨会，当然最主要的目的是会会文友，感叹一下青春。人这种东西很奇怪，刚刚一脚踩上中年的边，就开始怀旧了。也许是因为活得太滋润太无聊了。

车一下武夷山，雨劈头盖脸淌下来，好像天漏了，绿色惊得闪到雨水后面去，天地白茫茫，哗啦啦响，车如在瀑布里，咔咔的车轮声也被雨水吃掉了。我把眼睛拉回车厢里来，这才发现对面不知什么时候换了两张新面孔，一张四十来岁，脸上瘦出筋来，另一张刚刚长好，清秀，唇上绒毛细软，他们的眉眼很像，都不知觉地把眉尖拧成小结，而且左眉比右眉拧得紧一点，好像眼前的一切，都点点滴滴在他们心头。我突然想起一张脸来，胸口略略有些不适。

十年前，我就是在鹰潭开往厦门的火车上认识金棒槌的。

当年我大学毕业后被分配到了大山的深处，山很深，要看到天空得把头折到后背和躯干保持九十度角。我是个诗人，可我不是屈原，而且我不属蝉，我属虎，不能餐风饮露，得吃饭，吃肉，但我的工资扣除车费后已经所剩无几。我曾经以为我能给山里的孩子带来希望，不过这完全是我的一厢情愿。我们的教育出了问题，这问题太大，不是牺牲一个或者一百万个我这种人就可以解决的，我无能为力，我的胸膛一次又一次在梦里被大山压碎了，我明白了，我无法拯救别人，但我至少应该设法拯救自己，只是每每想到孩子们的眼睛，心又疼得不行。暑假又到了，我决定去找大学同学杜鹏程商量，我们俩在同一间宿舍里睡了四年，关系铁，都曾穿过对方的内裤。鹏程的家在江西，武夷山的北腰上。鹏程会讲闽南话，白水腔的闽南话，他说他们全村都讲闽南话，因为他爷爷那辈人就是从白水逃出去的，原因不详，我们这个多灾多难的民族，什么原因都是合理的。

鹏程学校周围的山比我学校的还高，站在学校半个篮球场大的操场上，你会觉得自己是一只青蛙，一只坐在井底的青蛙。操场上一公一母两头黄牛对我的到来颇不满意，它们掉转屁股撅起尾巴敞开肛门拉出了两大坨的稀屎，拉完后猛一抖擞，昂起头哞哞哞地叫，长一声短一声，好像在说它们才是这地方的主人。我话还没说完，鹏程蹦起来说，走！马上走！落地时，他右脚吃不着力，差点翻在地上。

我不知道他为什么要和我一起排队各买各的车票，但两年没见了什么事情都有可能发生，所以我根本不放在心上。

天热得太狠，火车上稀稀落落，空出了几个位子，我们对面就只坐了一个中年男人，这人个子不高，但极粗壮，好像是田里种出来的，一头板寸乌黑锃亮，你根本无法判断他与书本之间的距离跟太平洋的宽度比起来哪一个会小一点，可是他竟然一路埋头看书！不像鹏程，贪婪地望着四周，好像连外面的山水也想吃进心里去。他手里拿的是《笑林广记》，但我几乎看不到他的笑容，有一次明明他的鼻孔已经笑开了，哧哧哧出了大动静，可他还是使劲咬住了嘴唇，咬出了两个酒窝。一个中年男子有酒窝，怎么看都不对劲。所以当他说自己叫金棒槌时我一点也不吃惊，只在肚子里把大肠笑成一团麻花。

火车咔嗒咔嗒喘进邵武地界不久，车厢前头出现了一个列车员，女，年轻，胸臀饱满，提神养眼——制服这种东西真是好，随便哪个女人套上它，都会平添几分姿色，让人的眼角膜也滋润起来。女列车员的声音却不堪入耳，她扬着下巴沙了嗓门：“查票、查票！查票、查票！”一路横扫过来。到了我们面前，她住了脚，声音硬得像石头：“查票！”我没问题，问题是鹏程把票攥在掌心里，只露了一个角，就是不肯张开来。

列车员挑了眉毛用半张脸笑，说：“这是儿童票。”

鹏程涨红了脸，牙齿咬着舌头说：“儿童票不是跟残疾票一个价吗？”

列车员上上下下打量了鹏程一番，吊起小嗓子：“你是残疾人？”

鹏程的声音往上爬了一个台阶：“是，我是残疾人。”

列车员冷着鼻子：“你是残疾人？残疾人？残疾证拿出来我看看。”

鹏程汗爆了出来：“我没有残疾证，买票的时候，就是担心售票员跟我要残疾证，没法才买的儿童票。”

我猛然想起鹏程右脚只有小半个脚掌，他小时候到拖拉机站看铁姑娘倒车，结果大半个脚掌让拖拉机压烂了。鹏程的理想是当军官，海军军官，可是没有一间正经大学愿意接收一个残疾人，只有师范大学体检宽松一点。因为右脚，鹏程在大学里吃了不少苦，特别是军训那个月，差点要了他的命，幸好，他坚持下来了。天再热他也穿着鞋子，这次出门他就穿着回力牌旧田径鞋，一双不到八块钱，左脚那只已经磨出了一个小眼睛。这事只有我们宿舍几个人清楚。生活如此艰难，我们这些健全人都活得不清不楚了，谁还会在乎残疾人，所以他怎么敢让别人知道自己是残疾人。

我刚要开口，鹏程已经折下腰轻手轻脚脱了鞋子，卷起裤腿来。

列车员只是斜了一眼：“我要看的是证件！我要看残联盖的钢印。”

我觉得这个女人的身体突然变得极端丑陋，我吼了起来：“你的眼睛是摆设？你能不能说点人话？！”

可能是我的声音响度太大，传得太远，列车长一路小跑过来：“怎么回事，怎么回事？”

我耐着性子跟列车长说，鹏程是个残疾人，买了一张和残疾人票一样价钱的儿童票……

列车长不理我，他把手伸向鹏程：“你的残疾证呢？”

鹏程抬起了他的右脚。

列车长看都不看，不耐烦地说："我们认证不认人！有残疾证就是残疾人，有残疾证才能享受残疾人待遇。我们按章办事！赶快补票赶快补票，我们很忙。"

我气得差点一拳挥出去。

这时，金棒槌终于放下了手里的《笑林广记》，他站起来抬起两眼直直地盯着列车长的眼珠子："你们有完没完？"

列车长眼睛一大，上下打量起金棒槌来，语气不由自主地有点虚："你，你是什么人？"

金棒槌的右手似乎是下意识地摸了摸腰间，他的衣服没抄进裤腰里，腰间有些发鼓。金棒槌眼挑着列车长，语气平静，声音打鼻孔里嗤出来："难道你也想看我的证件？！"

列车长眼睛瞅着金棒槌的右手，眼神突然就有些散乱了，拼命咀嚼自己的腮帮子。

女列车员一看形势有点不对，头一扬挺身挡到列车长前面，她字正腔圆地说："你想干什么？你有话跟我说好了。"

金棒槌脸上一点动静也没有："你说呢？"

女列车员脸色一变，刚要跳起脚来，列车长扯住她的手臂往回一推就走，边走边回头冲着金棒槌把脸笑成一朵花："对不起，对不起！"

金棒槌不搭话，他把眼光撩向天花板。

列车长脚下一紧，绊在女列车员的鞋跟上，两个人跌在了卫生间门口的地板上。因为准备不足，爬起来的过程很是费了一番周折。

车厢里哄笑起来。

鹏程没笑，他定定地望着窗外匆匆忙忙向后奔去的山和水，眉尖拧成小结，而且左眉比右眉拧得紧一点，好像眼前的一切，跟他一点关系都没有，但是他的眼睛都是水，列车转弯时阳光撩进来，他的眼睛忽然就亮了一下。

金棒槌向我伸出手来，他的手掌胖、厚，手指粗，一握就知道以前干过许多力气活。

我们就这样认识了金棒槌，一路谈到了白水火车站，越谈心里越踏实，当然，主要是我们在说，他只是偶尔问我们几个文字方面的问题。我们决定了，下车，跟他走。

一出车站，金棒槌就带着我们拐进了一条小巷子，吃咸豆花，咸豆花就是豆腐脑加上一大堆的卤小肠卤鸡胗卤笋干等，香，好吃得我差点把舌头也嚼到肚子里，一下就爱上了脚下的水泥路面。不久我就发现，白水这地方小吃多得是，一年到头吃下来不重样，不用半年，你的胃就舍不得走了。

我吃得满头汗大如豆，鹏程比我还夸张，衬衫都湿透了，紧紧地贴在了胸口和后背上。我们埋头大吃时金棒槌不说话，眼光一直粘在鹏程的身上。我忍不住也仔细看了看鹏程——他的衬衫竟然还是大二参加歌咏比赛时系里发的那件，黄，皱，像晒干了的萝卜条，用心一看，心会酸起来。往自己身上一看，其实我也好不了多少。

金棒槌付了钱，招来一辆的士，穿过大半个城市，把我们运到了一棵大榕树下，从树荫下走出去，就进了一家服装店，我留心看了一下招牌，上面除了“大榕树平价服装”外，还有几个小字——件件批发价。因为口袋里没多少钱了，所以我们的脚步有些迟缓。金棒槌的嘴角微微翘起：“进去进去，人靠衣裳马靠鞍，进去挑两件。很便宜的，我出得起。你们领到工资记得请我喝两瓶啤酒就是了。”不由分说把我们推了进去。他为我挑了两件T恤，一白一黑。鹏程只挑了一件红色T恤，抓在手里，试也不是，不试也不是。金棒槌啧了一声，帮他挑了一件金黄色的，往他身上一套，果然精神了许多。金棒槌又挑了两条长裤，一双旅行鞋，塞到鹏程手里，转身去结账。鹏程肩上掮着破旅行袋，捧着一怀抱的东西，眼眶湿湿的，嘴唇动了又动，没发出声来。

金棒槌的家就在大榕树后面。吭哧吭哧爬上去，彻头彻尾冲洗完毕，换上新衣，吹干了头发，每个毛孔都舒服得打起呵欠来。金棒槌也不叫我们喝杯水，抬头看看墙上的钟就说：“走。”

出了家门，金棒槌回头看了看鹏程：“挺起胸来。”鹏程一听，腰杆直起来。鹏程一贯胁肩含胸目光游移，可是此刻，他红衣黑裤白鞋，十二分的精神。金棒槌看着鹏程，点了点头。后来他跟我说，他当时就发现鹏程是个当官的料，不像我，什么都不在乎。

金棒槌把我们带到了他的单位——他在白水电视台工作，他们电视台正在招聘文字人才，他负责电视报的一个大版面。金棒槌腰间别的是照相机，他咬了一丝笑说："我老被人当成便衣。"

金棒槌眉眼生的地方都比较准确，很端正。他为人朴实、木讷，做事严谨，一张擦过的面巾纸都要折好了才放进垃圾桶。他很少笑，就是笑开了也会用门牙轻轻叼住下唇。一眼就看得出来，他长年在机关大院生活，分寸感极强。金棒槌对我们特别好，方方面面都尽心帮助我们，仿佛我们是他的亲兄弟，失散了多年。所以我不叫他老金，我叫他棒槌兄。鹏程更干脆，就一个字，兄。

一年的试用期很快就过去了，这一年里我过得很充实，感觉自己真正活在了人间，梦照样还是做的，但胸膛再也没在梦里让大山压碎过。我甚至盘算着转正之后，为山区的孩子做几档节目，让大家看到农村教育最真实的一面。台长对我非常满意，多次提醒我要及时把关系转到台里来。棒槌兄对这事很热心，他说，人面他比我们熟，而且我是他带来的，他有义务。他很快就帮我把所有的手续办好了，只要市委宣传部苏部长签个字走个过场就行了。当然，他也帮了鹏程。

苏部长我们都很熟，因为我们的宿舍就在市委大院的花圃边上，苏部长住在花圃上头，任市长住下头，从苏部长家到任市长家走大道得绕一大圈，而且在那条叫"康庄"的路上会碰到很多的熟脸。

苏部长肥肥的，个子不高，但脖子很长，好像比正常人多了几个关节，远远望去，像灰鹅，当然，更像大雁。

搬进宿舍的第一天傍晚我就看到了苏部长，当时太阳已闪到山背后，天空几抹红霞蘸了金边，我们打窗口望出去，越过花朵和花朵，眼睛的尽头是一堵高高的墙，色泽暗淡，似乎长满了青苔。青苔后面，是一座小洋楼的屋顶——大院里有好几座小洋楼，花圃下头就有一座，那里住着任我行任市长。我们正在讨论那小洋楼住着什么人时，一个小脑袋出现了，头小嘴长似有所盼望，接着是一条长得让人合不上嘴的脖子，然后是一个肥嘟嘟的身子，胸前一盆花，是兰花，我们山里漫山遍野都是的兰花。他把花放在地上，然后一点一点地攀下墙来，墙太高了，他在墙上挂了许久才把自己丢到花圃里，害得我替他担心了老半天。等他走出花圃去敲任市长家后门时，胸前的花变成了两盆，因为没有第三只手，他用额头一下一下地磕门。

第二天我们就知道了，他是苏部长，我们名义上的顶头上司。我们还知道，任市长爱花如命，任市长爱兰花。

后来我们经常在花圃的那面墙上看到悬挂着的苏部长，苏部长会变戏法，有时明明两手空空，可一出花圃的门，胸前就出现了两盆花，左一盆，右一盆。我很快就发现我的担心是多余的，苏部长攀墙的动作很熟练，虽然有次左手抓空了，可他只用右手就把自己挂在了墙上。那次见识了苏部长右手的力量后我有些嫉妒，我侧头跟鹏程开玩笑说:“你看你看，他哪天不小心会摔酥了！”鹏程有点惊讶，他瞥了我一眼，没接茬。

苏部长喜欢到我们台的演播大厅K歌，他喜欢唱《红旗飘飘》，还学原唱的那位女歌星扭腰抖胯，唱到激情处，长脖子抻得更长了，似乎半空中悬着一串葡萄，水灵灵的，他使劲要去够，小脑袋一抖一抖，就是够不着，急得两眼都红了。那次我们台建台八周年晚会，苏部长理所当然地又唱开了《红旗飘飘》，因为有摄像头跟着，苏部长比平日更加卖力，脖子上都是青筋，我突然想，他应该唱《雁南归》才对。我不仅想了，还在苏部长正把自己吊在高潮时对身边的鹏程说了，可鹏程不理我，好像没听到。苏部长刚把自己从歌曲的尾音里放下来，鹏程抢过台下的一束鲜花就冲了出去，半跪在地上把鲜花献给了苏部长。苏部长非常激动，给了鹏程一个紧紧的拥抱，还把鲜花撒向空中，晃着长脖子呵呵地笑。掌声响起来了，暴雨一般。苏部长的眼光朝我撩过来，冷冰冰的。我这才发现，我忘了鼓掌，我的嘴巴由于吃惊正张成了山洞。

这天，正好苏部长来台里指导工作，棒槌兄赶紧把我和鹏程拉到苏部长面前，逮着我们的优点说了半天，特别是强调了我的工作能力。棒槌兄说，这位是新来的小孟，业务能力很强，是个难得的人才，这位是小杜，也不错，是不是请您签个字，正式调进来?

我信心满满，微笑着双手把表格送到苏部长面前。苏部长并没有如我所愿地掏出镶了红宝石的意大利奥罗拉铂金笔来，他不看我，他望着天花板，嘴一噙:“农村中学也需要优秀教师。”

我脑子一下白了，差点喊出来:“前天庆祝教师节时你不是说自己曾经是一名优秀的中学政治教师吗?为什么你不继续被需要?!”

棒槌兄把我拉了出去，他说，别急，我和台长过后再找他说说。

我突然有些担心，我的表现会不会影响到鹏程?

我的担心是多余的，鹏程留下来了，进了台里的办公室，主要负责纪律监督。真替他高兴——我身体没毛病，我走到哪里都是活路，鹏程不一样，他只有一个半脚掌，人生的路难免坎坷许多。

这年的秋天来得特别早，还没到国庆就有不少人匆匆忙忙穿上了长袖的衣服。我不想再等，人生不应该是一场等待，更不应该等待一只习惯于攀墙的鹅。我决计要走。我半个月来一直不停地用手指在桌面上练习书法，我只写一个字——“闽”，门里虫。我想我不是虫，我有完整的双脚，我可以走。棒槌兄见说不动我，他叹一口气，说，八月十五，我请你喝酒。

八月十五夜，天蓝，奇迹一般的蓝，月黄如纸，边上一圈淡淡的光芒，捉摸不定，多看一会，眼酸，月亮太薄，似乎风一紧就会将它吹没了，怎么看都像是贴上去的。

我们坐在皓月岩下的皓月酒店的院子里。闽南有许多石头山，皓月岩是白水地面最著名的石头山，比皓月岩名气还大的是皓月酒店的盐鸡，盐鸡就是把鸡扒干净了用白纸包起来，塞进盐巴堆里生烤。烤熟了撕开，天，香得盲肠也要抽筋，每一厘米的鸡骨头都不想放过。皓月酒店的院子没有围墙，只是虚虚地点了一线的盆栽菊花。院子里，百来张桌子，桌面上起起落落着忙碌的手，空气里都是啃鸡骨头的声音，都是鸡肉的香味，场面壮观宏大，动人，天上的月亮也有些把持不住。

我有个愿望，想把月亮倒进杯里，一口喝下去。

棒槌兄为了起到模范带头作用，不到半小时就把自己喝高了，右手五个粗短的指头把左手的指头捏在掌心里，不住地使劲。

他不笑，他不停地说话。

他说，我们是群白老鼠，时不时被抓起来扎一下针，死一批，剩下的，再扎另一种针，再死一大批，能活下来的，太不容易了！

他说，白老鼠活下来了，可时间没有了，时间是属水的，你伸手去抓，什么都抓不着，只落个两手湿答答。

他说，我们该学习该长身体的时候，赶我们到乡下和农民抢食！社员都是向阳花，每日围着墙根儿跟着太阳转，墙上写着：“将伟大的无产阶级文化大革命进行到底！”天天面对那堵墙，日子一天一天暗淡下去，那时候，不知道希望在哪里。

他说，我们都是坐在火车里的人，突然发现火车走错方向了，但是，这个时候，谁都不敢跳车。

他说，我们为什么歧视残疾人？因为我们是个靠身体吃饭的国度，不靠脑子或者思想，靠屁股。

他好像发现自己的说法有点不合适，他看了鹏程一眼，低头咬了一下下唇。往嘴里倒了一杯啤酒后，他拿纸巾仔细擦了擦手指，然后，双手搭上鹏程的肩膀：“兄弟，你不用担心，你男人女腔，命中注定大富大贵，我们苏部长也男人女腔。”

鹏程脸色有变，腮帮凹下去，嘴巴动了半天，没吐出一个词来。

忽然一阵冷风，一百米外刹住一排的士，侧门弹开，扑棱棱蹿出一百多号青少年，个个西瓜大砍刀，举过头顶，呀呀叫着奔涌过来：“有没看到……有没看到……”

他们喊的是闽南话，他们要找的人好像叫“肚皮疼”，如果不是刀锋闪亮，我会当场把嘴里的啤酒喷成雾和雪。

涌进来，问老板，老板抖着嗓子说，没有吧，我没、我没听过这名字。这时，一个少年突然尖叫一声揪住鹏程的领口，鹏程正把头埋在桌面下啃鸡腿骨：“啊，在这里！”挥刀欲劈。我手刚刚抓着椅子的靠背，棒槌兄已经撞进两人之间：“慢点！慢点！别劈错了！人命关天！”过来一个上身文身的青年，手里拖着西瓜刀，他抽出一张照片歪着头看了鹏程一会儿："错了！那人比他胖一点。"

西瓜刀一收，潮水似的退去了。路面空荡荡的，太安静了，静得连月亮的脚步声都听得见。

鹏程脸色白得像高考的草稿纸，上牙不住地敲打下牙："不是我，不是我……"

我把手里的靠背椅放下了，一抹头脸，都是水，咸，冰凉。我闻到了菊花刺鼻的香味。

棒槌兄说，阿弥陀佛，幸好你不是干部。他的语气平和，好像刚才只不过是一场恶作剧。

啃鸡骨的声音再次响起，有人划起拳来。鹏程不咬牙齿了，他端起杯子说，谢谢你，棒槌兄。

我举了酒杯磕向棒槌兄："大兄，谢谢你！我走后，请大兄好好照顾鹏程！"

棒槌兄连连点头，我的眼角却瞥见鹏程抬头望着月亮，鼻孔里轻轻嗤出一声来，那一声在一片咀嚼声中，显得那么刺耳，冰冷。我一下就失了兴致。也许，也许他是鼻炎发作。

鹏程就在我面前，可我再也够不着他了，怎么伸手也不行。我知道，我和鹏程之间出了什么问题，但我不是故意的，因为我如果故意伤害别人，我会看不起我自己。

那是刚入夏天的一个傍晚，花香袭人，我们在宿舍里学泡工夫茶，无意中看到小舟从苏部长家攀着墙翻到花圃里来，小舟手脚很麻利，但此刻小舟身上着装很不规范，下到地面时，小舟把上身的那点布料脱下来，在月光下仔细调理了一番。小舟比月光还白，小舟身材宜人，一眼就让你明白健康身体的重要性。小舟是鹏程所在节目组的主持人，小舟眉心有颗美人痣，紫红，让人过目难忘。鹏程的呼吸一声重过一声，上身快探到窗外去了。

我笑了："花朵是植物的生殖器。小舟就像花儿一样。"

说完我就出去吃饭了。回来时，宿舍里一片黑暗，只有浴室的门缝还漏出一线光亮。我心里想，鹏程这家伙，老是忘了关灯。我刚才在一家江西饭馆吃的饭，没想到，江西菜竟然差点辣掉我的舌头，只好再吃下两瓶啤酒，可是，还没到家啤酒就变成了另外一种液体，在膀胱里来来回回地使劲，受不了了，赶紧冲向卫生间。

我推开卫生间的门。我的天！鹏程正握着自己的第三条腿，模拟活塞运动，他神态投入，动作极端夸张。鹏程的眼神！我永远都忘不了！绝望，羞辱，仇恨，蓝幽幽的，似乎有把我切成碎段的强烈需要。我竟然说，继续继续。要是我说你看没看到我床头的《骑兵军》多好啊，那样我就是什么也没看到。

我八月十六一早就离开白水了，我离开时天还在睡，伸出手来数不清指头有几根，鹏程平铺在他的床上，一边用鼻孔拖出一些动静一边在梦里嚼玉米粒，他牙齿嚼出来的声音尖锐刺耳，好像是故意的。我不愿意干扰他的虚拟饮食进程，我悄悄地关门，只拎走了自己的旅行袋。

九年了，我再也没去过白水市区，因为我担心再次听到鹏程从鼻孔里嗤出来的声音。虽然毕业晚会上我们系主任说过，时间可以改变一切，但我还是无法接受鹏程的改变。其实我也搞不清自己变了没有，我唯一有把握的是我的性别，我看到美丽的异性还会心生欢喜。

我对面的两个新面孔讲起话来声调不高，嗤嗤嗤的，好像怕干扰了周围的空气。我老半天才发觉，他们讲的是闽南话！白水腔的闽南话。车停在一个叫洋口的小站时，雨水终于稀疏了一点，这时，窗外出现了一个花白脑袋——是个流浪的老人。年轻的那位卷卷眉尖，把刚要放进嘴里的面包塞回袋子里，扎好，递给了窗外的老人，老人对着车窗鞠了几个躬转身要走，小年轻喊住他，摸出一把花雨伞递了出去。老人接了雨伞，不住地抬起手肘抹脸上的水。老人一瘸一拐地走到对面敞篷货车底下，把拐杖、面包丢上去，夹着雨伞往上攀，远远望去，好似一朵移动的蘑菇，彩色的。他刚把瘸腿收进车厢里，货车就启动了，蘑菇很快就变小了。四十来岁的那位突然叹一口气："不知他要死在哪里！连家都没有。”我心一动，和他们搭上了话。我发觉我的闽南话远不如他们流利——我在白水足足学了一年的闽南话，大家都说我说得和本地人一样好——而且，他们不是闽南人，他们是江西人。小年轻说自己刚大学毕业，找不到工作，当然，他们学校就业率是百分百，名校嘛，难道还会作假。他说身边的是他亲叔叔，他们要到白水找他堂叔，找工作，他堂叔在白水市当主任，很好用，前年夏天他堂叔回过一次老家，祭祖，场面摆得很大，还给祠堂换了新牌匾。小年轻说，堂嫂也一块回来了，堂嫂真白呀，雪似的，看了眼花，老人们说，堂嫂旺夫，因为她眉心长了一颗旺夫痣，奇怪，那颗痣竟然是紫红色的，看一眼就忘不了。我一激灵，支起身来：“你堂叔叫啥？”小年轻刚要张嘴，他叔叔扯了扯他的袖子，于是，他把嘴闭紧了，噏了嘴唇不好意思地笑了笑。

这时，车进了南平来舟站，我下了车，向窗口里的两位挥挥手，转车到福州去了。

我虽然没再去过白水市区，但那里的事情还是有所耳闻。我知道，鹏程结婚了，妻子当然不是小舟，是某位我认识的女性，眉心当然没有旺夫痣，外形不甚可取，不过人家的爸爸腰身很可取，靠得住。记得上学时我经常在夜里和鹏程跑到宿舍顶楼去，躺下来，仰望星空，谈过去，谈将来。有一次鹏程咬着牙对着星星说：“别人能得到的，我一定也要得到！”为了增大力度，他特意把垫在后脑勺的手抽出一只来，在胸前狠狠比画了一下。我不知道，他现在满意了吗？

让我开心的消息是关于苏部长的——大前年市委领导班子大调整，任市长荣升市委书记，苏部长本来很有希望更上一层楼，可惜的是有天雨小墙滑，苏部长不小心摔进他家前面的花圃里去了，胯部粉碎性骨折，在医院住了不短的一段时间后，再也无法坐端正，在主席台上老是端着个肩膀，相当不严肃，结果，给来考察的上级领导留下了很不好的印象，连部长也给换了，安排了个闲职，让他提前体会退休生活的美好。苏部长一失了锐气，脖子再也撑不住了，窝下来，像只打盹的，不再具备下蛋能力的老蛋鸭。

我最在意的当然是棒槌兄。我走后的第三年，电视台响应上级号召要进行改制，主要目标是卸担子，棒槌兄平时话少，外形比较接近老实人，于是被拿去试点，要他们自负盈亏。因为不知水深水浅，开始大家都略带同情地看着他，有人还盘算着过年时私下模仿市委领导慰问困难家庭一般给他塞个红包。棒槌兄也着急，手脚冰凉——整个科室十几张嘴巴都系在自己的裤腰带上呀！不曾想广告不少，开头是一些老朋友突然冒出头来，后来要求登广告的人就源源不断了。一年下来，纯收入四百多万，整个科室的人员工资多得让其他科室眼白扯红丝，见面笑起来肉都是硬的。因为资金结余较多，当然主要是为了欢天喜地地和全国人民一起再次迎接新世纪并提高采访的及时性，棒槌兄经过集体讨论，每人配发本田摩托一辆。这下，整个电视台炸了锅了——十几个人骑着一模一样的新摩托昂着头一齐在台里进出，太夸张了！有人当然受不了了。

大家都说，棒槌兄是人才，这么多年来一直没有提升，太憋屈了！这下领导们该见识到你的能力了，台里还空着几个重要位置，死活都该轮到你了。棒槌兄还在酒杯里幻想着更上一层楼呢，结果，正月十五还没到，就被“双规”了。双规的目标是犯了错误的干部，具体操作是在规定地点、规定时间交代问题，而且是必须交代。“双规”既是一种调查措施，也是一种保护措施，避免被调查对象再犯错误，或受到不必要的干扰和影响——听起来相当踏实。棒槌兄一点也不着急，甚至还略略有些骄傲，他还劝慰同科室的人说，皇帝都不急呢！我又没犯错误。出门前他特意换了条新领带，换洗衣服也不带。

几天后，棒槌兄出来了，精神很饱满，就是胡子长成了野草，身上臭得要死，领带不见了。没问题。他当然没问题，他说如果我有问题，这天下还有干净的人吗？

这话听着刺耳，所以不久他又在规定时间到规定地点去了，这回他学乖了，多带了一套换洗衣服。这次他面对的是纪检委重新成立的五人小组。因为他透明得无色玻璃一般，连影子都没有，所以五人中的四位都觉得不好意思，想早点放他走。可是第五个人不肯，死活不肯，他说，经过他手下的，从没有一个没问题！只好请示苏部长。苏部长说：

“按原则办事！”

出来后，棒槌兄神色有些不对，经常发呆，嘴里念念有词：“他怎么能这样？他怎么能这样？”结论很快下来了，党内处分。那天棒槌兄听完后，起身上厕所，还没走到门口，脚一软，矮在地上，送到医院，脑溢血。

后来，棒槌兄离了婚。离婚是棒槌兄主动提出来的，因为他认为自己已经无法履行男人的义务，太对不住人了。

我一直想去看看他，可每每想法一起就被打消了。因为一想到在那里又要见到某些人某些事，心里难免不快，最主要是这些年来我东南西北地跑，一直到近两年才稳定下来。那天我女儿问我：“爸爸，什么是好朋友？”我女儿在幼儿园上小小班。我脑子里一下跳出棒槌兄那张田里种出来的脸。我决定，这次下福建无论如何也要去看他，不然我会睡不着。

临上车时我给棒槌兄打了电话，我说过几天我想顺路去看看他，棒槌兄似乎吃了一惊，喜得连连咬着舌头说，好啊好啊好啊。但电话里的他有气无力，让我的心提到嗓门眼。我忍不住问他，鹏程现在怎样？棒槌兄好像没听到，电话里传来了他的喘气声，粗，沉重，等半天才传来他的声音：“啊，天太热。”

福州鼓山山高林密，手机信号时有时无，我干脆把手机关了，落得个耳根清净。一个星期很快就过去了，青春都嚼成了破抹布，正好握握手，说声珍重。我刚上山时，迎接我的可是一个又一个紧紧的拥抱哪。

到了山脚，急急忙忙打开手机。天，好几个短信，都是棒槌兄的。第一个：“为什么总是关机？”第二个：“我现在就想见你，快点过来！”……最后两个一模一样，都是他办公室的地址。

白水市区变化太大了，都是新房子，和全国其他城市一样，如果不是有的士，我真的不知如何下脚——在一个找不到老房子的老地方，指南针也是不起作用的。

新的白水广电大楼矗立在白水南区，高大无匹，闪亮，四周的民房趴在它的脚底，灰头土脸，孙子似的。

当我按照短信的指示敲开棒槌兄办公室的门时，已经满身是汗了，衬衫紧紧粘在前胸后背上，人无端的烦躁。我发现里面一张熟脸孔也没有，向我转过来的脸一张比一张年轻，都是毛茸茸的，我有些纳闷，刚想张嘴，这时，最里边的角落里撑起一个小老头来，整只脑袋都是白毛，一张脸像洪水泛滥过的土地，一片狼藉，见到我，那块土地上突然亮起两只灯泡，是眼睛，右高左低。小老头歪着肩膀拖着左腿一蹦一跳地向我飞过来：

"孟，小孟！小孟……"

天，他是棒槌兄！

他抓着我的肩膀，差点把我扑倒在地上，他的左手蜷成拳头，食指尖勾着我的衣服，他在笑！他的嘴巴都笑到了右脸上去了，腰身扭作一团，宛如台风雨中的花朵："他也有今天！他也有今天！"

我不知到底怎么回事，只好任由他在怀里放声浪笑，他笑得完全走了形，没有半点分寸，一点也不像一个成熟的机关男人。他的口水喷了我一脸，我顾不得擦，因为我的双手紧紧抱着他，而我又没长第三只手。他笑着笑着，脸猛然红得像烤虾。

我突然发现怀里的他变得非常沉重，很不配合，他还在笑，只是他的笑容定住了，相片里的人儿似的。

办公室里一阵慌乱，有人喊："快打 120！快打 120！对对，我打我打，我打 120。"

原来，鹏程结婚不久就调到纪检委去了，还有了职务，死活要办棒槌兄的那第五个人竟然就是鹏程！鹏程由于在审理金棒槌这件事上坚持原则表现突出，上级领导看在眼里，不久就把他拔了上去，负责看管全市的党费。全市的党费一年有两百多万，扣除给各民主党派的活动经费，每年至少能剩下一百八十万。钱要活动起来才叫钱，鹏程是个明白人，当然清楚，他拿去买六合彩，赌博，包二奶。本来这事也没人会知道，可是天网恢恢，有电视台的主持人小舟及时举报。

鹏程是个很警觉的人，一不做，二不休，把剩下的两百来万也卷走了，人间蒸发。他的爱人也不知道他去了哪里。他的爱人了解情况后当机立断，提出离婚，同时要求有关领导严惩杜鹏程这个干部队伍中的败类。

病房里七嘴八舌，大家越讲越兴奋：

“也是他该死！上星期江西来了两个人，他们来找杜鹏程杜主任！要他介绍好工种。公安一时来了灵感，江西是他的老家，他会不会躲到那里去？几个人连夜扑过去，果然，抓到了，抓到时他正在祠堂里打呼噜。”

“当手铐碰到杜鹏程的手臂时，杜鹏程突然发了疯，挥拳要打追逃人员，结果不小心把两条腿都摔折了，粉碎性骨折，拉回来时像一条断了腰的狗，一只眼睛肿得包子似的，鼻梁也塌了。估计养好了也是个废人，可以办理残疾证。”

棒槌兄第二天清晨才把眼睛睁开来，清晨的阳光扎眼睛，他不由得眯起眼，结果右眼一下蹦到左眼上面去了，好像一张毕加索画出来的抽象画。

看到我，他咧了咧嘴，没笑出来。他说：“我就不信，做坏事会没有报应！”

咽了口唾沫后他又说：“我一直有个想法，等他被逮住了，让我一次笑个够！”

说完他把头埋到臂弯里，他的左手要打人一般捏作拳头，在他的白发上抖个不住。

大半天后，他拔出头来：“搞不懂他为什么要那样做？我们发了摩托的第二天晚上他就找到我家里去了，他说，想在我办公室里挂个名。我没答应他，他已经到纪检委去了，正在上升的势头上，不能因为一些便宜坏了名声。我们是朋友，我以为他懂我的心思，可是！他不懂。其实他挺可怜的。”

他说这话的时候，眼角湿湿的，一溜口水顺着他的左嘴角爬出来，跌到地上去，手忙脚乱，一点动静也没有。他并没有发觉。

我不知说什么好。我突然想哭，可不知怎么着俩嘴角竟然向上一翘，呵出声来。

中国西尾

阿火家在北大武山的东南脚，阿火是山胞。

阿火三十出头了，偶尔坐在门口抠趾甲时会想到女人，想得下身有些紧。阿火原来是个童男子。在去大陆前，阿火不知道女人是个什么滋味，因为村子周围几十里的年轻女性都出门了，远的到高雄，近的去台东。从生物遗传学的角度讲，阿火找不到合适的交配对象。

可隔壁阿公一说起女人，嘴巴吧嗒吧嗒，口水和烟嘴一块响，让阿火觉得女人很好吃，像屋后的绿尾甘蔗一样的好吃。

阿公当过皇军，去过菲律宾。去大陆前阿火不知道女人的滋味，但他知道自己两只手的滋味，什么滋味？吁，不跟你说。

阿火那几天老在想一件事，这事做起来不是太容易。他想写一封信。阿火识的字不到半脸盆，所以他一直在琢磨着自己能不能写成一封信。天公惜楞崽，终于写成了一封，字数不多，兹录如下：

"我爱的阿叶，我要取你做媒，你肯未？阿火。"

有几个字还问了隔壁的阿公。

阿火在信封上写了一行大字：

中国西尾阿叶收

三步并作两步跑到里长家门口，往红色的邮筒里一推，脸涨红起来。

一进家门，立马把身子摊开在被子上，热热烈烈地想开了，想得眼前白花花的。

阿火喜欢坐火车，老板说让你坐个够！所以大年初二阿火打台东上了火车，向北向西再向南，哼哼哼绕台湾转了大半圈，在鹿港上的渔船，摇摇晃晃的渔船。新正的空气有点冷。上船前，阿火抖着手在妈祖庙里上了三炷香。

初三上午十点半，他和老板一块到了中国的西尾。西尾的天蓝莹莹的，阳光亮堂堂，“哗”一下淹得阿火的眼睛眯起来。

听说老板的儿子做大生意，所以老板有了一些钱，打拼到大陆包了一块好田地，种大葱，当台商。

便宜便宜太便宜！老板一说起就笑得两眼角弯到了嘴巴边。

到了西尾才知道，原来大陆人和他阿火还有琉球人一个样，都会讲本地话，这让阿火一路上在头顶蹦蹦跳跳的心一下子掉回了肚子里。他知道还有一种话叫国语，都是些咋咋呼呼的人讲的。

西尾在龙江县的东端，为什么叫西尾，问来问去不明白。阿火后来也发现，大陆有许多事情他三辈子也没法子想明白。

但有一点明摆着，大陆的年轻女人比自己村子多得多。

这点阿火是到西尾没几天就发现的。因为老板出手不是很大方，买点东西都跟割肉似的，可天天出去找查某。阿火想，老板不是人，是猪哥。

西尾是个好地方啊，有条大水泥路大大咧咧地沿村边划过去，把一大堆山头挤得直往后翻跟斗。路两旁都是一模一样的平房，名字也一样，叫饭店，挤挤挨挨上百间。大水泥路叫国道，往西去是广东，往东去是省政府。听说大陆的国道边上都是这个样。

饭店一般不煮饭。每间都有女的三两个，水嫩嫩的，全躺在门前的摇椅上晃，嗑瓜子。其中有个叫阿叶的很有点名声。一见车停或人来，她们就招手：来，按摩！——这些女的不讲本地话，讲国语，可都是一副好脸色，软绵绵娇滴滴的，让人听了从胸口热到脚。

店主们都不叫店主，和阿火的老板一样，叫老板。老板老板，听起来很精神。阿叶的老板名黑头，叫黑头老板。有次阿火问黑头，做什么不好呢，非得卖人肉？黑头给他一对大眼白：地都给卖光了，我们吃什么，我上有老下有小，一家子五六只嘴张着呢。我们是农民，可农民总不能只喝白露水。谁喜欢做这等事，损阴德！再说我们没有强迫人，这叫两相情愿，周瑜黄盖，我想打，你愿挨。刚才坐这泡茶的那几个穿虎皮的？他们衣服的下摆为什么不扣上？你是装傻还是眼睛糊了苍蝇屎？肥呀！他们怎么吃的？你用脚趾头想想也知道——你没看到他们在我这儿拿东西比在家里还自在？！我们这是互补型经济。饭店是什么？对，支柱产业，支柱产业你懂不懂啊台湾仔。

阿叶她们的工作热情明显比老板高。阿叶脸白白的，牙也白白的。阿叶说，我在这里躺一天，胜过姐妹们在工厂里没口没夜猪狗一般拖半年。姐妹们断手断脚的，过年还得求爷爷告奶奶，也指不定能领着那点活命钱。我们这里多好，有吃有穿有睡，爱做不做自己定，现金现清，多自在。你说我爱不爱做？这种好事谁不爱做，身子白白的亮亮的香香的，一天能洗好几个热水澡，尾椎都舒服。你闻闻这儿，香不香？

说这些话时阿叶不肯看阿火，她瞄着自己的指甲尖。

阿火知道阿叶说的不是真心话。阿火大老远跑西尾来干啥呢，跟阿叶一个样，就是想有几个钱。有钱就有家，像模像样的家，有钱就可以两个人挨在门口嗑瓜子，初一到十五。可钱不是自家印的，阿火阿叶又都是老实人。

哎，阿火叹了一口气。

哎，阿叶也叹了一口气。

到西尾的第八天，正月十一，蚝仔面线兜，祭牙齿，老板早早吩咐收了工，拜拜台湾请来的福德正神就出去找查某。阿火瞅瞅没自个的事，收拾好东西就到村子里找黑鬼。黑鬼是本地的工头，每月领老板四百块，人民币，肯定比阿火少。老板说，不能说。不能说就是不要说，阿火很明白。因为有了阿火这个台湾来的新朋友，黑鬼很高兴，请阿火到家里去过十一牙。

阿火的耳朵在黑鬼家里听了不少话，肚子也填了很多的东西，其中有菠菜和荷兰豆，还有咸菜炖大肠，填得胃肠暖乎乎的，小肚子底下热起来。

黑鬼说，这几年撞大鬼了，镇里集资两百万的养鸡场半年就关了门，西尾的鸡业却兴起来，价格也大幅度下调，从每人次一百元一下降到五十块，还洗鸳鸯搾桶浴。村里第一个吃教画十字的阿鱼，这几天就很高兴，他女儿到广东打了半年工，过年带回了两个小姐妹，吱吱喳喳把旧房子刷了刷，就在家里开了工，做鸡。听阿鱼说，生意还不错，这叫肥水不流外人田，对外要开放，对内更要搞活。呸！他姨奶奶！这人都活回屁眼去了！！黑鬼说着说着就不开心了，一口气灌了几杯德州老高粱，趴在桌上睡得呼噜呼噜的。

阿火倒是很开心，因为今天是个好日子，正月十一，阿火的生日，阿火的老姆十八年前过世时认真交代过。他老姆说，阿火的生辰八字好，是个有吃的命，像绿尾甘蔗，越往尾上吃越甜。

眼瞅着日头快掉到山后背去了，阿火赶紧洗洗头脸和屁股，在脖子上捆根领带就沿着国道边上慢慢地走，一颗脑袋像通了电的摇头扇，转这边，转那边。阿火什么都想看，看路上沙沙跑的车，看两旁斜在躺椅上嗑瓜子的白胳膊白腿白脸蛋，看得口水在嗓门眼蹿上又蹿下。这时阿叶正好从路边的厕所摇出来，一边走一边往腰里揣裙子。阿叶穿着黑皮裙，超短，就到大腿根。

阿叶在风头，香香瘦瘦的，大老远的就招手：喂，大哥，按摩，便宜哩，包爽！

阿火觉着阿叶很好看，就把手伸给了阿叶。

阿火发现阿叶不穿衣服更好看。

回去后阿火满眼满鼻都是好看的阿叶，白白的，亮亮的，香香的。

所以一有了钱他赶紧跑去找阿叶。

阿叶对他可好了，阿叶从来不多收他的钱。阿叶越是不多拿他的钱，阿火越觉得口袋里的钱都该是阿叶的。因此呢口袋里一有了钞纸就去看阿叶，看好看的阿叶。

见面的回数多了，阿叶就常央请阿火做些事，比如买买香水、口红、卫生棉啦，或者到镇上邮局寄点钱。阿叶家在平洋县洋上乡田中央村。奇怪的是每次都只寄三百二百元，附言都是：工作忙，请阿爸阿姆保重身体。阿火问黑鬼，平洋县是不是在海边啊？黑鬼说，活见鬼，那里都是山，和你们家一样高的山，哎，阿叶这孩子。

阿叶隔三岔五的还往XX省 ×× 县 ×× 乡 ×× 小学寄钱，地址常常变，收款人是 ××× 小弟或小妹，名字也常常变，附言倒是从没变：“好好学习，天天向上。姐姐。”阿火纳闷了，问，表弟表妹吧，怎么这么多？阿叶笑一笑，抬头望望门外的云，不说话。问黑鬼，黑鬼说，这孩子，哎。后来阿火也就明白了。

阿火发现阿叶常常翻报纸，翻着翻着眼白眼皮红起来。

阿火还发现，阿叶经常到村尾鸡婶家，有时候就在那里睡了，客人来了也不接。龙江县据说像一条龙，西尾正好是龙尾巴，鸡婶是个孤老婆子，鸡婶的房子就在村尾的山坡上，孤零零的。阿火想，这龙要是摆一摆身子，那小房子就会像一滴水似的给甩到天上去，然后，摔下来，啪，在山尖上摔成几片碎砖瓦，连影子也没了。

那天是三月半，老板补发了上个月的工钱。阿火两个多礼拜没见过阿叶了，小腹底下热烘烘痒兮兮的胀得像搭在撑开了的弓上的箭，赶紧冲到黑头的店里。黑头说，阿叶不在，肯定又去鸡婶家了，这妹子，发神经，翠花正好有空，台湾仔，要不要？阿火笑了笑，摇摇头：鸡婶家在哪？我去找阿叶。

鸡婶的家很好找，踩过村后的大葱田再翻半个山坡就到了。鸡婶披着一件深枣色的新风衣，正教阿叶做什么。远远打门洞望进去，两粒脑袋挨在了一起，一粒黑一粒白，很扎眼。

她们绷着一块布，正用针在上边扎鸭子，两只水鸭子，彩色的。

阿火说，扎鸭子啊。阿叶“扑哧”一声笑了，白了他一眼：傻瓜，这叫绣鸳鸯。鸡婶说，也难怪他，现在不兴这东西了。

阿叶叫阿火到坡下挑它两担水，阿火高兴得像只小公鸡，蹦蹦跳跳的就去了。阿火刚才看清楚了，鸡婶坏了一条腿，路都走不好，一走脸就皱得像核桃，还说什么我自个儿挑就可以了，别累坏了人家小弟兄。

阿火当然不累，阿火是个粗脚手的人，在家时什么重活没干过，所以三天两头地就跑去给鸡婶挑水。阿叶当然高兴啦，有时就拉了他的手到山上的树林子里找蘑菇，欢喜得跟个小孩子似的，还唱歌，她最常唱的是首普通话的，听得阿火云里雾里，阿叶说，那叫《东方红》，她说，以前她在家时每天早上五点半都听得到它，它一响，她就得起床上山割猪草。阿叶唱累了，就找块草软的地方拉着阿火躺下来，她研究天上的云，阿火研究她的身子。阿火最喜欢研究她的身子了，一进去就不想再出来，有时就埋在她怀里睡着了，口里直说梦话，什么阿姆阿姆的。

——鸡婶是个苦命人，她的故事三天两夜肯定讲不完，而且其中的种种事项阿火也没办法听明白，不过阿火后来听明白了一点，那就是鸡婶也有过一个儿子，叫阿捡，年纪和阿叶的老板黑头一般大，来历不是很清楚，老实得像一根擀面杖，半截花花肠子也不长，人家黑头的孩子都上小学了，他还连半个老婆都没有，想想没辙，干脆背了个包袱到北边私人煤矿下窑去，去了好几年，就是没回来。鸡婶当然想儿子，想得头都白了，可她也得吃饭啊，于是到处捡破烂。村委会主任也就是黑头想给她办五保，村支书李土改不同意，说，阿捡不知是死是活呢，怎么可以给她办五保，要实事求是嘛。气得黑头把村委会的大柴门踢裂了：“我干您老姆！”几个月前，鸡婶不知怎么着把破烂捡到了隔壁县里去了，结果让人把腿踩折了，趴在国道边上嘤嘤地哭，那天日光亮堂，日头煎得国道的水泥路面滋滋响。黑头听说了，赶紧叫人把她扛回村后山坡上的小屋里，叫接骨刘给她上了副夹板。听黑头说，他正和人说鸡婶以后该怎么过呢，回头不见了阿叶的踪影——阿叶到鸡婶屋里去了。打那天起阿叶就经常到鸡婶的屋里去，还带吃带喝的。黑头就当没看见，黑头背地里说，这妹子，发神经——

阿叶的名声好服务态度也实在是好，所以找她的客人特别多，有的客人甚至还提前好几天来电话预定，一包一整夜一整天，说好了，就要阿叶，对，就要阿叶。因此阿叶每天一到店里都特别的忙，像个陀螺似的，滴溜溜地转，经常连一口水都没工夫喝上。

阿火有时就心疼阿叶了，问，你累不累呀?

阿叶嘟起嘴：怎么不累呢，有时一天要接二十多个客，不好意思不给脸哪，怎么会不累。有些神经病的，还要几个人一块做，烦死人。不过你放心，我跟你最好了，我也要先跟你做了，再跟他们做!

说得阿火心麻麻的，酸酸的，把滑溜溜的阿叶抱个紧紧的。

可好日子总是不会太长久。刚刚把大葱卖干净，老板的儿子出事了，听说是贩冰毒给海警截了个鼻子对眼睛。老板急忙赶回家。老板说，田荒了就荒了，鸟！我让它长草！谁动我告谁。大陆的干部就怕新台币，抽几张摇一摇，一个农民关半年一百八十天！所以阿火也就回台湾了。他在布袋上的陆地，不会摇摇晃晃的陆地。

好田土啊，比我家村口肥上十倍的好田土。一百多亩的好田土，西尾全部的好田土。老板花了八万元，一包三十年。

干吗不让那些农民种种番薯换几个钱呢，阿火扶着船帮小小心心地说。

哼！老板别过脸，噗，一团浓痰飞到台湾海峡里，那里，浪花一朵卷过一朵。

阿火的眼睛一下就湿了，他定定地看老板，越看越觉着面前坐的是一只老公猪，骚烘烘的。

阿火想，老公猪。阿火想，阿叶，香香的阿叶，累死累活的阿叶。阿叶的脖子白白的。阿火想，我要送阿叶一件好东西，我要阿叶自个儿对我说，阿火，你盖好。

阿火在裤袋里抓了抓，里面只一张破草纸。阿火瞅瞅老板，瞅瞅老板死夹着的大皮包。

码头上，阿火在公猪面前站了老半天。工钱，阿火低声说，这个月的工钱。工钱?公猪的嘴巴一下子长起来。去去去拿去，老板从胀鼓鼓的皮包里揪出几张纸，去去去，自己坐火车回家去。我还要去拜妈祖呢，没时间和你缠不清。嫌少？嫌少就不给你。

阿火握紧了那几张纸，想，工钱，我的工钱，我和阿叶的工钱。阿叶没吃过阿火种的绿尾甘蔗呢，那个甜。对，把甘蔗都砍了，卖它几个钱。

阿火想起阿叶了，白白的阿叶，亮亮的阿叶，香香的阿叶，阿火的阿叶……

可阿叶就是没回信。

那信上的地址肯定没有错，中国西尾，多出名的地方哪。阿火在大陆那些天，一跟人说起西尾，大家都说知道知道，一脸的坏笑。就连回来时坐的渔船的老大也知道。船老大说，中国西尾啊，好，好玩。

再说阿叶也知道阿火是台东县金峰乡大树头社的人啊——阿火嘴巴磨耳朵地跟她说了整整三十遍。

实在没道理。

阿火是拜天公的，信寄走后阿火就天天拜天公。天公真的很惜他，才过了八个月，老板又来叫他了，走，到西尾去，种大葱，日本人最爱吃大葱。

西尾的天还是蓝莹莹的，阳光仍旧亮堂堂。阿火的心胀得鼓鼓，跳，怦怦，怦怦，噢，阿叶，我的阿叶，白白的阿叶，香香的阿叶。

可是行李刚放下，水没喝上一口老板就喊了：快点快点！

一忙就差不多一个月，忙得屁股一挨实在地方人就睡着了，口水淌下来都不想擦。开头两天阿火的眼光偶尔还能越过大葱田，飘到国道那边去，看那一排排饭店的屋顶，齐崭崭的。做梦的时候还能看到阿叶斜在躺椅上，晃，嗑瓜子，手指尖向阿火的额头点过来。第三天开始，阿火就累垮了，上眼皮一搭下眼皮，天马上黑了，梦都没力气做了。

阿火问，黑鬼为啥不来帮忙呢，黑鬼是工头啊。

老板横他一眼，你装傻啊，你不知道黑鬼开饭店去了吗？人家发财了，儿子都送到省城读英才了，哪里还肯赚这汗水钱。你就是工头啊。你盯我干吗？你三白眼啊？好好，我加你薪水，两百块，新台币。

阿火不理他，头歪在被窝上眼珠子朝上一白睡着了。

葱苗终于冒头了，青油油的。这天下午老板说，不用浇水了，歇歇吧，我去松松骨头。说完打开伞向着国道边就去了。呸，肯定又去找查某。

赶忙扯出行李包，翻，翻出压在最底下的一条旧底裤来，这条底裤破了几个小洞，可后裤兜还是好的，有点鼓，裤兜口用粗线密密缝死了，蚂蚁都爬不出。

西尾正落雨呢，满村的鸡都立在屋檐下看鸭子在泥水里撒欢。

阿火手心攥着一条金项链，啪啪啪踹着一路水花就跑去找阿叶，跑得汗津津的，脸红扑扑，头发直往下掉水。

吓得鸡和鸭在雨水里咯咯呷呷飞作一堆。

黑头正站在门口望着远处的山头发呆，远处的山都把头脸埋在乌云里，水答答的。

阿叶没了，黑头说，阿叶没了。

阿火急了，好端端的怎么就没了？才不到九个月！我要做她老公哪！

黑头说，你烦不烦，这叫人口非自然减少！过来阿英，陪台湾仔玩一玩。

阿火回头就跑。

阿火把脸埋在行李堆里，哭得俩肩膀一抽一抽的。

黑雪、黑雪

1

县城开往乡下的公共汽车总是挤，人货混装，挤得分不清哪是货哪是人，车厢里的空气太稀罕了，死劲吸一口，酸的，再吸一口，臭的。黑雪的脸色很难看，她站了一个多小时，屁股和脑门都麻了竟然没有一个人给她让座，气得咬着牙在心里骂："瞎眼贼，乡下人！脏东西，乡下人……"

其实，黑雪在城里时也从没有谁给她让过座，可她不生气——那是城里人啊，城里人总是不一样的。

车停了，黑雪连滚带爬的才翻到车下来，死乡下人！连个路都不会让，就像黑雪这么一个干净的大活人根本不存在。黑雪拼命拍打自己的衣裤，可一股酸臭味怎么也拍不掉，更要命的是，身上那件新买的府绸衬衫不仅糊上了几块黑泥巴，下摆还被烟灼了一个大窟窿，她拍一下它就呲一下，黑雪忍不住了，回过头大骂："农民！！"

可是，没人接她的茬，倒是有个尖厉的叫声扎出车窗来："哎，你的行李！"

她的行李打车窗拱了出来，噗，摔在地上，就像一团新鲜的牛屎。

黑雪气得直哆嗦，她想叉开双腿破口骂上一顿，可她的嘴巴张了张，牙还是狠狠地咬上了，把涌到嘴边的"死房烂尻生男娃烂鸡鸡杀千刀的……"等字眼生生吞进了胃里——黑雪怎么可以像个乡下泼妇呢，再说，公共汽车已经像一头拉完屎的老水牛，一哼一哼地开走了，黑雪总不能跟它滋出来的黑烟较劲啊，那在别人的眼里有多难看哪。

黑雪愣在大太阳里，呼呼呼直喘气，眼睛死盯着越扭越小的车屁股。当车子在远处的山脚猛一拽就不见了踪影时，她终于回过神来。

——回来了，黑雪回到厚土村了。

黑雪提起行李刚要迈腿往家走，一抬头，傻眼了——回家的路在哪里？公路两旁都是整整齐齐的三层小楼，全贴满了马赛克，和城里的公共厕所一样，排场极了。原来那些破瓦窑到哪去了？小楼之间，隔三岔五的就是一个道口，这么多的道口，哪个是通到家里去的呢？

二十五年了。二十五年长不长？长！二十五年是大半辈子啊。二十五年前黑雪拎着换洗衣服离开村子时脚步虽然有些忙乱，但还是充满弹性的，如今黑雪提着行李站在村子口，头发却已白了一大半，背有点驼了。二十五年前黑雪顶着午后的毒日头匆匆忙忙走出村子时不想碰到任何村里人，现在，午后的辣太阳烤在黑雪的白脸和白头发上，黑雪还是不想碰见哪个村里人。

黑雪这次回家并没告诉任何人，就连儿子他们也没有一个人知道。她不想问任何人，因为，那太丢人了，连回家的路都认不得，以后还怎么在这里住下去呢！

黑雪抬头上下左右望，她想找到个村外的小山包或者其他熟悉的东西，确定一下自己该挑哪条路走回家去，可是，眼睛都酸了她还是没找着，只看到了蓝得不讲道理的天和白晃晃的马赛克，脚下的地让日头煎的，嗤嗤嗤嗤响，轻飘飘地浮起来，黑雪的头有点晕，站在海船上似的，想吐。

就挑面前的这条走！

还真走对了。一拐到马赛克的背后，黑雪“呀”就轻轻叫了一声，没错，村道，是村道！还是二十五年前的那副模样，还是坑坑洼洼，连碎砖头也还像当年那样不管不顾地躺在路中间。村子还是老样子，只是明显老了，不少房子连屋顶都没了。一个人影都见不到。黑雪的心“怦怦怦”开始猛跳，跳得气喘不上来，眼眶“嗯”一下，木了，舌头干得像一条煎在沙滩上的死鱼。

远远的有两只母鸡窝在屋角的阴影里瞌睡，听到脚步声，举头望了望，看来没什么让它们惊奇的事，所以它们一齐张开小嘴打了个呵欠，屁股往里挪了挪，头一扭把尖嘴埋到翅膀底下，又睡着了，好像它们已经在那里睡了二十五年。

黑雪的脸热起来，火辣辣的，赶紧加快了脚步。

到了到了，到家了。这是家吗？这是黑雪住了十三年的家吗？！一座大杂院，屋顶塌了一半，几根椽子不情愿地撅在墙顶上，缺了几个口的墙壁黑黢黢的，比煤还黑！院墙塌光了，院门倒是还在，像一个匆匆忙忙跑回家的呆孩子，因为怕爸妈骂，傻乎乎地戳在日头底，不知所措。院门紧闭，上面坠着一把大铁锁，有一个两条白纸贴成的大“×”字，让日光燎得卷起来。

黑雪愣住了，右手拖着行李，左手不住地抹白里透红的脸，她的脸上都是水，咸的。

院门外的那棵长成一片小树林的大榕树枯了，枯的只剩那柱七八个人合抱不过来的主干了，有一只知了吸不到树汁，不乐意了，歇斯底里地破口大骂：知了！知了！

2

黑雪不是不喜欢乡下吗，干吗还回来？——大儿子美金的媳妇秀云死了，她把自己挂在了老房子的大梁下，丢下两个孩子没人看，两个孩子一个叫黑妹，一个叫黑弟，黑雪喜欢秀云，而且上个月美金跑到城里哭，哭得黑雪心里起了一些波澜。当然，更要紧的是黑雪面临着一个分量很大的问题：自己一个单身的老年妇女，没有固定收入，要是米缸里的那些米煮完了，那以后在这城里吃什么？

前几年，上面为了改变农村的面貌，大力推行新村建设，规模闹得很大，四处开花。住新房子谁不乐意？大家的热情都很高，和盖起来的楼房一样高，至少有三层，十来米。屎要拉在粪坑里金要贴在佛面上，才几个月的工夫，厚土村外的国道两旁全是马赛克了，整整齐齐，一整溜，壮观，把远处的山都遮没了，连日头也出得比往年迟了不少，每每要到九点多钟才能晒到国道的水泥地上，你坐车从国道上滑过去，会由衷地感叹今日新农村的日新月异，同时产生做一个新时代农民的冲动。本来上面领导感到老村子的形象比较落后，建议把老村子用铲车铲平了建个大公园，可老头老太们不乐意，他们死活不肯走，再说，路上的人隔着楼房也看不见，于是留了下来，可是老村子一失了人气，老得比老头老太们还快，没两年，就塌得没个样子了。

盖房子当然要钱，很多的钱。农民有钱吗？没有。地里扒出来的尽是土坷垃，扒不出金子来。可银行有钱，很多很多的钱。于是贷款，贷款就是借债，借债还钱天经地义，这谁都懂，农民每天脚踩泥地，更懂。所以第二年就有人卷了铺盖出远门，远得影子都寻不着。山背后仙居村的成年男女就走得一个不剩。仙居村是新村典型，经常上电视，黑雪在城里的电视上常看到仙居村的代表们讲话，他们住的比城里还好。比城里还好。看得黑雪心里酸溜溜的，忍不住上上下下地琢磨自己住的那二十平方米的旧房子。如今，仙居村的草都长到三楼的阳台上了，不要命地绿，风一起，一坨又一坨枣红的屋顶就在草海上边漂，只有几个老人、孩子和老鼠以及草蛇，轮流在草丛里出没。

厚土村紧靠国道边，风水好，出能人。歹骨就是个能人。歹骨坐过很多年的牢，见识多，交游广阔，有人脉。歹骨看到厚土新村的草渐渐长了起来，坐不住了，他找村里说话最有斤两的文化谈心，交流思想。他说，厚土村地肥，种什么长什么，但第一产业是夕阳产业，没希望，如果有希望新村的草就不会长那么高，再说你也不是没试过，种得越多赔得越惨；第二产业？就我们厚土这地方？那不是存心开玩笑吗；唯一的希望就是第三产业，也就是服务业，为人服务，服务人的身体。我们开特色饭店。我们的硬件是绝对比不过城里，这不要紧，关键是找好突破口——他们的重点放在下半身，我们？下半身！这有什么不好，要敢于转变思想观念。服务下半身是有一定的风险，但利润高，比搞房地产还高，而且启动资金少，不用审批，很适合我们村的经济现状。

文化同意了歹骨的观点，文化不希望厚土变成又一个仙居村，文化是个有责任心的人。于是他们各自招来了两个服务员，招牌也不打，开始营业。招聘服务员的具体要求是：女性，身段较好，乐于助人，年龄在十六到二十五岁之间，非本地户口。

没想到效益比预想的要好得多，不到半年，不仅还清了贷款，而且还略有节余。榜样的力量是无穷的，村里人一下就被带动起来了，全部把新房子改成了特色饭店，除了美金家。美金当然也喜欢人民币，可是秀云不同意，她说那是作孽。美金犟不过她，只好出门去打工。那天美金发现他打了大半年苦工攒下来的钱只够交贷款利息，眼白都红了，在床上就和秀云吵开了锅。美金以前从没和秀云说过一句重话，借给他十个胆子他也说不出口。

秀云吵完了，不说话，把黑弟和黑妹抓起来洗，洗了一遍又一遍，换上干净衣服。她坐下来喝了一杯白开水，摸摸黑弟的头，摸摸黑妹的脸，发了一会儿呆，起身回老村子去了。她把自己悬在了老房子里的大梁下，什么也没交代。她出门前还拢了拢掉到眼前的头发。

黑雪觉得秀云有点傻，谁不想过得好一点！钱从来就不是坏东西，这用屁股想也知道。这下可好了，你叫美金他们爷仨怎么过。

3

黑雪在马赛克里找到美金时美金乐坏了，跑前跑后的，又是端茶又是递烟，闹了半天才明白老妈回来了，要跟他一起住，赶忙一个劲地叫“妈”，他知道他妈喜欢自己像城里人一样叫她“妈”。

美金要两个孩子叫黑雪奶奶，黑弟很爽快的就叫了，黑妹磨蹭了半天才开口，她叫黑雪“姨奶”。城里人都叫祖母“奶奶”，乡下人才叫“姨奶”。

黑弟两岁半，整天吃饼干和手指头，黑妹七岁了，过了这个夏天就上小学了。黑弟黑妹都不白，特别是黑妹，跟个非洲人似的，眼白牙齿白得瘆人。秀云那么白，美金也不黑呀，怎么搞的。黑弟是个话痨，嘴里唧唧咕咕讲不停，不过讲来讲去都是同一个字——“吃”。黑妹不爱讲话，就是椅子压到了脚也不吭一声，有时黑雪真就把她当哑巴了。可是，一旦有人来找黑雪说话，她总是坐在边上望着黑雪的脸，眼睛一眨不眨。

黑雪原以为村里人都不会再跟自己说话了，可还是有不少上了年纪的人来找她聊，不过老是聊着聊着就断了，因为黑雪不喜欢人家讲那些鸡啊鸭的，或者谁家的媳妇跟人怎么了之类的，乡下人才喜欢聊这些，没意思，黑雪不接嘴。

因此人家坐的时间都不长，因此黑雪经常一个人坐着看黑弟跑来跑去，嘴里念着吃吃吃。黑雪看着看着烦起来，忍不住到楼上望老村子，一望，过去的事情像隔壁歹骨家的鸽群一般，在老村子的上空环一圈，扑啦啦就飞到面前来了。

黑雪的娘家在龟坑，龟坑在山里的山里，想见到公路得走两三天。黑雪那年20岁了，还没嫁出去，黑雪长得很好，该长肉的地方都鼓得恰到好处，就是那会天天吃树叶子也没见瘪下去，白得跟她出生那年冬天突然就摔到山里的雪一样。二十岁了还没嫁人，这在龟坑是件令人吃惊的事，因为我们中国人一向没有浪费东西的习惯，特别是乡下人，一个女的具备了使用功能怎能放在那里看着玩呢？再说龟坑的女人都是宝，个个的使用功能都被开发得彻彻底底——龟坑水寒，女人的产量不高，外面的女人又不肯嫁进来，哪个女人想到山沟沟里一年到头过清水熬咸菜的日子！中国女人没那么浪漫。

可她家的门槛被踩烂了黑雪还是不肯松口，一出门就在裤腰上打死结，她妈也拿她没办法。黑雪有自己的想法。黑雪隔壁的阿婆老早就说了，黑雪白成那个样，一点都不像山里人，像，城里人！谁家也留不住。黑雪做梦都没想过要在山里过一辈子，那太吓人了。

那年黑雪发现自己快撑不住了，一个原因是村里的阿牛每日在她能看到的任何地方出现，阿牛不喜欢穿衣服，老裸着大膀子，他的身上没有多少肉，可他的身架子大得像一头公水牛，另一个原因是黑雪的身子越来越不听自己的话，一到夜里，暖洋洋麻兮兮地往外胀，恰似一拳花骨朵忍不住要开了，黑雪每天夜里都要狠狠地咬自己那又薄又红的嘴唇，咬得上面净是小玉米似的坑。就这时，富贵来了。

该发生的事情总是要发生的，躲都躲不过。那年春天，龟坑也和全国的乡下一个样，饿得头脑一片空白，不少身子骨差一点的人一觉睡下去，再也不肯醒过来，龟坑的龟鳖都被吃光了，连一个王八蛋也没留下。阿牛他们那群愣头青受不了了，三下两下砸烂了大队部的墙，将屋里准备上缴的统购粮扛回了各自的家。这件事影响非常不好，上级领导很生气，果断从各村紧急抽调了政治素质较高的人员，组成了工作队，提着枪扛着红旗浩浩荡荡地开进了龟坑村。富贵进村的时候走在倒数第二个，一路小跑，因为他的个子小，实在不适合摆在队伍的最前面。那天黑雪站在村口看热闹，见富贵跑得跟一只小鸡似的，忍不住咬着嘴唇扭了腰笑，富贵一眼就望见黑雪了，砧板一般的脸一下子活络起来。

工作队的工作很有力也很细致，除了把阿牛他们几个带头的捆成粽子吊在大队部的房梁下抽，还到家家户户做思想工作，富贵主动要求到黑雪家。

富贵的思想工作很有成效，黑雪决定跟富贵到厚土村去“追求个人的幸福”。黑雪对富贵的身体不感兴趣，可黑雪对富贵说的事情感兴趣：富贵是个初中毕业生，能人，才二十岁就在村里当会计，不用晒大日头也有饭吃，富贵会说很多黑雪没听过的话，比如人定胜天、多快好省、人有多大胆地有多大产、婚姻自由、个人幸福、理想、上进心等，其中最入耳的是——厚土村在山脚外，一出村口就可以见到大马路，大马路又宽又平，直得柱子似的，而且离县城只有六埔路也就是三十公里，要去县城？站路边手一招，上了公共汽车就到了，连铺盖都不用带，比赶墟还方便。

黑雪连夜就和富贵离开了龟坑，连她妈都没告诉·声。两天多的路他们整整走了六天，一路上，他们一时半刻也没闲着，当他们晃到厚土村口时，大女儿美云已经在黑雪的肚子里有所动静了。

富贵没跟黑雪说假话，一句也没有，虽然富贵从没带她到城里去，也填不饱肚子，但地瓜还是有得吃的，黑雪挺满足。

黑雪白，就是在厚土村也显得特别白，村里女人都说她，像城里人，住在乡下，委屈了。黑雪听了，腰髋越发扭得像风里的柳条，老实点的男人见了，脸一红，赶紧别到一旁去。富贵心里不踏实，一入夜就急猴猴地往黑雪的身体里使劲，一天也不敢放松。再好的身子也禁不住这样使唤啊，何况富贵的身子骨本来就不怎么样，乡下的伙食又清淡，因此有天晚上富贵在黑雪身上刚把两腿蹬直了就再也弯不下来，吓得黑雪光着身子冲到院子里大喊救人。

富贵他是什么也不用知道了，可黑雪知道，她和三个孩子都得吃饭呀，一个女人家能怎么办，反正黑雪不知道怎么办，她只知道这不是她想要的。三个孩子长得都像黑雪，白，好看，分别叫：美云、美金和美元，名字都是富贵起的。美云九岁，美金七岁，美元三岁，经常围着黑雪要吃的。黑雪急呀，一急脸更白了。

黑雪拖着三个娃子又过了三年，那是什么样的三年啊，现在想起来脚还抽筋。二十五年前的一个夏天中午，大热，她对着破镜子拔下了两根白头发，转身把缸里的米全刮出来，煮成一大锅干饭，美云美金美元高兴坏了，放开肚皮吃啊，吃得肚子圆滚滚的，太阳直直瞪着地面时，她们都已撑得睁不开眼了，在破床上挤作一堆，闭着眼直咬牙齿。黑雪心一横，提起早已包好的换洗衣服就出了门。这时，村里的人都躲在了家里，只有几只鸡还窝在墙角打盹，村道烫得滋滋响，赤脚踩上去，不由得啪啪啪飞起来。

旺才在村口的小山坡上等她。旺才是富贵的朋友，那次工作队到龟坑，富贵走在倒数第二个，倒数第一个就是旺才，旺才如今在城里的工厂上班，旺才的一只胳膊让机床轧折了，可他还是个工人，而且有一间房子，二十平方米，一间二十平方米的城里房子。但明摆着旺才不可能养活一个女人和三个胃口大得像面袋的孩子。

黑雪很快就过惯了城里的日子，并且几乎忘了还有一个地方叫厚土，那里有三个孩子，会叫她“姨啊——”

乡下孩子叫母亲“嗯奶”或者“姨啊——”，不叫“妈”，城里人才叫“妈”。

黑雪没问过孩子们是怎么活下来的，她以前只知道他们死不了，不过，她现在知道了。没爹没妈的孩子还能怎么过！美云跑回了龟坑，可是她的外婆不愿意养她，因为想养也养不了，还是阿牛人好，认了她作干女儿，如今她是阿牛的老婆，养了五个孩子，快当奶奶了；美金天天到秀云家蹭饭，秀云家吃干的他也吃干的，秀云家喝稀的他就喝稀的，秀云家一个儿子也没有，她爸妈都乐意；美元倒也没吃什么苦头，他让一个晋江人带了去，连姓都改了，以前生产假名牌服装，现在是个老板，出门都是轿车，咻咻咻地跑。

五年前，黑妹两周岁了，看到别的孩子都有“姨奶”，有了心思，整天缠着美金要“姨奶”，秀云听了，开始鼓动美金到城里找黑雪，因为秀云听常上城里去的人说，旺才的厂子倒闭了，俩老头老太就靠卖点煮花生过日子，旺才身体又不好，黑雪活得很没精神。美金起先不同意，秀云说，她怎么说也是你的“姨啊——”呀！

黑雪喜欢秀云，一见面就喜欢上了：秀云白白净净的，一点不像乡下人。可是，黑妹怎么那么黑呀！秀云要黑妹叫“奶奶”，黑妹却直往秀云的背后躲，黑白分明的大眼睛死盯着黑雪。秀云她们希望黑雪回家去住，她说，等新村建起来，我们会住得比城里还好。黑雪当时心里就活动起来，她甚至想起了村口那两眼荷塘，一到夏天，都是花，一塘白，一塘红，红花莲子白花藕，傍晚时分，香，淡淡的清香，黑雪深深吸一口，肚子里的孩子就使劲蹬自己一下，蹬得黑雪鼻子胀胀的、眼酸酸的，快活，想哭。最后秀云说：“姨啊——，回吧，才叔也去，我们不会让你们二老累着，更不会让你们二老饿着！”

黑雪当时就变了脸色，脸别到一边去：“我不回去，我过惯了城里的日子，不回去！”

其实黑雪心里想的是：你为什么叫我“姨啊——”，你就不能叫我“妈”吗？！以后天天听你叫“姨啊——”我怎么受得了！我可不是乡下人！

4

黑雪已经在马赛克里住了两个星期了，黑雪这几天心里颇不平静，当然，这与村口被填平了的那两眼荷塘没有半点关系，黑雪从来就不是一个故作浪漫的人。

马赛克的确比城里那二十平方米要好得多，宽敞，明亮，秀云没说假话，可为什么心里老是不踏实呢？——富贵死了，旺才半年前也死了，自己到底算是谁的人？黑雪想得头都大起来。

七月十五，马赛克里的女人们提着一个一个的八卦篮往老村子里赶，八卦篮红彤彤的，篮子里装满了香、水果、鸡鸭肉，一路走一路说说笑笑。有人抬眼望见了黑雪，扬声就叫，拜祖啊，祠堂啊，趁早啊——

拜祖？我现在住哪儿？厚土村。这么说，我还是富贵的人，美金的妈。黑雪决定隔天一早就上祠堂去，跟祖上烧烧香，交代两句。现在？现在黑雪不想去，那么多的乡下女人，你问一句我问一句的，叽叽喳喳，比麻雀还吵，肯定不爽。

第二天吃过早饭，趁着日头还没煎出来，黑雪提了满满一篮的东西往老村里走，黑妹牵着黑弟高高兴兴地跟在黑雪的身后，黑弟高兴得像只小公鸡，左边的草里扑一下，右边的野花掐一朵，黑妹左手拉着黑弟，右手捂着嘴偷偷地笑，一口白牙捂得严严实实的，黑雪的步子轻快起来，路上的石头一次也没硌着她的脚。

祖祠的屋顶明显比黑雪的印象里新，在一大片破房子背后，扎人眼，墙壁也是，不黑，白唰唰，地板都是大方砖，整整齐齐、干干净净，神主牌一排一排的，一点灰尘也没有，它们静静地望着黑雪，好像心情都不错，也许，是因为这里太凉爽了吧。黑弟见什么都新奇，四下里乱窜。正想走到供桌旁，突然，神主牌后面呼呼两声，扑出一对黑漆漆的乌鸦来，黑雪吃了一惊，往后退了两步。好不容易稳住神，黑雪用力把蹦到嗓门眼的心咽回肚里去，抖着手将篮里的东西一件一件往供桌上摆，这时，只听得黑妹在背后叫：“山水伯公！”

黑雪吃了一惊，回头一看，黑妹正在大门边和一个人说话呢。不，那不是一个人，是一捆干柴，一小捆的干柴，长着一头白发的“干柴”，那白发比雪还白上几分，梳得整整齐齐。奇怪，自己刚才怎么就没觉出那里坐了一个活物呢。那“干柴”扬起头来眼望着他面前的柱子，他的耳朵朝着黑雪:“是黑雪吗？真是黑雪回来了吗？”

黑雪愣了半天:“嗯哪。”

“干柴”自顾自地点点头:“好，好，回来了就好。可惜大榕树枯死了。嗯，回来了就好。”

这是个瞎子，老瞎子。这就是山水？黑雪不喜欢山水，黑雪讨厌山水，黑雪不知道这是为什么，反正她第一次听说这个人时就有点恨他，仿佛人家是她上辈子的仇人，黑雪也恨自己的爹。黑雪的爹是打浙江跑过来的，跑日本，黑雪的爹喜欢做生意，也喜欢买地，黑雪的爹年纪轻轻就死了，死在去县城的路上，衣服都被剥光了。黑雪上过两年学，黑雪上学时老觉着很没面子，腰板比别的孩子软，这怪谁？当然怪她爹！谁叫他买下那十几亩的地。黑雪从没回家看过她的妈，一个地主婆子，有什么好看！

山水是从南洋回来的，据说模样长得非常好，他爹叫他回来盖大厝娶媳妇，可他不听话，把钱拿去盖了间小学，请来城里的先生，挨家挨户地把厚土村的大小孩子都哄到学堂里学写字，他自己却住到祠堂里，吃稀饭啃萝卜条，时不时地还写洋信叫他爹寄钱来。听说，他还和城里的一个洋学生谈恋爱，把他爹托人做下的亲事都辞了，真是疯了。后来城里来了很多兵，洋学生跟了一个别手枪的，走了，招呼都没打一个。洋学生现在就住在白水市，活得很滋润，天天上公园。报应啊。富贵对黑雪说，山水是大地主，比你爹大得多，于是，黑雪就恨上山水了，不用理由。

黑雪第一次看见山水时他已经是个没有精神的中年人了，迎面撞见黑雪，他头一低侧过身子就走，不过，他的腰板还是直的，身架子很宽大。

美金说，山水伯是个傻瓜，他的弟弟们前几年费了老大的劲才找到他，要带他去南洋享福，他们说，南洋现在有许多好玩好看的地方。——他竟然说，不用了！他还说，他眼睛都瞎了，看什么东西都一样，黑的，一个瞎子，到哪里都是麻烦。说得他的弟弟们抱着头在祠堂里哭得哇啦哇啦的。

山水以前是个宝，哪个村子开批斗会都要抓他去站台，他也很配合，从来不说二话。你说，乡下要找到一个这么好使的东西容易吗？所以他很忙，有时反绑着双手在台上站久了难免头晕，后来那次他连着站了七天，撑不住了，脚一软，打台上一头栽了下来，把眼睛摔瞎了，害得工作队的革命工作无法按计划开展，工作队的领导心里很不爽。

——黑雪发现了一个问题：自己凭什么恨山水？自己凭什么恨一个大傻瓜？！

5

再过半个月就中秋了，天渐渐有了些凉意，日头出得比前些日子晚了不少。

黑妹整天一个人玩飞行棋，黑弟越来越爱往外面跑，叫都叫不住，整天滚得头是沙脚是泥，有次他竟然抓起自己拉出的大便捏小人，太恶心了，城里的孩子哪会这个样！

美金的脸色也有些不好，有时黑雪叫他，他竟然半天才应一声。黑雪知道他为什么不高兴。如今竞争太厉害了，要找个过得去的服务员很不容易，美金的特色饭店就只有一个服务员，才十六岁，虚岁，跟个孩子似的，整天叼着根棒棒糖，嘴里哼哼唧唧，她说她在唱歌，唱的是什么“猜一令”！身子长得像芦柴杆，客人见了都摇头：“太小了，没肉，没劲。”有天一个戴眼镜的小老头跟她进了房间，没五分钟就出来了，出来后他揪着黑雪直唠叨：“什么态度？刚进去就说快点快点，大嫂你说，我年纪这么大，快得了吗？嘴里还直舔棒棒糖。什么态度？还八十块钱。我退休了存点钱容易吗我？打折打折……”

气得黑雪脸都黑了。你说，美金他能不着急吗？可再怎么着急也不该给我脸色看哪，我是你妈，我在城里住了二十五年，我可不是一个乡下老婆子！

而且黑雪还发现了一个非常要紧的问题：这里没有公园！黑雪喜欢看电视，黑雪更喜欢上公园，几乎天天上，城里的公园里人总是很多，黑雪挤在人堆里心里总是很踏实——没事在公园坐的，都是城里人，黑雪也是。可厚土没有公园，没有公园，睡再好的房子也还是乡下人。

黑雪见过美元了，美元自己驾着车来的，美元的车很有派头，比县委书记的车还有派头，黑贼贼的，黑雪见了那车，眼睛都亮了。美元坐了半小时，说了些闲话，比如他很忙整天要福州厦门到处跑，等等，站起身提提裤腰带就走了，好像黑雪是一个与他不相干的东西，他当然没叫“妈”，他甚至连“姨啊——”都没叫一声。

美云一直没有来，黑雪刚回来美金就通知她了，可她说：“没空。”而且一直没空。

黑雪一想起美云美元，牙就咬得咯咯响。

黑雪有时躺在床上就琢磨了：自己当初脑子是不是让火燎了，为什么要到这乡下来？山水说回来了就好，这话怎么听着那么别扭啊！

八月初八早上九点多。美金天没亮就到县城招服务员，不在，黑妹吃完早饭自己到村里小学报名去了，也不在，那个小服务员还在床上做噩梦，马赛克的大厅里就剩黑雪和黑弟。黑雪看电视，电视里演芗剧，《山伯英台》，黑弟在屋里屋外钻来钻去，黑雪叫他乖一点，陪奶奶一块看芗剧。黑弟不听她的，窜到门外去了，在台阶上冲过来冲过去，嘴里呜啊啊怪叫。黑雪生气了，不管他！黑雪继续看电视。

哭调“英台哭灵二十四拜”，天哪，演得太好了，太感人了！黑雪忍不住跟着唱起来，一边唱一边拿了条手帕擦眼泪。

忽听得一声惊叫：“姨啊——！”

是美金，美金回来了，美金小时候吓坏了都这样叫，声音凄厉，不似人声，谁听了都要起一身的鸡皮疙瘩。

原来，英台拜到第八拜的时候，黑弟头一低扎到台阶下去，立马背过气去了——厚土新村的台阶都比较高，一米五，有气势，台阶下都是水泥地。这时候，他的奶奶黑雪正在厅里唱：“梁哥啊……”

黑弟的嘴巴摔成了个血窟窿，门牙都不见了，黑雪帮着找了老半天，才在路牙下的马齿沙里摸到了小半颗。

美金的脸色像猪肝，美金不说话，美金狠狠地摔碗筷，踢桌子，美金还下死劲横了黑雪一眼。那一眼一下就把黑雪的心挑开了：你不肯帮忙带孩子，那你回来干什么？！

你说，黑雪现在不住这里住哪儿？老宅子能住人吗？老鼠住都嫌破。城里那二十平方米？黑雪早把它卖了，回来时的车票钱还是从那里边抽出来的。现在，黑雪还能找到比马赛克更合适的住处吗？黑雪摸摸腰眼，硬硬的，还在，那卖房子的钱，两万多呢，黑雪没告诉任何人——黑雪咽了一口口水，那是救命钱啊。

6

山里的风没头没脑，一大早就满山遍野地狂跑，堆在荷塘里的那两座小山似的垃圾让风一巴掌扇到了老村子的上空，一个立脚不稳，稀里哗啦撒下来，眼一眨就盖住了半个村子，一块撒下来的还有：没有翅膀的蝴蝶，断了腿的蚂蚱。

美金天刚亮就又出门了，他这回去的是白水市，目的很明确——招服务员；小服务员还在床上培育自己的身体——这是美金交给她的任务，美金说，好好养你一年，不信你不长肉；黑妹还没正式上课，坐在门槛上看在风里刮来刮去的垃圾袋，数自己的手指头和脚趾头；黑雪看电视，还是芗剧，《三凤求凰》，喜剧，不用擦眼泪；黑弟的嘴肿得像一只小猪，含着一根棒棒糖进进出出，黑雪在他腰上绑了一条细绳，绳子一紧黑雪就用力拉一下，没好气地大叫一声：“回来！你不怕摔死？！”

风说停就停。风一停，小雨淅淅沥沥拖了下来，歹骨的妈来了，歹骨的妈来得正是时候。

歹骨妈左手牵着一个女娃，大概三四岁，右手还夹着一个，看不出公母，叼着奶瓶。歹骨妈一进来嘴巴就刹不住，歹骨妈说，雪姐你说，我们女人活一辈子都为了啥？

黑雪愿意听歹骨妈说话，歹骨妈是个见过世面的人，听说她甚至去过香港、澳门，还去过东南亚，看过人妖的白奶子。

歹骨妈说，我上辈子做了什么孽，这辈子投胎当女人！以前服侍公婆和老公，后来服侍歹骨他们兄弟，现在好了，还得服侍一群狼崽子，不是一个两个，是一群，没完没了。下辈子我不做人了，我当公猪！至少图个爽！

歹骨妈前段时间不住家，昨天才回来。

歹骨的大儿子大女儿都上了厦门的英才学校，他妈原以为自己可以好好歇一口气了，不想，歹骨见她整天坐着看芗剧，不乐意了，歹骨眼里容不下沙子，歹骨说，不能闲置任何有效生产力！于是又给他妈生下了两个孙子，这两个孙子的妈还不是同一个人，不过有共同特点，白白嫩嫩，喜欢斜在躺椅上嗑瓜子，歹骨说，我有钱，想生几个就生几个，有钱能使磨推鬼，我为民族的繁荣昌盛做点贡献，多提供些高素质的人才，这是有责任心的体现！

歹骨妈是去过香港、澳门，也去过东南亚，可那是去给歹骨他们一家子当使唤丫头！歹骨死活要她去摸人妖的奶，歹骨说，“姨啊——”，是不是比你的要好？作孽啊夭寿！

黑雪回家前几天，歹骨妈趁歹骨不在家，偷偷拿了换洗衣服跑到了石厝庵。歹骨妈说，石厝庵在白水市郊，山明水亮，到处是鸟叫，比城里的公园漂亮多了，在那里，天天见得到白水市里的人，那些人，气派，很阔手，油香一添就是几百几千，有的还上万，眼皮都不用眨一下，我们县城的人跟他们比？老土！那里有许多老姐妹，都是不愿意窝在家里受罪的，她们都是城里人，雪姐，都跟您一样白！我真想不通，你好不容易跑出去，干吗还回这鬼地方来？以前我们还笑你，说你不要脸，后来我明白了，你没错！我这辈子都替别人活了！想想牙就痒！要不是歹骨带了五个大汉死活把我架回来，我就在那里住到死！在那里，享福啊。吃饭不要钱，住得也干净，你只要帮着干点轻活就够了，权当活动筋骨，你不想干也成，反正大家都抢着干。而且，老姐妹们有说不完的体己话，谁也不老土。

歹骨妈说，石厝庵的饭菜天天换花样，有素鱼、素虾、素鸡、素鸭，甚至，还有素螃蟹，味道好极了，跟真的不差一根头发丝。

黑雪听得很用心，黑雪自打回到厚土村后第一次这么用心地听一个人说话。黑雪还问了一些话，比如到石厝庵要搭哪路车，车票多少钱，下了车往哪儿走，等等，黑雪问得相当的仔细。

7

黑雪一夜没睡，黑雪整夜都在想事情，越想脑袋越清楚。

——谁带黑弟的确是个问题。秀云的爸妈？瞎说，死人能帮你看孩子？——秀云的爸妈早些年为了养活秀云她们姐妹和美金，什么都舍不得吃，把身子饿垮了，五年前就死干净了，全部肝炎，再说，他们要是活着还不得拿锄头和扁担把美金敲死？你说，黑雪走了谁带黑弟？请人？厚土村没有请人带孩子的习惯，那靠不住，而且得花钱，乡下是没有人肯花这笔钱的……咦，是谁在磨牙齿？是黑妹，黑妹一边做梦一边把牙磨得嘎拉嘎拉响。怎么就没想到黑妹！黑妹七岁了，完全可以带着黑弟到处跑。上学？迟一年两年没问题。反正美金这种年龄绝对打熬不住，过上一年半载肯定会给黑妹她们姐弟找个后妈的，到时候，黑妹再上学完全来得及。再说呢，黑雪没回来前他们不也活得好好的……

天蒙蒙亮了，黑雪穿戴整齐，解下钱来，在窗下就着天光仔细数了数，一张都没少。黑雪抽出两张五十块的，一张放在左裤袋，一张放在右裤袋，剩下的扎成一截截硬硬实实一指多粗的圆筒，薄膜袋包紧了，缠在腰上，怕它前后乱转，又在两腰眼分别贴了一张麝香虎骨膏。黑雪望了一会窗外，伸手压了压鬓边的头发，回身躺倒在床上，闭上眼，假装睡熟了。

美金磨蹭了那么久才出门！

黑雪估计美金已经走远了，赶紧爬起来，梳梳头，在耳边插了一朵簪花。黑弟睡得正香呢，小猪嘴拱着蚊帐，嘟嘟呶呶，口水湿了半个枕头，吃吃吃。黑雪不管他，提起行李袋拔腿就走。

黑妹蹲在厅里整理新书包，黑妹动作很轻，一点声响都没有。

黑雪矮下身来，黑雪摸摸黑妹的头："黑妹，奶奶——嗯，姨奶要走了。以后，以后你要好好照看黑弟呀。不要去上学了，过两年再上，反正女孩子长大了都要嫁人生孩子的，书读多了没用。你要好好听你爸的话，要学会说话，像城里人一样，说文明话……"

黑雪站起身，左手摸出一张五十元的人民币，递到黑妹的面前。

黑妹不接，黑妹的双手紧紧抓着书包，仰起脸，两眼珠像小牛犊似的一动不动地望着黑雪的丹凤眼："奶奶，你真的叫黑雪？"

黑雪怔了一下："嗯哪。"

黑妹好像没听到："奶奶，你为什么叫黑雪？黑的雪？真的有吗，黑的雪？！——山水伯公说，天要是下黑雪了，人就不用活了。"

噗，行李落在了地上，黑雪一截一截矬下去，不一会儿就在客厅里软作一堆，她双手捂着脸，"嗷嗷嗷"号起来。

——"作死啊夭寿啊死囡啊黑心肝啊骚鸡巴啊作孽啊……"

曲蹄

我和七卡从小同班，新兵连后，我们又在一起了。

部队的伙食太养人，我们长得比猪还快，才两年，我们都长到了原来的两倍大，七卡一百五，我一百六，而且下半身的分量明显增加，整个夜里都得大睁着眼数羊。如果不是已经树立起了高尚的情操，我们肯定会天天趁黑摸出军营去。我们是普通军人，普通军人必须有军人形象。我心里渴望着发生点什么事，而且隐隐约约地觉得有什么要紧事要发生了。

该来的事总是要来的。军区来挑人了，要最好的战士，是战士，不是兵，我和七卡都被挑中了，我们相互望了一眼，挺直了腰板。

要打仗了。到了新连队，我发现全连都是和我们一样硬邦邦的家伙，个个翻墙上树如在平地跑路。我们要到南方打仗去了，我们是尖刀连，新连长说，我们全连都是闽南人，上了战场我们只讲闽南话，对，就是要让敌人听不懂。猪仔也来了，猪仔是刚入伍一年的新兵，他是自己要求来的，为这他还动用了他老爸的关系，他老爸是我们地委的专员，他还写了血书。猪仔的年纪比我们大，可猪仔的眼神比我们嫩多了。猪仔见到我们俩时手脚都不知放哪里好了，一味地红了脸傻笑。我和七卡扑上去，一人给了他一拳，然后，我们三个人紧紧地抱在了一起，差点把肚子里的水也挤出来。

差不多三十年前，我和七卡整天在海澄数街上的石板，数了快一个月了，还是没能数清楚，因为海澄街太老了，太长了，整条街铺的全是石板，而且我们的努力总是被一些无端的事情所干扰，比如女人摇晃的胸部啊，路边有事没事就叠一下的公鸡母鸡之类。那时，七卡就喜欢看女人扭来扭去的屁股，特别是公社广播员高青花的，每次都要看得俩眼珠子齐齐爬到眶外来。当然，我也喜欢。高青花的声音和身子都像水蛇，泼辣辣的，看了听了让人睡不着，满鼻子都是雪花膏的香。有次高青花回头冲我们笑了一下，我的脸“哄”地烧起来，大火燎到似的，想钻进脚下的石板缝里去，一看七卡，他的眼睛翻上天去了，脸红得跟煮熟了的大头虾没啥两样——天上什么都没有啊。

按理说我们应该坐在教室里。因为我们海澄中学的校门口漆有两行大字，颜色鲜红，左边是“世上无难事”，右边是“只要肯登攀”。是副对联，没有横批。可海澄中学不让我们上课，严格讲是高青花的大哥高青山不让我们上课。高青山是我们的政治老师兼校党组成员，形象很正面，高大威猛。他天天要我们树立远大理想养成高尚的品格，开大会讲，上课也讲。可他自己经常摸女生的屁股，也摸我们语文老师胡红英的屁股。胡老师不喜欢我们，她厉声说，船民！泊水！！曲蹄！！！

我们老家是一条条的小艇子，就泊在月港的水面上，我们那叫连家船，和江面的浮萍一样，没有根，但干干净净。不巧的是陆上的人恰好一直不肯接受我们，一碰面总是嗤着鼻子用下巴颏看我们，他们叫我们泊水崽，他们睨着我们的腿说，曲蹄仔！好像我们是和蚂蚁差不多大的动物。

谁喜欢被人看不起呀！所以有天七卡上语文课时画了两个小人，光溜溜的，一个头发长一个头发短，额上都有字，长发“胡”，短发“高”。画有标题，叫“胡搞”。我看到两个小人的尿尿部位很夸张地连接在一起，忍不住放开了喉咙大笑……后来高青山就来了，他说，一，开除，二，自动离开，选二还是选一？我们没有理他，我们把书包甩上肩头，一前一后走出了教室。那时是农历三月，春暖花开，阳光好得要人的命。

春天一款腰就扭过去了，夏天不由分说地涌到身边，劈头盖脸压下来，心里猛然烦了，把握不住，很不踏实。人生是不可以太过空虚的，我们总得找点事做啊，有些人活着是需要理由的，比如我，比如七卡。上班是不可能的，街上的每间屋里都有找不着工作的人，而且不是一个两个，是一群。天天数石板总不是办法。我们必须树立起形象来，我们要做有影响力的人。

有影响力必须有创意，要坏，不能做好人，要做下坏事来，并且让所有的人都知道。我们锁定的第一个目标是街尾的四阿婆。四阿婆是个五保户，四阿婆把她家的米袋看得比命根子还要紧，睡觉都要拿细绳扎了扯在掌心里。七卡趁四阿婆午睡时猫进去，嚓，剪断绳子，将米袋大大方方扛到街头去，卖给光棍老溪。那一段日子，老溪正和一个凤阳女人及她的两个儿子和谐地生活在一起。老溪给了我们钱，钱不多，但足够我们买上一瓶高粱酒和半斤五花肉——我们没有肉票，难免贵一点。我们跑到月港的江滩上，野炊，拥抱大自然。回来时，我们走出了蛇一般的步子来。可是我们的口袋里还有钱，怎么办？七卡说，我，我，我有办——法！

我们把买来的饼干塞到四阿婆的手里，明明白白清清楚楚地告诉她，米再也回不来了，连米袋也回不来了。四阿婆仰起没有眼珠的眼："好孩子！你们知道我的心思！我三十年没吃过饼干了，想得慌！可就是没胆子拿米换饼干，我怕人家说闲话。这样活着有啥意思？三十年吃不上两回肉。嗨，吃上一顿饼干，我死了也心甘。你们看，你们看看，我的嘴……"

四阿婆的嘴里一颗牙也没有，黑洞洞的，四阿婆的房子也黑洞洞的。我的心一下就凉了——失望也是黑洞洞的。

隔天就要上前线了，动员会开得轰轰烈烈花花绿绿。团长说，立功去！团长说，保卫祖国母亲！我们在团长的带领下，都喊了口号，喊得很大声，轰轰隆隆的。

我们是不会轻易放弃努力的。我们又策划并亲自操作了几件事，但效果皆不显著。我们甚至把死猫吊在了高青花的窗口。可我爸光着膀子从高青花的房间里踩着舢板似的走出来，一扯，一甩，猫飞到对面供销社的楼顶去了，"喵"都没"喵"一声。害得我几乎对生活失去了信心：我怎么去见我的妈！七卡的脸色也不好。只好去约东街口的猪仔和阿龙决斗。猪仔、阿龙他们人多，块头皆大，下山的乌云一般涌过来。猪仔昂首走在队伍的正中间，一边走一边用打火机烧自己的手指头，一二三四五，挨个儿烧。哇，比动物还凶猛！所以还隔着半条街我们就明智地选择了撤退，撒开脚丫子回头死跑。

但是，我们成为有影响力的人物的决心是不可动摇的。我和七卡坐在月港江滩的草丛里吹着风望着夕阳，冷静地分析了我们跑得比兔子还快的根本原因。很简单，创意不够，威慑力不强。七卡说，要是我们有枪就好了！他眯着眼把手比画成手枪的模样，瞄着熟地瓜一般的日头，啪啪两声。日头一惊，闪到山背后去了。

我一夜没睡，我对我短暂的一生进行了比较彻底的回顾，我发现自己有跟胡红英老师说声“对不起”的冲动，因为她是个女性，和我妈妈一样。没人说话，只有喘气声，以及帐篷外蚊子们愤怒的吼声——我在帐篷里放了桉树枝，蚊子们不敢贸然闯进来，气得排着队在帐篷门口轰隆隆地抗议。到了后半夜，七卡咬起了牙齿，七卡咬牙的声音实在不堪，一点美感也没有，哦，兄弟，你开始做梦了。七卡在梦里嘿嘿嘿地傻笑，就像猪仔刚见到我俩时一样，七卡还大声地喘气。

印刷厂就有枪。那回他们逮到一个外地人，那外地人肩膀比门板宽，胸膛肥厚，个子比我们这地方的人高了一个头不止。大家都说外地人偷东西，可他梗着脖子歪了头睨着天上匆匆飞过的鸟，干干脆脆地说了句普通话：“胡说！”大家一听，嘴巴僵在了空气里——我们这里的人那时特别敬畏普通话。在这紧要关头，比武大郎高不了多少的印刷厂民兵营长老胡仰着脸微微一笑，拔出枪来朝他的脚掌打了一枪，他立马破城墙一般塌下来，嗓子扯到天上去：“啊，哇！我承认！承认！啊！啊！爹啊，娘啊，我承认了不行吗？！”

老胡并不时时刻刻把枪挎在身上，老胡没事就把枪挂在宿舍的墙上。老胡很奇怪，每个星期三午后都要出门去。老胡宿舍的后面是一片密得风都钻不过去的竹林。竹林中间有块空地，铺满了枯竹叶子，又软又厚实，很适合一边做梦一边流口水。老胡宿舍的后墙不仅有窗户，窗户上还有个小小的风窗，风窗虽小，可爬进去一个七八十斤的不成熟少年还是绰绰有余的。

那个星期三的日头有点不正经，一忽儿晒得空气扭来扭去一忽儿乌黑一片。平日里吵翻了天的知了也懵了，哑了。

咦，竹林里有动静。

不会吧，是胡红英和高青山！这不对头——高青山家里有老婆啊，而且体积很大呢！

七卡眼睛直了。我同仇敌忾，摆出和七卡一模一样的姿势。在历史的关键时刻或者转折点，保持正确的姿态是很必要的……

高青山正要套上裤子，我侧脸望了一眼，七卡正好转过脸来，我一点头，两人像两支响箭，怪叫一声把高青山射翻在地。我抱脖子七卡抱腿，七卡知道我不喜欢攻击别人的下半身。奇怪，光屁股的高青山竟然一点也不威猛，他缩成了一只虾米，一手抢裤子一手捂着裆，好像怕小家伙飞走了：“大兄，放我！大兄，放我……”胡红英傻了，捏着裤脚低了头乖乖地站在边上，抖，穿也不是，不穿也不是，像极了那些被她揪着耳朵拧到黑板前的学生。她的眼角一直瞟着我的左手掌。我说，看什么看，没见过左撇子啊！

海澄中学的大门口围的都是脑袋，黑压压的，天也显低了。当我们把高青山的左脚军鞋和胡红英的右脚凉鞋剪破贴了名字挂上校门的横梁时，人群哇啦啦叫起好来。多好的对联啊，上联、下联、横批一样不落，天衣无缝。我们豪情万丈，我左掌七卡右掌，互相猛一击：我们终于成为有影响力的人了！猪仔、阿龙他们也得仰起脸看我们了——上个月，阿龙就被高青山打校长办公室拎到校门口，丢出去，狗一般翻起身就跑。

我们横着走在大街上，整个镇子不知不觉就矮下去了，连风见了我们也侧了身让到一旁。我们都喜欢这种感觉，真的很喜欢。可我爸不喜欢。他说，天大地大老子最大！他叫人在我们胸前一人别了一朵大红纸花，敲锣打鼓把我们运出了镇子。

这天，我发现自己是个初中毕业生，有毕业证书为证，因为我爸是公社革委会主任。七卡也有证，因为我爸是他的舅舅。

8点就要出发了。团长站在山坡上喊得满山谷都是回声：上去就要做好牺牲的准备。祖国好米好饭养你们做啥？你们心里清楚！现在是，是你们用生命回报祖国的时候了！除了水壶，其他生活用品一概扔掉！我会在后方全力支持你们！来，我们一起高呼——我们是尖刀！我们是敢死队！！誓死捍卫祖国的荣誉！！！

我们不理他，毕竟死亡是件相当严肃的事情，不应该大喊大叫，疯子或者缺心眼才会兴高采烈地去赴死。我们一齐盯着他的身后。团长挥了几下拳头，发现情况不对，全无昨日誓师大会时的痕迹。团长不解，左顾右盼，还是不解。团长说，我不说了，同志们最后还有什么要求？

七卡的一张大脸憋成了刚劈开的沙瓤西瓜：我、我、我，我要看记者的奶子！

大家一齐吼起来：我要看，奶子！！！

吼声滚过山去了，山谷里死一般的寂静，有虫子长长短短地唧唧傻叫，噢，不是蟋蟀，蟋蟀是不会在白天乱唧唧的。

一直站在团长身后的女记者双手捂住了脸，但，很快就把手放了下来，她深吸一口气，解下相机走上前来，一把推开了拦在面前的团长，把上衣褪下了。

风一撩，她的乳头周围都起了鸡皮疙瘩。她的乳头像两粒饱满得就要胀裂的桑葚，深红，红成了紫色，直直挺立在风里，上面，有水溢出来，阳光扎进去，两滴水一齐亮起来。我再也没见过那么坚实的乳房了。她的面目安详，好像什么都没发生，好像我们是一群襁褓里的婴儿。

雨突然就摔下来了，一粒一粒的。

团长大吼一声：少年家，出发！

——七卡没有回来，猪仔也没有回来。我回到海澄后还发现，当初跟着猪仔一起在街上横过来横过去的少年家们大多回不来了，包括阿龙，因为严打，打得严厉，彻底。

我离婚了。每次我这半个手掌一碰上我老婆的乳头，她“唰”地就皱成一条煮红的小虾，蜷着身抖个不停，掰都掰不开。我是个左撇子，常常忍不住要把左手伸出来，抚摸我喜欢的东西。我不能再耽误她了，再过上三五年，她都更年期了。

我做梦都想再见见那位女记者，我想，我想叫她一声，妈。

她的乳房右边大一些，左边小一点。

……尖刀连的磨损速度比我们估计的快得多，才三天，连连长都被打下去了。连长下去的时候嘴里直哼哼：哎哟，痛！哎哟，不过瘾！

奇怪的是，我、七卡、猪仔竟然毫发未损，身上除了眼睛是红的外，全都和地面长成了一般颜色。我们都没戴领章和帽徽，红色的领章和红色的帽徽在墨绿的竹林和香蕉叶的映衬下，扎眼、招摇，明摆着要招惹敌人的子弹，我们三人都不属猪，才不想成为敌人的射击目标点呢。

看着个子比我们高或者比我们矮的战友一个一个躺下去，我们的神经绷得越来越紧，任何动静都让脑浆子噔噔乱响，汗都挤不开脸上的泥巴了——我亲爱的战友们，我甚至还不知道他们的名字哪！

当我们走出大得像海的竹林，一股淡淡的腥味轻轻挑开了我的鼻黏膜，好熟悉的腥味，我的眼睛湿了。我回头看了看七卡和猪仔，他们都直愣愣地望着前方。迎面是个小山包，那股腥味一浪一浪地从山背后涌过来。小山包前是几户人家，炊烟在傍晚的斜阳里不声不响地爬上天空去，好像什么事都不曾发生，什么事也不会发生。我整个身体“哗”一下松垮下来，瘫到了地上。我摸了老久，才打内衣兜里摸出烟和打火机来，嘿，竟然没湿。七卡接过，点上，用力一吸，顿住，半晌才呼出一口浓烟来。猪仔不接，他盯着炊烟跟自己说悄悄话：“我要回家，我要回家。”我打了几下火，没打着，于是探手跟七卡要火。就这时，啪啪啪，一阵响动，与此同时，猪仔惊叫一声，扑在我们身上，然后缓缓地落到了地上，他一边往下掉一边努力朝我们笑着，他笑得不成样子，更像是在哭，伤心彻底地哭。然后，他闭上了眼，笑容也凝住了，脸上的泥巴绽裂开来。我抱住他，双腿蹬地拖到竹丛背后，我喊：猪仔！猪仔！！他不理我，他连呼吸一下都不肯了。就在我把猪仔拖到竹丛背后时，七卡翻过身薅下所有手雷，一扯，突然弹起来，狠狠砸向了远处的房子：干您老母！！！

房子“轰”，飞起来了，把天空遮没了。

我放下猪仔，我把七卡拉下来，一块坐着，喝水，看，看尘土一点一点往小里缩。后来，天空又蓝了，蓝得发紫。

天啊，那地上有一个女人，一条腿炸没了，正在地上使劲，想要坐起来。

七卡起身向她走去。我一愣，伸手一抓，没抓着。我喊：莫去！莫去！七卡却像没听到。

七卡跪在那女人的身边，七卡把她扶起来，七卡帮她坐直了。七卡好像跟她说了什么，她却不看七卡，她两眼的神都散了，她的手在腰里乱抓。我喊：七卡！七卡！

七卡不理我，七卡把枪放到地上，七卡脱下外衣披在她的身上。七卡脱下背心，七卡用匕首把背心割成一条一条，七卡开始包扎女人的断腿。那女人突然尖叫一声，两臂一直，轰！两人一块飞到天上去了。分成了好几块。一截肉色的物体摔在我面前十步左右——七卡啊！我的兄弟啊！他的下半身炸没了，他的脸烧焦了，他翻出眼白来望着我，他伸出手来。我扑了过去，我伸出了我的左手，我就要抓到七卡的手了——叭！我的左掌一凉，我的半个左掌不见了！我想都没想，右手食指扣住扳机转身扫了出去。

那人扭了几下，像一个程序紊乱了的机器人。那是个刚长出模样的小犊子！十五六岁，黑黑瘦瘦，像极了和我一道在月港江边冲来冲去时的七卡。我定住了。小犊子摔下去时右手中指直直戳向我，厉声骂了一句，那骂声，撕心裂肺！天啊，我的祖宗啊！我弯下腰来，呕！我的眼泪再也止不住了。

一只母鸡带领着一群鸡仔狂奔过来。鸡仔们围着我呕出来的东西抢得昏天暗地，唧唧啾啾。母鸡站在一旁，静静地望着它的孩子们，面色安详，满足。

我们是船民。我爸说，自打商朝灭亡后我们已经在海上漂了几千年，我们的祖先都是殷商的贵族。我爸说，从东海到南海，都有我们亲人的身影。我们从不主动到陆上生活，也不和陆上的人过多来往，我们叫他们山顶人，他们叫我们泊水，更多的时候，他们骂我们“曲蹄”。他们经常当着我们的面模仿我们走路的样子。我们的腿是有点弯，可他们学得根本就不像，更像上了岸的鸭子。他们笑：曲蹄，曲蹄！曲是弯曲，这没什么，可蹄是啥东西呢？牲口才长蹄子啊，猪牛羊才长蹄子啊。怎么能这样骂人呢，太恶心人了。我们在各地生活，我们讲着各种当地的方言，但有些东西我们一直保留着，比如不与山顶人通婚，我爸就只与高青花睡觉，而不丢了我妈去与高青花结婚。再比如小犊子骂的那句话，那是我们所有诅咒中最恶毒的那句，据我爸说，那是比干被掏出心肝时号出的，被咒到的人，永世不得超生！

后来我才知道，翻过那个小山包就是大海了，我闻到的是海的腥味，和老家一样的海腥味。

春江水暖鸡不知

1

我坐在我家门槛上，高音喇叭骑在院门边的苦楝树顶上，高音喇叭是个女的，声音又尖又响，讲起话来撞得鼓膜嗡嗡嗡直抖：“……全大队的革命干部社员群众同志们，这趟咱们要昂扬起革命的斗志，坚决彻底地割掉资本主义的尾巴！……”

我们住的屋子严格讲不能算是我们的家，它是生产队租给我们的，叫队间。它的屋顶尖耸耸的像个着了凉的“人”字，黑、高，洞洞一个挨着一个。夜里，我经常坐在厅里一张只剩三条腿的破凳子上透过那些洞洞观测天上的星座，效果相当好，真的，方位感特别强。因为我们入住前它叫鸭仔铺，专门用来为生产队孵小鸭，鸭子喜水，所以外面落大雨时屋里噼里啪啦就下中雨。这时，十几束阳光打屋顶扎下来，光斑撒得满地都是，地上像铺了一床大花被，黄灿灿的花儿一漾一漾的。

弟弟踩着那些冰得冻脚的光斑跑了出来，他仰头望着树上的喇叭：“割资本主义尾巴？阿兄，资本主义大还是牛大？”

屁大孩子，懂个屁！我才懒得理他呢：“差不多吧。”

弟弟不识趣，唠唠叨叨的：资本主义有尾巴，肯定四条腿，可为什么要割尾巴？没人敢割队里那些牛的尾巴啊！是不是这资什么的做了啥坏事情？

烦死人了！我大了声：“牛犁地，可你见过资本主义犁地吗？！”

弟弟吓了一跳，赶紧跑到院里去，由于动作过于匆忙，差点把晒在日光里的鸡笼踢翻了，惊得鸡笼里“咕噜噜”一阵怪叫。

鸡笼里有两只半大的鸡，一只公，一只母。

我才懒得管他呢，他爱上哪儿上哪儿，反正他从来不做什么正经事。一个五岁大的毛孩会一边走路一边挥着拳头喊口号——“千万不要忘记阶级斗争！”你说那不是神经病是什么。妈妈出门前是交代过，别让他走丢了，我一贯听大人的话，当然会负责任。他会丢了？瞎说，我们家的孩子从来没人迷过路。不信，你喊一声“快来吃——”试试，他不立马飞到你面前我中午就不吃稀饭。

我在等一个人，一个大人，他会一边敲着一片小铜锣一边吊嗓子：“买鸡毛肉骨——”他总是把“骨”拖得长长的，让你听了满口都是水。

他来了，老远就听到他的喊声了：“买鸡毛肉骨——！”

我们都叫他“鸡毛肉骨”，他经常四处乱走，专门收买鸡毛鸭毛肉骨头，或者鸡肫皮废旧牙膏壳小玉坠。

我赶紧把藏在草垛后边的大簸箕端了出来，好沉！里面满满的都是鸡毛，因为怕盛不下，我把鸡毛全扎成一捆一捆的。

我喊：“哎！鸡毛肉骨！”

他过来了。可他一眼都没看，酒糟鼻子嗅嗅空气就说：“嗯——不要！”

我急了：“不要？！你看，上好的鸡毛！”

他斜了一眼打他身边摇过的月英，说：

“我不买鸡毛！现在遍地是鸡毛！你家有鸭毛吗？有鸡骨鸭骨肉骨吗？”

月英那年十八岁，屁股相当大，就住在我家隔壁。我发现，很多大人都喜欢看她的屁股。

“我便宜点卖你行不？”

他不理我，推着自行车就走了，拐过屋角时车后的大竹筐在墙上挂了一下，差点趴在了地上。刚才，月英的屁股就扭到屋角后面去了，连汗酸味也扭过去了。

我生气了！一使劲把簸箕甩进了垃圾堆。

我狠狠踢了两脚苦楝树。苦楝树没什么反应，只不过掉了两片枯叶子，我的脚却疼起来。还能干什么？赶紧到垃圾堆里把簸箕捡回来。

奶奶说过，乱丢东西的是败家子，阿舍崽！虽然奶奶夏天就死了，可我们家的孩子怎么能不听她的话呢！

2

我家住在九龙江边上，这地方早年不叫海澄，叫月港。据说，它明朝时是全国最大的对外贸易港，比泉州的刺桐港大上许多倍，当然，我现在知道，正确说法应该是——全国最大的走私贸易港，可书上不这么说，这我也没办法，将错就错永远都是对的。

老人们说，我们月港原来有许许多多的小吃，馋死人了！双糕润、犨宝饼，那个甜，那个香！我是没见过，可喉头也忍不住跟着老人们上上下下。我知道最香的是干饭，最甜的是路旁瞎长的芭蕉花的头，“嗞——”，一吸一个甜。

我们海澄离北京相当远，但也是全国几百个滨海邹鲁之一，所以识字的人不多，说话也比较的含糊，比如尾巴和鸡巴总是混在一块讲，当我们使用这两个名词时你根本就不用想搞清楚我们指的是前者还是后者。因为受教育程度不高，所以人们的记性普遍不太好，就说花样比雪花形状还要多的各种运动，大家也就记得那么几个：一是土改，杀了很多地主和土匪；二是大跃进先吃大锅饭然后饿死不少人；三是割资本主义尾巴。前两个没什么可重复性，可群众运动是一定要搞的，而且割尾巴听起来很提神，因此经常割。

每次村支书许地瓜离村口还有半里远，就有人大喊：“许支书割鸡巴了！”喊声不到半分钟就从村头滚到了村尾，全村的老人小孩一阵忙乱。

割了几次，村子里除了鸡、猪、人和老鼠，再也寻不着几个会自己移动的活物，到我上小学一年级时，我几乎忘记了鸭子是怎么走路的了，只记住了许支书率领青壮劳力横着扫过村子时的姿势——许支书岔着两条萝卜腿，一颠一晃的，好像裤裆里塞了好几个大芭乐。

快过年了，喇叭非正常响动的次数比较多，上星期，许支书就在喇叭里吊起了嗓子：“在这农业学大寨工业学大庆抓革命促生产的关键时刻，有阶级斗争新动向，有投机倒把行为！归根结底，是资本主义尾巴没割干净！为了适应革命形势的最新发展，经大队党支部集体研究决定，从下礼拜开始，每户只能养一头猪、两只鸡！各家各户务必抓紧时间自己割，割鸡——尾巴，不许观望，过期不割者，由党支部率领基干民兵割……”许支书讲的是闽南话。

上礼拜我们家天天吃鸡，全村人天天吃鸡。弟弟高兴死了，一根鸡腿接着一根鸡腿，啃完了就往厕所跑，把小脸拉得比芥菜还青。全村的猪也很激动，一边嚼鸡骨头一边嗯嗯啊啊。

后来，我们家只剩下了两只鸡，半大的鸡，一公一母，一只是黄的，另一只也是黄的。鸡骨头？都变成猪屎了。弟弟瞅着那两只鸡，问：什么时候杀呀？妈妈一巴掌扇过去：不怕撑死？！

我妈以前从没动过弟弟一根手指头，可那一巴掌把弟弟从门口扇到了院门边的垃圾堆里。

院子里都是鸡毛，我想都没想就把它们扫作一堆，扎成一捆一捆的，装在盛鸡粪的大簸箕里，放在台阶上。想想不妥，又把它塞在了草垛的后面——要是弟弟偷偷将它卖了可就麻烦了。

大前天我跟我家后面新搬来的榴莲借了《三国演义》，上、中、下，三本。昨天上午，阳光媚得像一个新嫁娘，榴莲端了一盆水在院子里洗澡，她光着上身，两个奶子像什么都没装的布袋在阳光里甩来甩去，甩得阳光踉踉跄跄。她一边拿着比泥巴还油黑一点的毛巾在裤底里掏一边喊打算跑开的我：“喂，老三！看完了没有？看完快点还我！”

我一边跑一边说：快了，快了！

其实我昨晚就看完了，昨天夜里有许多人在我脑袋里打架，叮叮当当响了一整夜。早上，妈妈捏了我半天鼻子才把我憋醒，醒来后我大叫一声：“常山赵子龙在此！”吓得妈妈差点翻倒在地。

榴莲的孙子大志小我半岁，整天吸手指头。

看完了为什么不还？——书里有图画，画的都是小人儿，有爱哭鼻子的刘备、长胡子的关羽、一张猫脸的张飞、装神弄鬼的孔明诸葛亮，有爱认干爹的吕布，有马超，有最会打架的好奴才赵云，还有矮矬锉一脸坏笑的曹操等，甚至还有曹丕。曹操太好玩了，竟然叫曹丕娶了袁绍的二儿媳，曹丕喜欢袁绍的二儿媳。看来喜欢一个人是很快乐的。我就有点喜欢同班的许地瓜的女儿许玉琴，因为她的脸干干净净的，没挂两条清鼻涕。只是许玉琴实在太笨了，她甚至可以把手指头数成十一根——她明摆着没长六指呀！

我想买一本图画本，我想把那些小人儿都描下来。可妈妈不可能给我钱，夏天奶奶火葬时家里已经欠了生产队不少钱了。我得自己想办法。我还想叫“鸡毛肉骨”打车后架的篮子里敲下一小块麦芽糖来，给弟弟吃，我是哥哥，不能吃糖，而且我都上小学二年级了，不是小屁孩，我听听叮叮当当的敲糖声就够了。

我就指望这簸箕鸡毛了，可“鸡毛肉骨”却说不要！正眼都不瞅我一下，两眼珠粘在月英的屁股上，月英扭一下，他的眼珠就抖一下。

不鸟他！喂鸡去。妈妈交代过，人饿坏了不要紧，要是鸡饿坏了，明年的日子就难过了。

我给鸡喂的是稻谷。那是我和弟弟到田里掏老鼠洞掏回来的，我和弟弟整整掏了三十几个老鼠洞，一粒都没放过。本想再掏，却怎么也找不着一个完整的老鼠洞了。隔壁老二小龙说，别找了，都掏光了。小龙还说，他们家潮州吃小老鼠，没开眼的。潮州就是他爸爸。他说，你们看，就这样，捏着尾巴提起来，一松手，“噔”，进嘴巴里去了，牙一咬，小老鼠“吱——”就大叫一声，比大老鼠还大声。看着小龙得意的神色，我“哇”一声呕出了一口酸水。

鸡都关在笼子里，因为：怕它们走丢了。

有件事明摆着：长大了它们是要做夫妻的。可是，它们是兄妹啊！小龙他妈叫他爸阿兄，可他们也不是亲兄妹哪。我有些不爽。妈妈不等我说完就推了我一下：去去去，瞎说什么呀！

3

开学了，春天来了，1978 年了，燕子终于也在我家门斗上粘了一个窝，每日叽叽叽喳喳喳，把鸟屎啪啪啪甩在走廊上。奇怪，大人们并没有不高兴，有次爸爸摸到糊在头顶的鸟屎，竟然就笑了。

可老猫不高兴了。老猫是小龙的爷爷、潮州的爸爸，讲话腔调怪怪的，像在哼小调。他说，你们家怎么也可以有燕子！我们是富农，贫农家才可以有燕子。他还说，他们解放前受过很多苦，从潮州一路走到海澄来，脚上都是泡，跑日本啊。

老猫七十五岁了，看起来比我们家那只十一岁的老黑猫还老，也喜欢窝在墙脚缩着脖子晒太阳。

听说，老猫是属猫的，经常会有跟我们不一样的想法。自从猫婆死了后，他的行为越来越不像人了，像猫。他们家跟我们家连在一起。本来，我们家8口人，住三间房，他们家7口人，住六间。可老猫有天绕着房子转圈，转着转着就不高兴了，颠儿颠儿地跑去找生产队长螃蜞，又把我们住的房子隔了半间去。他们全家都很高兴，高兴得像一群猫似的。

那天，爸妈大姐大哥都下工地干活去了。二哥也不在，他和同学到海澄中学大操场种试验田，顺便研究英语老师和政治老师的男女关系，家里就剩我和弟弟。我家的燕子正在窝边撅着屁股往下挤屎，老猫带着全家人又冲进了我们家，在那两间半破房子里游行。他举着拐杖敲我们家的锅、桌、床和脸盆等，最后敲到了前几天我爸用山里捡来的烂木板钉成的大谷柜，他说，凡是他敲过的，都是他们家的。

我说，给个理由嘛！

他举起拐杖瞪着我：“因为你们家成分高！”

他儿媳说：小崽子！老人不会说假话！快点滚出去！这房子是我表姑她表姨的表姑丈的！

他们家那四个小崽子一齐大叫起来：对！滚出去！

大龙小龙和三龙乱说话我是不会在意的，因为他们的年纪都和我差不很多，可月英也跟着叫，让我实在受不了，月英十九岁了，奶子和屁股早就高得快把衣裤撑破了还这样，太不应该了。

弟弟的脸青了，不要命地号起来。

我回身想去找菜刀，不想一头撞上了一团软乎乎的东西，仰起头一看——爸爸就站在我身后。爸爸手里拎着一只白色的小东西，我在书上看过，是兔子。

爸爸嘿嘿嘿大笑起来，屋子里嗯嗯一阵狂响，灰尘沙沙沙淋了我一身。我一激灵，鸡皮疙瘩都站了起来。爸爸右手一使劲，喀啪，兔子前后腿一伸，红眼珠鼓出来。

老猫突然就懂事了，他说，以后再跟你们计较。

走到门口时，他看着门外跑来跑去的两只鸡说，这也是我们家的。那两只鸡一只是红的，另一只也是红的，像两团血。

那两只鸡当然是我们家的。

以前，村里有一大群从城里各个角落漂过来的少年，大家叫他们知青，他们会吹口琴和笛子，会拉小提琴，还爱偷抓鸡。春天来了，他们都回城里去了，所以鸡也就自由了。不过，村里还有四千五百二十四张嘴张着呢，我还是有点不放心。我跟校长要来半瓶红墨水，把两只鸡染得血淋淋——我看谁吃得下！

我们校长跟我特别铁，下了课或者放学时老要我去找他，和他一块看阳光洒在花上时花瓣颜色的变化，或者一起蹲在地上研究蚂蚁的行动路线。老听人说，蚂蚁很有组织纪律性，团结协作、步调一致，那是瞎说！不信你自己去看看。

兔子是爸爸在工地上逮到的，爸爸摔得膝盖都青了。

兔肉闻起来怪怪的，有点腥。弟弟两口就把自己碗里的肉吃光了，他把碗底也舔干净了，回头盯着我的碗。

拿去拿去，两块兔肉就馋成这个样。

弟弟怕我反悔，捧起碗就往门外走。这时，一道红光闪过，一块肉到了公鸡的嘴里，公鸡一仰脖，肉块不见了。弟弟赶紧把碗举过头顶，另一块兔肉“忽”，滑到了地上，母鸡脖子一伸，叼起就跑，公鸡一看，追了上去。弟弟一愣，眼睛眨了眨，也拔腿追了上去。院子里一时尘土飞扬。

4

才过了两天，两只鸡都不跑了，窝在墙脚，闭着眼，偶尔抖一下，毛乍一乍。我把稀饭里的饭粒捞出来放在它们嘴边，它们睬都不睬。

傍晚，爸爸回来了，一看，脸色不对了。他把公鸡抱到院子里，拔下公鸡肚子上的毛，剪刀一撩，将公鸡的肚子挑开了，阳光一下子就从西边的山顶刷进了公鸡肚子。爸爸小心翼翼地托出鸡肠子来，用剪子挑一小口，挤。什么都没有，除了几粒细沙子。再往上一摸，脸就青了——天！一根缝麻袋的针，三寸多长，从鸡胗穿了过去，针头针尾露在鸡胗的两端，鸡抖一下，它也抖一下。爸爸抓起脚边的菜刀，哼一声，一刀下去，鸡头飞走了，掉在不远处，嘴巴张了两下，鸡血"欻"，喷出来，喷了我满头满脸。我抬眼望西边的天，天空红彤彤的，找不着云。

爸爸把专门捞给他吃的干饭端出来，掰开母鸡的嘴，轻轻往里塞，塞一口，灌一汤匙清水。

公鸡煮好了，墩在破桌上冒白汽。见我们都不想吃，弟弟心情很愉快，他边啃鸡腿边瞟着放在灶边取暖的母鸡说，香，真香。听到这话，爸爸的眼白红了一下。

几天后，母鸡的精神头又上来了，又会跑到垃圾堆里扎得满身沙土，然后，"噌"，抖得到处都是沙子，嘴里咯咯叫上两声，好像舒服死了。看着它那瘦了一圈的身子，我眼里出了点水，一吸鼻子，酸酸的，有点甜。

我打碗里捞了些饭粒出来，它一见，小跑过来，三嘴两嘴，啄得一粒不剩，又抬起头来望我的碗。我刚想把碗里剩下的饭粒再捞出来，它突然梗起脖子两脚一蹬，屁股使劲一撅，"嗤——"拉出一大泡稀屎。

屎里有块东西很古怪，黑黢黢的，在稀屎里晃。仔细一瞅：是截锯片，边边角角都已磨成了弧形。

弟弟也看到了，脸色变了。我说，你说实话。

弟弟说，是潮州干的。那天我上学时他一个人在家，潮州抓住鸡，把布袋针和锯片塞进了鸡嘴巴。潮州说，不能跟大人说，不说就有鸡肉吃了。

弟弟说，别跟爸妈说呀，我还想吃鸡肉哪！

我跟大人说这些干什么。我说，你给我看紧了，要是潮州再靠近它你就喊，或者冲他嘿嘿嘿地笑，这样，你以后就可以吃到很多很多的鸡肉。

弟弟点点头，咽了两下口水。

5

四月桃花水，草长蝴蝶飞。

虽然肚子还是很饿，但清明一过，心情一下子好起来，门外的小路、田野还有池塘，一夜之间醒了，各种颜色的野花打打闹闹地就亮了出来，蚂蚱蜻蜓在草丛里花朵间跳来飞去，夜里也不再像以前那么安静了，叽叽咕咕，呱呱嘎嘎。如果你听到呱呱两声后突然一下安静下来，那肯定是水蛇把某只刚学会展现身段的青蛙一口吞了下去。不过，安静的时间总是那么的短，一会儿，又是一片不管不顾的咕咕嘎嘎声。这种季节，恋爱是必要的，一入夜，全村的猫就一齐“呜呜哇哇”叫起来，弄得到处都是动静，老鼠们不好意思了，躲得一只不剩，不少年轻人也不回家睡了，整夜猫在江堤下，他们说，我们看星星呢！

月英的肚子比冬天时凸多了，都快和奶子一样高了。潮州的脸色不是太好，做什么事都心不在焉的，有时走着走着就撞到墙上去。

听说，月英下个月要嫁人了。

雨已经下过好几场，春雷也在某天夜里炸过了，地上的所有活物都变得润滋滋的。

母鸡的屁股明显大起来，越来越像电影里的大领导，走起路来空气和灰尘直往边上闪。它的块头比我见过的所有母鸡都大而且高，神色傲慢，很威风。就叫它杨排风吧，我说。弟弟说，好啊好啊。他经常缠着我给他讲故事，他知道杨排风很威风，一根烧火棍除了能捅火蒸馒头，还能撑起大宋朝的半边天。

杨排风越来越不听我们的话，到处乱跑，除了四处扒蚯蚓啄蚂蚱，有时还愣在老猫他们家厨房的窗外，脖子伸得长长的，小眼睛水汪汪。后来，它扒草根时的心情越来越好，一边扒，一边咯咯咯轻声唱着歌。奇怪的是，它见到小石子和蚯蚓时总是匆匆忙忙地先把石子吞下去再去啄蚯蚓。它特别喜欢吃石灰石，就像弟弟喜欢吃水果糖。我跟爸爸说了，爸爸点点头：嗯，是时候了。

自从我家的公鸡死了后，潮州他们就把他们家的公鸡母鸡关在了厨房里。听他们说，他们家的公鸡长得又肥又壮，都会踩母鸡了，可惜他们家母鸡还太小，老给踩得咕咕嘎嘎乱叫，有次还飞到了锅上，要不是锅盖盖着，他们就吃鸡汤饭了。他们讨论这事时，眼睛直往我们家杨排风的屁股瞟，那眼神，嘿，不说！

那天，潮州带着老婆、月英、大龙和小龙到山上拔猫婆坟头的草，顺便摘了野桑葚把嘴唇和手指吃成酱紫色。他们在野花丛里吃得正开心呢，老猫死了，死前在家里闹出很大的动静。不过，这只有他的小孙子三龙知道。那天上午九点多，日头刚在苦楝树上站稳了，老猫突然想吃鸡肉，一见到公鸡两眼珠子“唰”对在了一起。他拐杖也不要了，举着菜刀就追公鸡。公鸡一看形势不对，开始满厨房飞，把能扇翻的东西一个不剩通通扇翻了，吓得母鸡躲进了灶眼里，屁股都烧秃了。潮州他们推开门时，公鸡不飞了，腰上竖着一把菜刀，歪在血水里使劲蹬胖腿，气泡一个接一个贴着刀口挤出来，噗，噗，噗。老猫趴在地上，气也不喘了，眼睛瞪得大大的，都是眼白。三龙猫在桌底噙着大拇指喵喵地哭：阿公杀公鸡，阿公杀公鸡……

老猫要上山了，队长螃蜞来叫爸爸去帮忙扛棺材。爸爸说，不，死的又不是人，是只猫。说完拔腿就走，头也不回。傍晚，他回来了，抱着一只大公鸡。那家伙大秃头，脖长腿长胸脯宽，身上除了翅膀和尾巴，其他地方都不长毛，立起来像一个感叹号，比老猫家墙上贴的仙鹤还神气。爸爸竟然一身的酒气。

是斗鸡，爸爸说，你四眼伯家的，他家的母鸡丢了。

四眼伯我当然认识，他住在崎沟村，崎沟村离我家有十几里地，路上还要翻过两座很高很大的山。四眼伯光棍一条，也睡在队间里。那年炮轰金门，爸爸让人用步枪押到了崎岭农场，在那儿认识了他。爸爸说，那时四眼伯的眼镜还有两条腿。不过，等我见到他时，他的眼镜是一条腿也没有了，连镜片也只有一片是完整的，就用麻线捆在脑袋上。他很少来我们家，而且只在高音喇叭讲话懒洋洋的日子才可能来。我知道他原来有老婆，而且还有过一个儿子，可是，那都是很久以前的事了，按他的说法是："比十年前的咸菜还老！"他很早以前在南京，教人家造飞机，南京离白水远，两千多里地，会下雪。他跟我说过，飞机俩翅膀，不过不长毛。因为他我还知道了一个名词：离婚。离婚就是女大人和男大人不在一口锅里吃饭了，而且见了面也不再打招呼。顺便，我还记住了一个单句：断绝一切关系。

我想，四眼伯家的阿姨有头脑，不像我妈妈。我妈是个数学天才，天才就是死脑筋。当初我爸被逮起来时本来没她什么事，人家组织上都说了，只要你跟他划清界限，组织还是要重用你的。可我妈就是转不过脑筋来，傻兮兮地跟着我爸来到了我们村。她说，她至少证明了她可以和我爸过一辈子。可是，她害惨了我姐——我姐原来是个天天吃包子的城里娃呀，这下不仅要饿肚子，更要命的是才十来岁就成了一架劳动工具。我姐也是个天才，当然死脑筋，竟然不去偷不去抢不去坑蒙拐骗，死心塌地做一个地道农民，她难道不知道正经农民都是属牛的吗！

这只斗鸡太神气了！我想都没想就叫它：吕布！在我的印象里，要找出一个比吕布更神气的家伙，难！

6

杨排风见了吕布，不威风了，身子一下就矮下去，不到吕布的腿弯高，态度极端正，嘴里咕咕噜噜地小声叨咕，如清朝官员见了坐在龙椅上的三岁小皇帝。吕布却不领情，一嘴就把排风啄了个满脸是血，小鸡冠全烂了，如一朵摔进红墨水里的桃花。

还好吕布第二天就明白自己的工作性质了。太阳刚一晒进院子，它就奓起翅膀，左边夹紧了右边绷成一片铁扇子插在地上，紧蹬两脚，开始围着卧在地上满脸通红屁股微抖的排风转圈，噔噔噔，噔噔噔，越转越快，圈子越转越小。院子里一时尘雾弥漫，排风的屁股也越抖越来劲。我突然有些迷糊：海澄中学文宣队套了红袖箍到我们小学跳忠字舞时也是这样转圈的，踩着鼓点。文宣队每次转晕了都要猛地顿住，六七个人竖成一排木头，左高右低。吕布却没停，它一下踩上杨排风的后背，冷不丁一口叼住排风的后脖子，将它的小脑袋打翅膀底下拽出来。排风吃了一惊，咯咯咯一阵叫唤，屁股撅起来，屁眼周围的毛全展开了，红艳艳的屁眼朝上翻去，吕布的屁股正好勾下来，嗒，合上了。

后来，它们天天重复这件事，整整一星期。再后来，排风不理吕布了，见了它开始躲，有时一头就扎进了草垛，连屁股也缩了进去，急得吕布在外面直跺脚，咕噜噜地怪叫。

那天中午我放了学，刚到院门口就听到有鸡在院子里大叫：个个大！个个大！个个大！一看，是排风，它正在院子里走来走去，面红耳赤的：个个大！个个大！我赶紧丢下书包跑到草垛边把它常钻进去的窟窿眼扒开一看：妈呀，它什么时候做了个这么漂亮的窝呀！个个大？在哪里？找了半天，才在角落里摸到一个硬硬的东西。这是什么蛋呀！比拇指头还小。形状倒是很标准，圆滚滚的，一头大一头小，线条也流畅，跟甲壳虫的后背差不多。

榴莲说，赶紧找张红纸包了，塞到池塘边的石缝里，不然，要倒霉的！会生蛇！我才不信呢，我把它放在锅里，和饭一块煮。

弟弟接过手，一把塞进嘴里，脖子抻了两下，死咽下去：“阿兄，这蛋怎么这么硬？”

妈的，你没剥蛋壳，怎么会不硬？！

弟弟一直想搞清楚鸡蛋的滋味，想都想疯了。有天我刚踩进家门他就神秘兮兮地拽住我：“阿兄，快，快点，煮蛋！”煮蛋？我愣了一下。

他从衣服和裤子的口袋里掏出一大堆白晃晃的东西来。咦，还真的是蛋，个头和排风下的第一个蛋差不多，不过形状有些不一样，圆滚滚的，两头一样大。“哪儿来的？走，带我去看看。”

他把我带到了生产队的牛圈后面。那里都是牛屎，堆得比他还高，那里整天暖烘烘的，有时还冒白汽。他说，喏，就那儿。

我抬眼一看：天啊，那是什么东西呀！一条比我手臂还粗的大花蛇。大花蛇正盘在牛粪上打盹，一听到动静，“噌”，竖起来，蛇须子一伸一撩，嘶——嘶，看起来非常生气！

妈呀！我一甩手就把所有的蛋朝它砸去，也不管弟弟了，拔腿就跑。

我跑得身上的破棉袄都飞起来，到了家后，又喘了老半天才接住第二口气。弟弟进来了，他仰起脸望着我，满脸都是问号。我当然知道为什么——大家都说我生性古怪，愣头青，缺心眼，鬼从窗外摸进来都不怕，给一堆牛屎吓成这样？怎么可能。我也知道，从此后我再也不是弟弟心目中那个无所不知无所不能的三哥了，我甚至连那是蛇蛋都没跟他说就扔了出去。因此，当弟弟长大后选择了与我完全相反的做人标准时我一点也没感到吃惊。

跟您说句实话，我怕高，我还怕蛇和所有与蛇神态相似的活物，有时某个女子蛇一般打身边扭过，我马上要起一身的鸡皮疙瘩，她就是长得多漂亮你也别跟我再提！

其实，人一辈子不怕点什么怎么活呀！

7

月英要嫁人了，榴莲一大早就在院子里忙得像一只没头苍蝇。她的右耳边上簪了朵纸绢花，水红色的，她今天是媒人。她嘴里不停地说着话，她说得最多的是“早生贵子”。说得月英的脸红得像身上的大红棉袄。

院子里都是人，动静很大。除了潮州一家大大小小和榴莲，还有榴莲的孙子大志、村支书许地瓜、生产队长螃蜞，还有，还有一个小白脸。

我一眼就喜欢上小白脸了，小白脸瘦瘦高高的，眼睛不大，牙齿整整齐齐，又白又亮，低着头不住地抓自己的衣角。他穿的是一件绿军装，领子扣到了嗓门眼。

许地瓜明显比潮州激动，他也穿一件绿军装，不过，大敞着怀。他扯着大嗓门嘎嘎呱呱地喊这个招呼那个，甚至，还史无前例地掏出了埋在胸口里的大前门，丢了潮州一根，榴莲一根，小白脸一根。螃蜞伸了伸手，却什么也没接着，于是就把双手停在面门前，托着两大坨的空气。小白脸将手里的烟递给了螃蜞，螃蜞抖着手摸出一盒火柴，嚓嚓嚓嚓嚓，点着了，蹲在猪圈边上死劲吸起来。他吸得太猛了，脸都呛青了，咳，咳，咳咳咳，半天，咳出一大块老痰来，绿幽幽的。

许地瓜看都没看螃蜞一眼，他在潮州家门前挂起一串比他身子还长的大鞭炮，吸亮了大前门就点。嗤——乓——乓！乓——乓乓！乓乓乓乓乓……吓得潮州家那头阉猪吃了刀子般歇斯底里地干号起来。

这时，排风打草垛里钻了出来，一边迈八字步一边大叫："个个大！个个大！"吕布一见，急吼吼地撵上去，一脚就把排风踩趴下了，勾起屁股往排风身子里不管不顾地使劲。排风却不在乎，好像身上发生的事跟自己一点关系也没有，它抬头凝望着月英那团红扑扑的脸，神情有点恍惚，小圆眼睛里都是水，闪了又闪。月英不好意思了，扬起手将刚要塞入嘴里的花生米丢了过来。许地瓜刚好看见了，赶紧低下头贴着月英的耳朵眼说了句什么。月英不理他，别过脸瞅着小白脸，微微地笑了。小白脸的脸大红起来，眼睛亮了，两片薄嘴唇忍不住咧开了，笑出一口大白牙。

许地瓜不乐意了，大踏步犁过来，一脚朝吕布飞去。吕布是什么身手啊！长腿一蹬，"呼"，描出一道肉色的弧线，飘到了苦楝树顶。它在高音喇叭上站稳了，挺起胸涨红着脸，由于私生活横遭粗暴干涉引发的满腔郁闷如山洪一般爆发了："喔喔喔——"

肆无忌惮的怒吼啊！

许地瓜右脚的军用鞋就踩在吕布的左脚下。许地瓜一脚撩了个空，右脚趾全部从破袜里探出脸来。

院子里的人都笑翻了，连脸色比苦瓜还苦的潮州也呵呵呵乐了，月英满脸是水，抠住小白脸的俩肩膀，笑得跟哭似的：啊，啊，妈啊。

许地瓜看到了自己的五个右脚趾，更不乐意了，脖子粗大起来，又抬起左脚要踢杨排风，不想一低头却发现我在排风的身后竖成了一根石头柱子，面无表情地看着他的眼睛。他赶忙收住脚，眉毛嘴角笑作一撮，两只手在胸前左左右右地摸了一通，掏出一支烟来：来来来老三，抽烟，抽烟，大前门，好烟……

奇怪，怎么全村没有一个人不知道我就是老三？！

傍晚，榴莲接过大前门，划着了，狠狠地吸上一口，憋了半天，嘶——，一股浓烟喷出来：你也叫他小白脸？小白脸的爷爷是地主，小白脸的爹老早就死了，他大哥有点神经兮兮，没结婚，他二哥倒是结了，不过找的是个寡妇，大他十八岁，还倒插门，小白脸运气好，娶了月英，月英虽然大肚子，毕竟还是个闺女，月英要不是大肚子，倒和小白脸是天生地设的一对好冤家……

榴莲说，其实她不是媒人，许支书才是真正的媒人。

我不解，口气有些生硬：许地瓜干吗要这样呢？！

榴莲愣了一下，她歪过头望了一眼潮州家的门。潮州家的门紧闭着，门槛上卧着一只灰老鼠，头昂着，不冷不热地瞅着我们俩，以及在我们身后远远地撑成一枚感叹号的吕布。那老鼠的尾巴长得有些离奇，一直耷拉到台阶下的鞭炮碎屑堆里。

榴莲站起身用力拍了拍屁股："我家有《红楼梦》，看不看？"

第二天一早，爸爸把吕布抱走了。临走前他抱着吕布在潮州他们家门口站了好一会，可是，一只猫也没探出头来。爸爸摇摇头，回身就走，一路不回头。稻子青青，爸爸个子高，走在稻田里，比刚起床的日头还高大一些。

8

儿童节到了，我再也不用穿破棉袄了。月英一次也没回过娘家，排风也不再整天喊“个个大”了。排风焦急地咯咯大叫，全身的毛竖起来，小脸通红，神色焦虑不安，一摸它的身子，热得烫人。后来，它一头扎进草垛，拽都拽不出来。它已经下了33个蛋了，除了第一个，其他的个个大。

爸爸找来一个大木盆，把细稻草搓松了掺上鸡毛铺成一个又软又踏实的窝，挑出排风最后生的13个蛋，在窝里围成一圈。又从口袋里掏出六个草纸包，小小心心剥了纸，他说，鸭蛋，番鸭蛋，挤在了圆圈中。他把排风抱过来，轻轻放了上去。排风数都不数，用翅膀和尖嘴这边扒拉扒拉，那边扒拉扒拉，叫也不叫一声，就把头扭进翅膀底下，睡着了。

剩下19个鸡蛋，煮了一个给弟弟吃，又炒了两个，全家吃。香啊！香了好几天，香得我家那黑漆漆的墙皮也亮了好几天。

还有16个。爸爸对弟弟说：不许动，有用处，记住了？嗯？！

爸爸把16个蛋用石灰水浸了一遍，然后在谷柜上方用细绳吊了个篮子，绳上抹了油。哈哈，这回弟弟和屋里所有的老鼠都下不了嘴啦。

9

杨排风整日趴在蛋上，一动不动，安安静静，睡着了一般。鸡窝窝在屋角，半明半暗，杨排风的形象有些模糊，好像要从我的眼光里逃了去。我每天都要守在它的身边看，直到它偶尔抖了一下，才放心地上学去。可它不吃饭怎么行呢！我问，怎么会这样？爸爸说：“她是个妈妈呀！”妈妈就在他身后，笑了一下，转身走了。所以我每天放学回到家时都要把它抱出来，喂上几口饭粒或者碎菜叶，可每次它总是只咽下一两口就匆匆忙忙地趴回窝里去了，也不管我在旁边有多心疼。

咦，它每天都要把蛋翻转一次，让边上的蛋挪到中间来，中间的挪到边上去。我不知道它是怎么做到的，因为，我在家时它从来都是一动不动的，也不让我动它的蛋，一动，它就猛地把头蛇一样地昂起来，两眼喷火。

第十八天，我刚把排风抱出来，一眼就发现窝里有些异样：少了一个蛋。杨排风它竟然没反应，看来，它和许玉琴一样，都不会数数。

我喊来弟弟：怎么回事？！

弟弟的眼泪“哗”就下来了：我不知道！蛋里有小鸡仔，毛茸茸的吓死人！我把它丢厕所里了！

丢厕所里？你哄谁呀我的弟弟。厕所里肯定只剩下鸡蛋壳，而且还是碎的。我说：“过年你想不想吃鸡肉？想？想就别动鸡蛋。真的懂了？懂就好。过两天小鸡就出来了，出来后，你喂它们。”

弟弟收了泪，趴在小凳上将身子张成个“大”字，转圈，脸仰起来，两嘴角都笑到了耳朵根。

第二十一天早晨醒来，鸡窝里有啾啾的叫声了，一看，两只小鸡窝在杨排风的翅膀旁，正在互相打量对方的身体，它俩的身子毛茸茸的，黄得像去年生产队响应上级号召种的油菜花。

中午我放学到家时，鸡窝里唧唧啾啾响成一片，呦，那么多小鸡在杨排风的周围挤来挤去，一算，少了一只。仔细一看，排风胸前还有一只鸡蛋，蛋壳破了个小洞，一粒湿漉漉的黄脑袋已伸了出来，一抻一抻，“啾”，“啾”。看来它是没办法自己出来了，我不知道怎么办才好，杨排风明摆着也不知道怎么办。我盯着那小脑袋不敢出声，排风侧着头也盯着那小脑袋，嘴里不时咕噜一声，很着急。

因为下午放学后让老师叫去做一件事，我回到家时天早就黑了，赶紧丢下书包跑到鸡窝边。小家伙的头脚翅膀都已经出来了，正侧倒在排风的身边瞎扑棱，它的屁股还套在蛋壳里。我想了想，一咬牙，上前把蛋壳轻轻地剥了下来。小家伙竟然一下子站起来，摇摇晃晃地就踩到它兄弟姐妹们的背上去了。它的兄弟姐妹们正围着一碟米糊，满脸的困惑。米糊是什么？捏碎了的饭粒，切得细细的嫩菜叶，掰散了的熟鸡蛋。原来，爸爸藏起来的鸡蛋是要喂小鸡的。

小家伙的个头明显比别的小鸡大，看来，是个贱骨头——它一头就摔到碟里去，把碟子压翻了，滚了一身的米糊。它的兄弟姐妹们不乐意了，叽叽啾啾叫起来。小家伙一筋斗翻身站起，半声不吭，这边啄一口那边踹一脚，小鸡们立马安静下来。这么霸道？比关羽还霸道，干脆，叫他关羽吧。

我把碟子移到杨排风面前。排风伸过头来，咕咕咕，咕咕咕，叫得欢天喜地。小鸡们哗啦啦围了过来，三摇两晃的。排风开始啄米糊，不过，它是假装的，它根本就没吞下半点东西。关羽似乎明白了，伸嘴啄了一口，可是它不知道怎么办才好，又放了下来。排风看了，也不急，开始重新教。这回，它当众吞了一口。关羽赶紧又啄了一口，可是，还是没能咽下去。它有些茫然，抬眼望着它妈妈。排风低下头来望着关羽，嘴里咕咕叫唤着。关羽停了一会，又啄上一口，一仰脖，嚯，它吞下去了！它吞的时候半闭着眼，得意极了，好像在说："好吃，好吃！再来一口！"于是，又啄了一口，这次，它吞的是一块蛋黄。别的小鸡一看，骚动起来，拥上去，一人一口。不一会，米糊就影都没了。

杨排风把头又扎进了翅膀底下——鸭蛋还没动静呢。

又是一个星期，鸭子们全部出来了。杨排风刚看到鸭子们的扁嘴巴时，一下就愣住了，毛竖起来，嘴巴朝天张着眼斜斜的。半天后，它才低下头来瞅瞅这个，又瞅瞅那个，还是满脸的不解。小鸭们给瞅得不好意思了，"啾"，"啾啾"，全钻进了排风翅膀底下。排风的毛耷拉下来，拢拢这只，又拢拢那只，咕咕噜噜，咕咕噜噜。

10

吃饭和喝水是人生最要紧的两件大事，鸡、鸭也一样。杨排风虽然费了九牛二虎之力，毕竟还是教会了小鸡们喝水。杨排风很有成就感，每日趴在竹子编的鸡罩里看小鸡小鸭们你争我抢地吃米糊吞清水。跟小鸡们比起来小鸭能干多了，扁嘴一铲，头一扬，脖子就凸起一大块。小鸭们喝水绝对没有小鸡斯文，它们见了水就像见了命根子，“欻欻欻”，嘴巴扎下去，半晌才提出来，还用嘴在水里捞来捞去，看得小鸡们一愣一愣的。看来，斯文是生存的大敌啊！嘴巴大就是好，嘴大吃四方。没几天，小鸭们就都长得肥嘟嘟的，把小鸡们挤得东倒西歪。

关羽不乐意了，每到开饭的时候就伸出嘴来一通乱啄，把小鸡小鸭们啄得叽叽呀呀叫。有时上前的脚步慢了，啄也啄不开，它干脆踩着小鸡小鸭们的背一头扎进米糊里。

霸道肯定是一种才能，要不，看到关羽那么横排风为什么不上前管一管？它竟然半闭着眼卧在边上晒太阳，一边伸翅膀蹬腿一边打哈欠！

一天，我刚把水盆放进去，小鸭们呼啦一下围上来，关羽急了，啪啪啪，踩着小鸭们的肥屁股胖背扑了上去，不想一脚把水盆踩翻了，一头栽倒在水里，吓得叽叽叫着回头扎进排风的怀里。小鸭们咴咴咴怪叫起来，扑到水渍里翻来滚去。排风吓坏了，连忙张开翅膀去拢它们，可小鸭们不领情，噗噗噗颠开了。等排风搂着瑟瑟发抖的关羽蹲下身时，小鸭们又开始在水渍里滚来翻去，不时还把脖子甩一甩，水珠溅得小鸡们叽叽叽直往排风的怀里钻。排风管不了那许多了，干脆眯起眼搂着小鸡们继续晒太阳。

11

闽南的六月天，三岁小孩样，说翻脸就翻脸。刚刚阳光还铺得满地都是，一眨眼，天就黑得像锅底，风把地上的垃圾旋成了圆柱子，直往天上杵，乌云将远处的山抹没了就势往山下宽得望不到边的稻田涌下来。我赶紧掀开鸡罩，杨排风噔噔噔就跑上了台阶，回头一看，小鸡小鸭们还在院子里，赶紧冲下来展开翅膀把它们直往台阶上轰。小鸡们很听话，三脚两脚跳上了台阶。可是，乌云都已舔到田里新抽的稻穗了，小鸭们还死活不上来。排风生气了，一人赏了它们屁股一口，小鸭们这才不情不愿地上来了。

风突然停了，空气安静得跟睡熟了没啥两样，排风和小鸡小鸭们一齐斜着脑袋把小眼瞪圆了。

突然，豆大的雨射下来，啪啪啪啪啪！啪啪啪啪啪！天空轰响起来。排风怕了，缩了身子搂着小鸡们蹲在大门边，它们的头顶就是燕子窝，燕子们早就不在天空里剪来剪去了，正撅起屁股往地上挤稀屎。稀屎噗噗啦啦落在杨排风的背上，排风生气了，抬头咕咕骂了两声。让它更生气的是鸭子，鸭子们在台阶边上立成整整齐齐的一排仰望着天空，很紧张，很兴奋，不住地交头接耳，有只胆大的还把脖子直直伸了出去，不想一粒雨正好砸在扁嘴上，吓得“咴”的一声缩回来。排风急呀，咕咕噜噜大叫起来。鸭子们却像没听到一般，气得排风全身的毛都站直了。

突然，雨停了，院门边的苦楝树也不抖了，排风的嘴巴大起来，不再叫唤了，天地死一般的寂静。闪电像烧白了的鞭子，一下，一下，抽到田里去。闪电亮呀，亮得地上的东西都失了颜色。

噼！啪！隆！雷炸开了。排风晕了，头缩进了胸膛里。关羽它们呢，早就把头扎进排风的身体里去了，只留屁股在外面抖。鸭子们却不在乎，一齐把头竖起来，莫名其妙地瞄着满天墨汁般的乌云。

雨又倾下来了，鸡抖都不敢抖了，燕子们也咬紧了三角阔嘴。小鸭们却把脖子伸了出去，齐刷刷的，就像一排烧火棍，一根一根插在瀑布似的雨水里。

唉，鸡同鸭讲都这么困难，难怪人与人的区别会那么的大！

12

急急如律令，时间的蹄子比律令鬼还快！小鸭们越长越肥，也越来越自信。有一天，六只小鸭竟然围攻起关羽来，追得关羽在鸡罩里扑啦啦直转圈，唬得其他的小鸡也跟着四处乱蹿，鸡毛漫天飞舞，排风喊也喊不住，一急，张开翅膀蹦起来，“呼”，鸡罩翻了个底朝天。

身外的天空豁然开朗，排风愣了一下，左看看，右看看。一会儿后它就回过神来了，它咕咕咕轻轻叫上两三声，转身往院门外走。关羽也学着叫了几声，昂起头跟上了排风的大屁股。其他小鸡一看，唧唧几声就排成一队，一串小鱼儿似的，哗哗哗，跟着游走了。小鸭们围在一起唳唳唳唳说了一阵，也赶紧排成一队，左摇右摆地踩着小鸡们的足迹晃了出去。

小鸭们的腿比关羽它们短多了，走起路来屁股在地上一拖一拖的，怎么看都像一群小肥贼。

院门外是一大片草地。那地方原来有几户人家种了些豆角花生，长势相当的好，不过，过年前华主席到隔壁大队开农业学大寨先进经验现场会，我们大队为了营造良好的氛围，又割了一次尾巴，连根都拔干净了。那块地紧挨着一口大池塘，滋润，种什么长什么。既然不能种豆角花生，长草总可以吧，因此几阵春雨下去，马上绿油油的一片。我和弟弟经常到那里逮蚂蚱挖蚯蚓喂小鸡小鸭，那些蚂蚱蚯蚓，肥嘟嘟的。

刚踏上草地时，小鸡小鸭们有点发蒙，紧紧围着排风一声不吭，后来见排风一伸嘴就啄住了一只大蚂蚱，眼睛都亮起来，“哗”一下散进了草丛里，东蹦一只西蹦一只，叽叽唳唳怪叫，兴奋得像群刚放学的小学生。

杨排风缓缓迈着方步，在小家伙们的身边晃来晃去，头昂得高高的，一顿一顿地左右转，眼睛警觉地环顾着四周，不时地还侧过耳朵这边听一下，那边听一下，嘴里咯咯叫上一两声。它的脚不停地扒着地，于是不断地有蚯蚓蝼蛄给扒出来，它看都不看，嘴里只是咯咯咯叫着，唤小鸡小鸭。小鸡小鸭们也不客气，一口下去头一甩，就吞进了肚子里。有一只小鸭和一只小鸡同时啄住了一条大蚯蚓，它俩谁也不让谁，一人叼住一头，叉开双腿开始拔河。排风不理它们，继续走，继续扒。

小家伙们正吃得得意，杨排风猛地“咕咕咕”大叫起来，翅膀炸开了，全身毛根根倒竖，脸涨得通红。小家伙们急急忙忙从四面八方颠过来，躲在了它的背后。妈呀，是只大老鸹！排风的眼睛瞪圆了，排风要拼命了！就在老鸹掠到排风的面前时，弟弟手里的竹竿也到了，老鸹一下子翻倒在草丛里，惊起了两只蝴蝶。弟弟正要再扑过去，老鸹翻起身就往天上扑棱，一眨眼就晃成了一个点。

排风也累了，在阳光里蹲下身来，鼓起羽毛扬起翅膀让小家伙们窝在它的肚子下，它自己把头塞到翅膀里，睡着了。小家伙们啾啾咴咴的，有的在打瞌睡，有的从排风的羽毛里探出头来四下里张望。关羽不知什么时候就爬到排风的背上去了，一嘴接一嘴地啄排风后脖子上的毛。

午睡后，小家伙们又散开了，排风一面扒草根一面咯咯咯招呼着，小家伙们把它圈在中间，一边踩着碎步溜达，一边争着啄那些在排风身后滚去翻来的蚯蚓和蝼蛄。

快走到草地边上时，小鸭们突然又排成了一队，"咴咴"叫着晃晃颠颠地向草地边上奔去。草地外边就是大池塘。小鸭们冲到池塘边，也不停脚，"扑通""扑通""扑通"，全跳进了水里，像六只小船一般划了起来，一边把扁嘴插进水里一边把水花拨得满屁股都是。

排风一听，草地边上动静不对，撑开翅膀就扑了过来。一看，吓坏了，开始在岸边疯了似的跑来跑去，嘴里咕嘎咕嘎大叫，毛都竖了起来，小鸡冠小脸胀得红通通的，眼睛里喷出火来。它叫啊，叫啊。嗓子一会儿就叫哑了。小鸭们才不理它呢，不时地像个花样游泳运动员一样，头扎入水去，屁股高举在水面上的日光里。

排风受不了了，一只脚踩到了水里，不想，一个筋斗翻了下去，吓得死命地拍打翅膀，拍得鱼都跳起来，"扑""喇"，"扑——喇"。

好不容易爬到了岸上。排风不叫了，它水答答地在岸边蹲下来，望着水面上起起伏伏的鸭屁股，一动不动，它侧腮凝目，好像在思考鸡的一生应该怎样度过。排风疯了！因为小学边上的阿庆婶每次游街回来就老是在校门口这样望着我们，大人们都说，阿庆婶疯了。后来我知道有一种人也经常是这副表情，他们叫哲学家，都是外国人。也许，排风是鸡类里的第一个哲学家呢！它这种姿态，至少可以称作思考鸡生。

排风的灵魂正在另一个世界里进进出出，这时，小鸡们发现气氛有点不正常，也围了过来，一看，傻了，只好一齐把嘴巴张得大大的，竖着脖子听鸭子们在水面上快乐地说着它们听不懂的话，一脸茫然。

13

自从小鸭们发现池塘里的青蛙、蝌蚪和水之后，再也不挂在排风的屁股后头拣吃的了，每天一出窝，马上排成一队冲向大池塘，左、左，左、右、左，大摇大摆，昂首挺胸，像一群下乡的领导，根本就不听排风的招呼。排风开始还会紧跑两步到它们面前阻挡一下，后来见它们平安无事，也就放心了，专心带上小鸡们到草地上逮虫子，只是偶尔还是会蹲在岸边，望着水面上的鸭屁股，出会儿神。

一个月过去了，小鸡们再也没有米糊吃了，因为，连蛋壳也一个不剩了，我们开始喂它们一些瘪谷子和烂菜帮子，小鸡们似乎都不太满意，每次吃完了还是要围在一起嘀咕一阵。

排风当然有办法，它开始耐心地教小鸡们自己在草地里扒蚯蚓叼蚂蚱啄嫩草叶子，跳起来抢在风中招摇的草籽，或者在墙根处把蚂蚁一只一只舔到嘴巴里，或者卧在日光里假装睡着了，猛一抖嘴把停在身边晒太阳的苍蝇卷进小肚子。有一次，它甚至带着小鸡们挤开篱笆的破洞钻进菜园里，把菜畦糟蹋得像日本人刚进过的村子。

小鸡们当然高兴了，每日跟着排风四处瞎逛，由于心情好，越长越欢实，很快，模样就出来了，公是公母是母的。

小公鸡有五只，都长着一副吕布的身板，除了块头最大的关羽，其他四只也按个子大小有了自己的名字，分别是：张飞，赵云，马超，黄忠。

小母鸡有两只也长得像吕布，只是腿脚略短一点，不是很安分，我们叫它俩十三妹和梁红玉。另外五只小母鸡长得跟杨排风差不多，都是短腿大屁股，名字是：西施、貂蝉、王昭君、杨玉环和潘金莲。本来最小的那只我起的名字是林黛玉，因为它走起路来没精打采的，老是左脚踩右脚。可弟弟不同意，他说，叫金莲吧。我知道，隔壁的隔壁二喜家的小女儿就叫金莲，和弟弟同岁，经常在一起玩过家家，金莲的眼睛圆滚滚的，每天一刻不停地吸鼻涕，哧溜哧溜的。我当然不好意思再坚持，我说，好，就叫潘金莲吧，武松的嫂嫂，美女。弟弟知道武松架打得好，喝醉了酒还会打老虎，所以他说，好，好啊！

吕布是斗鸡，关羽、张飞、赵云、马超、黄忠以及十三妹和梁红玉当然也都是斗鸡。斗鸡这种东西一点也不讲文化，它们讲斗争，斗争的要诀当然就一个“狠”字，讲究的是毫不留情，要别人的命。

关羽在鸡冠长竖后不久就取得了绝对的领导地位，连杨排风也得乖乖地跟在它屁股后头，迈着小碎步，像个穿了和服的日本女人。

自打分得清公母那天起，关、张、赵、马、黄就天天打天天斗，谁见谁都眼红，谁见谁都下嘴，不把对方啄得头破血流夹着尾巴四处乱蹿绝不住嘴。奇怪的是，它们不搞群殴，净单挑，这点比镇上海澄中学的那些学生干部好多了。开始几天局势相当混乱，不过混乱仅仅持续了一周时间，一周过后，格局就明朗了，变成关羽没事就啄别人，谁也不敢主动招惹它。关羽下嘴狠啊，把别人的头皮都啄下了还不肯马上放过，硬是要再追上两圈才舍得停下不可一世的脚步。赵云就被它啄瞎了右眼，每日斜着头瞅人，一副杀相。有时我也怀疑，关羽是不是去过海澄中学？海澄中学的破围墙上写有许多大红字，其中小半句是：“再踩上一万只脚！”

战斗的结果是，五兄弟很快就展现出了它们爹吕布当年的风采：秃头光胸脯，只有翅膀和屁股还挂着几撮黑毛，很坦荡很本色。张、赵、马、黄的毛基本上是被关羽的嘴和爪子扒下的，而关羽的却大都是它自己啄了下来——自打其他兄弟见了它就躲以后，关羽就经常当着大家的面啄自己身上的毛，把胸脯子啄得血淋淋的，然后叼着还在滴血的羽毛昂起头在大伙面前阔步绕圈，目放精光，就差把两翅膀横抱在胸前了。看来，关羽是为了和大家保持形象一致吧，说不定这就是兄弟情分战斗友谊呢！

村头的猪崽就有点像关羽，猪崽的爸爸在另外一个县里当县革命委员会主任，基本不回家。猪崽比我大三岁，他除了不碰我之外，基本把全村不比他大的男孩子都修理过了。我有时也纳闷，他对我为什么总是那么客气？是不是因为我经常呆若木鸡？斗鸡场上木鸡是最恐怖的，谁都不愿意惹——它一根木头似的戳在场地中间，瞅都不瞅你一眼，再有经验的斗鸡见了也心底蹿寒毛，两条长腿不由自主地一截一截矮下去，稀屎“嗤——”就出来了。猪崽没架打的时候喜欢坐在村养猪场的大门口晒太阳，手里抓个汽油打火机，一见人来，就打起火来烧自己的小指头。猪崽不会读书，可这一点也不影响他二十多年后承担起我们市住房公积金办公室主任的重任，出门奔驰车，睡觉大别墅，不像我姐，每天都要起早贪黑出苦力扛大包为两个儿子上大学攒学费。我姐今年虚岁五十，那天一个女中学生在码头上采访她：奶奶，您今年六十多岁了吧？气得差点当场让大麻包压扁。

闲话不提，说关羽吧。关羽对排风下手实在太出乎我的意料了！那天阳光有点斜，不是太热，杨排风懒洋洋地卧在地上半眯着眼瞅一只绿头苍蝇，正要出嘴把苍蝇变成小吃呢，关羽一阵风似的旋过去，伸嘴啄住排风的头抖脖就往天上一抡。等排风爬起身时，小鸡冠已经给撕得只剩半个了，血流得满脸满脖子，嗒嗒嗒直往地上滴。我很生气，举起扫帚冲了过去。关羽拔腿就跑，一边跑一边回头冲我咕咕怪叫，好像对我的粗鲁行为非常的愤慨。

杨排风看起来并不在乎，从此以后每日紧跟在关羽的屁股后，头也不敢抬得太高，把关羽的形象衬托得更加高大威猛。

14

天渐渐大热了，爸爸的心情越来越好，有一天，一边走路一边还哼起了歌，不过他哼来哼去都是同一首，仔细一听，咦，他哼的好像是“马儿啊你慢些跑……”慢些还叫跑？于是我就笑。妈妈也笑了，她说，瞧把你高兴的，还不知要等多久呢！爸爸不说话，他掏出一张报纸来，展开了，是人民日报，那上面不知是谁用红笔画了许多杠杠，杠杠上有两个名字。妈妈反反复复看了几遍，突然伸出双手扳住爸爸的头使劲左右摇，把爸爸的头摇得像只拨浪鼓。妈妈嘴里连连说，好，好啊。爸妈也真是的，总不把我放在眼里，要摇脑袋也该先叫我转过身去才合适嘛!

第二天一早爸爸就把马超和黄忠抱走了，送人，因为那两户人家的公鸡不是丢了就是死了。第三天，他把十三妹和梁红玉装在一只竹笼里，他说，是时候了，该把鸡给四眼兄了。他提起竹笼刚走了两步，不知怎么着又踅了回来。他放下竹笼，蹲下身来“咽咽咽咽”唤了几声。关羽、张飞和赵云以为爸爸要喂它们谷子吃，噼里啪啦围了过来。爸爸看看这只，又摸摸那只，抬起脸望望小龙他们家的门，摇了摇头。他卷了一支大炮筒，划着了眯起眼睛抽，抽得满头冒青烟。抽完了他点点头，伸手把张飞抱起来，朝小龙家走去。

潮州接过张飞时，嗓子颤起来：“你们真的，要走了？”

爸爸说：“也许吧，也许。说不定还得等上几年呢！”

我原以为潮州要说的是“谢谢”哪！奇怪，那时候竟然没有一个人会说“谢谢”！

太阳贴到西边的山背时爸爸才回到家，两只眼睛红红的，像进了细沙子。

四眼死了，四眼兄死了。爸爸嘴唇抖个不停。

死了？都熬了二十几年了怎么说死就死了？！妈妈不信。她大概是有些担心，伸出右手搭在爸爸的肩上。

——那些日子和以往有些不同，人们忽然之间就开始有了一些朋友，亲戚的数目也略有增加。于是不少人坐不住了，有机会就到处走动，走得空气流转起来，不像往年那样一撩就一身汗。

四眼伯也到城里找朋友。知道自己又有希望回南京教人造飞机，更要紧的是还可能见到四眼阿姨和儿子了，激动，按捺不住，喝了酒。回来时没钱搭车，只好拖起两条瘦腿走。走到村口小木桥上时已是下半夜，月亮正托着腮帮子在天上晃来晃去，一副没心肝的样。他伸长了脖子往桥下望，想看看桥下是否也有一个同样没心肝的月亮，不想手脚一舞，人就飘入了水里，不见了。水面只是晃了两下，连月亮都没惊动。

爸爸在山上找到了他的坟，崭崭的比馒头略大一点，上头一棵草也没有，坟前戳一小木片，上写汉字三个："陈四眼"。爸爸到边上挖来一丛野杜鹃，种在他的坟上。爸爸说，四眼兄就喜欢斗鸡和杜鹃，经常望着这两样东西魂飞到天外去。

——四眼伯家的阿姨叫杜鹃，四眼伯的院子里种的都是野杜鹃，每年清明一过，他的破草房就漂在一片杜鹃花里，颤悠悠的。四眼伯以前造的是战斗机，四眼伯经常说，战斗机要是像斗鸡一样灵活有多好！闪转腾挪，收放自如，一击致命，百发百中。四眼伯的斗鸡方圆百里无敌手……

爸爸在坟前把竹笼打开了，十三妹和梁红玉欢天喜地地跑了出来。坟后边是一大片新长成的松林，不少毛毛虫正把自己悬在风里上上下下。十三妹跟梁红玉一看，飞扑过去，一会儿，踪影全无，只有满意的咯咯声远远地散过来那么一两下，响一声，风就抽一下。

爸爸说，四眼兄直得像一根竹子。竹子有什么好，大风一刮，脖子"喀啪"就折了。为什么不说四眼伯直得像青松？"青松挺且直"，还可以锯开了做棺材板，像四眼伯那样死了就卷一破草席，多没面子啊！

15

关羽对自己的工作越来越得心应手，而且形象的可观性比我们村的许地瓜许支书要强上不少。许支书每次割尾巴时带领的人物都比较复杂，有青壮民兵，有各生产队长，还有丰乳肥臀的各位妇女主任，公母混杂，形象相当的混沌。人家关羽率领的是清一色的娘子军！并且花色体态步调也一致：土黄，宽臀，左右摇摆。就连杨排风也褪尽了一身红毛恢复了本来的土黄色，毛羽滋润，和它剩下的女儿们一样。赵云？关羽才懒得多看它一眼！赵云只剩一只眼，个子又比不上关羽，每日独自卧在苦楝树下半闭着仅剩的那只左眼，偶尔狠狠啄一下胸前新长出的毛，一副失却生活信心的神情，一点也体现不出潜在的威胁性。

关羽喜欢摆威风，威风当然要摆在异性的面前才能出效果。关羽非常明白这一点。所以每次率领母鸡们出巡时它都要高昂着秃头，冠子坚硬矮小，戳在秃头上，紧绷得像燃烧的锯齿，血红，扎眼。它总是故意把脚步迈得缓慢沉重，好像每走一步都要在史书上留下一个深深的脚印。它走一步，腮边两片珊瑚一般的薄肉就飘舞一下，恰似关公飞舞在赤兔马背上的那两绺长胡子。有时它也会猛然停下脚步，像它爸爸吕布一样把自己立成一个感叹号，两翅膀夹在背后，眼光刀子一般，从这只母鸡的头掠到那只母鸡的尾巴。每次关羽停下脚步时，叽叽啾啾的母鸡们都会立马安静下来，像极了门牙长年住在嘴唇外的教导主任突然提着一根竹鞭出现在我们的教室里。

母鸡跟所有的女性一样，喜欢在严厉的管教之下弄出点新花样。它们有时见关羽只用屁股注视着自己时忍不住就要转到安静的地方溜达溜达。关羽对这种不守纪律不热爱集体生活的行为极端反感。有一次，关羽最喜欢的貂蝉和杨玉环发现关羽的屁股并没长眼睛，悄悄地就跟着蝴蝶溜到草地边上看鸭子们玩花样游泳。它俩正嘀嘀咕咕地评论鸭子们的泳姿呢，关羽回头望见了，大踏步迈过去，低下头来小声咕啾啾地骂上几句，拐臂就走。貂蝉低着头一溜小跑跟着关羽的长腿回来了。可杨玉环大概忘了自己是谁，竟然蹲下身来继续欣赏鸭子们的屁股在水面上起起落落。关羽大怒，咕噜噜拍打着翅膀就扑过去，一嘴把玉环小胖脸上的黄毛啄下一大撮来。玉环吓得踩着草叶尖子飞回了母鸡堆里。

其实关羽和所有老百姓理想中的好皇帝一样，除了尊严不容丝毫冒犯之外，对属下的日常生活还是很关心的。每次它发现了草籽或者昆虫时，肯定马上要喔喔喔大叫，把母鸡们都招呼过来，而它却大大方方地站在母鸡中间，继续专心致志花样百出地扒着土，将睡在地里的蝼蛄蚯蚓们扒出来，让母鸡们一人一份，共同品尝。它自己呢？非得等母鸡们全咕咕咕表示吃饱了才下嘴把压在脚底的那条最粗最大的蚯蚓“哧溜”吞进肚子里。这种时候，他最反感母鸡们争风吃醋了。有一回它刚把一条小蚯蚓拨给杨玉环，玉环正咕咕地表示谢意呢，王昭君一扭脖子就把蚯蚓啄了去，关羽生气了，一翅膀将王昭君劈翻在草丛里。

关羽最不能容忍的是别个公鸡的不礼貌。那天不知打哪儿跑来了一只花公鸡，个头不大，却很风骚，走起路来像踩细高跟。它刚到草地没一会就在草棵底和西施勾搭上了，一边扒虫子给西施吃一边回头跟西施嘀嘀咕咕。关羽早就看见了，眯着眼不吭声。等花公鸡得意了撅起屁股使劲扒土时，关羽“呼”地展开翅膀掠过去，一嘴将它的冠子撕下来，吞下肚去。花公鸡“呱”地大叫一声，扑棱棱地就弹到了池塘边，下来一看，脚踩在岸边，满眼是水，腿一下子软了。它回过头来仰脸望关羽，眼皮一眨一眨，眼里水蒙蒙。关羽当然不可能放过它，落水狗都要痛打更何况它还是一只毛干绒燥的花公鸡。关羽扑上去，突地飞到空中两腿一蹬，花公鸡“嘎！！！”惊叫一声砸到了池塘里，唬得鸭子们收起屁股啪啪啪踩着水花四散飞奔开去。

16

太阳把树叶晒焦了，关羽开始打鸣了。每天早上五点十五分它肯定准时开叫：“喔喔喔！呜呜呜！喔喔喔——……”叫得半个村子一片刷锅淘米点柴草的骚响。每次都得等它停下来咽口口水润喉时，门外苦楝树上的高音喇叭才会急急忙忙地唱起歌：东方红，太阳升……

这天的日头实在太毒了，刚八点就晒得空气灼人脸，连我这等经常呆若木鸡的人也心浮气躁起来。

关羽大概是给晒晕了，竟然没带母鸡们到草地上过集体生活。它看起来很烦躁，不断地在院子里走来走去，脚步大大小小全无平日的稳重，一会儿张嘴巴一会儿抖羽毛。杨玉环它们五姐妹没见过这阵势，全缩在屋脚的阴影里，默不作声地望着关羽。

杨排风可能是热傻了，站在院子当中，轻轻地咕哝着，身上的羽毛起起伏伏，像风吹皱了的九龙江水，日光也让它挠得痒起来，在它身上翻来跳去。

关羽“忽”地低下头来，左肩耸起，右翅膀“啪”，撑开了，往下一沉，像一把黑铁扇拖在地上。

杨排风一见，腿软下来，卧到地上，头埋进了翅膀底，屁股抖呀抖，微微地往上撅起来。

关羽迈了两步，又停下来，呆呆地望着排风的大屁股。突然，它猛地蹬开长腿，噔噔噔，噔噔噔，绕着杨排风转起圈来。它越转越快，圈子越转越小，阳光给它撞得直往我脸上扑，我的眼前一派五彩缤纷，又是关羽的红胸脯又是杨排风的黄屁股。

关羽“叭”地踹到了杨排风的背上，一甩嘴把排风的小脑袋从翅膀下拽出来，左右踩了两脚，踩踏实了，屁股勾起来，朝排风的屁眼搭去。

天啊，那是你妈妈呀！我杀上去，一脚把关羽踢上了屋檐角。

一秒钟后，“噗”，一片瓦片和关羽一起落在了我的右脚边。瓦片碎了，关羽却完好无损，还拍打着翅膀直蹬腿想站起身来。我抬起右脚，狠狠踩了下去。“喀叭”，一声脆响。

我一下子愣住了。关羽却不与我计较，翻起身用左腿一蹦一跳地扎入了鸡窝。

苦楝树下，赵云抬起左眼冷冷地瞥了我们一下。

第二天，关羽拖着右腿一跳一蹦地出来了，单脚立在母鸡们的面前，又挺起了光胸脯。就这时，赵云打苦楝树下射过来，院子里的空气猛一抖。

一口，就一口，赵云就把关羽的头啄烂了。等伤口好了时，关羽的右眼珠早就不见了，左眼也只能半睁着。

赵云理直气壮地接过了关羽手里的枪，每日昂着头率领母鸡们在草地上游行。他目光如炬，态度傲慢，步伐缓慢而稳重，好似左肩挑着太阳，右肩扛着天空。偶尔，它也会像关羽一般顿住脚，把自己立成一个感叹号。

17

关羽再也打不起精神，每日拖着瘸了的右腿站在苦楝树下一边听广播一边望着在左脚边游行的蚂蚁，发呆。它身上的毛渐渐长了出来，屁股越来越肥，怎么看都不再像是一只大公鸡了。

潮州当外公了，笑眯眯地逢人就说：有空来家坐呀，月英？生了生了！大胖小子呢，鸡巴比老蚯蚓还粗！割鸡巴？哪个敢？！我吃了他！！

八月十三，星期六，台风，天黑如墨，大雨倾盆。我们响应上级号召，向科学进军，继续上课。教室外的大榕树突然身子一歪，把教室的屋顶压掉了一角，雨水轰隆隆灌进来，数学老师一时情急，不说话，一头钻进了讲台桌底。我正要把脚抬到椅子上，许玉琴塞给我一张纸条，折得像一只压扁了的死鸟。我打开一看："我的理想是，长大后到北京去，站在天安门广场上，写诗，歌颂朝阳，你跟我一起去，你同意吗？"

我想都没想，随手签了几个字，塞了回去。许玉琴一看，"腾"，脸色就变了，好像很不高兴。

我写的是："不同意。理由：我还不清楚长大后要干什么，而且，我还得喂我家的鸡。"

八月十四，风和日丽，晴空五百里。

弟弟在饭桌边跳着脚：八月十五喽，吃月饼喽！

爸爸的手在所有的口袋里进进出出，老半天，才摸出一张一毛钱的纸币。他把那张钱放在右手心，托到眼前看了又看，叹了口气。

我不知道说什么好，于是把头扭向门外。

爸爸也把头转了过来。

关羽正立在苦楝树下，它左脚撑着地，瘸了的右脚蜷在羽毛里，脑袋埋在翅膀下，睡。它的屁股肥得都快拖到地上了。

爸爸咬咬牙："我们不吃月饼，我们吃鸡！"

八月十五清晨，起雾。教室尚未修好，停课。鸭子们早早地就下到池塘去了，它们好像对今天是个什么日子并不在乎。

爸爸没把关羽的双脚像以前杀鸡那般捆起来，因为关羽被他踩住双脚时只是象征性地挣了两下，并没闹出多大动静。当爸爸抓起菜刀要割关羽的脖子时，母鸡们急急忙忙地围上来，为了抢个好位置，它们竟然厮打起来，咬得鸡毛乱飞。后来还是赵云出了嘴，局面总算稳定下来。

爸爸大概觉得不妥，说，赶开它们，别让它们看。

我举起大竹扫，扫了老半天，才把它们扫到了院门外。母鸡们都很不愉快，一边磨磨蹭蹭一边叨叨咕咕，似乎相当讨厌我手中的大竹扫。赵云倒没出声，大踏步走在最前边。

我刚放下大竹扫，赵云领着母鸡们又进来了，远远地竖在院门边，伸长了脖子望。它们很紧张很激动，不住地交头接耳，看来，关羽的平静让它们不是太满意，也很不理解。

爸爸将刀口贴在关羽的脖子上，横着一拉，关羽猛抖一下，脖子梗直了，“咕！”大叫一声。

血“噗”喷了出来。

弟弟啪啪啪鼓起掌来，母鸡们忍不住了，“咯咯嘎嘎”跳作一堆，赵云也控制不住情绪，蹦了两脚，还拍了拍翅膀梗直了脖子：喔喔喔——

关羽的毛虽然长齐了，不过还是稀疏，爸爸只捋了两下，它就裸成了一大团肉。

爸爸剖开关羽的肚子时，赵云它们的眼睛都瞪圆了，一下子安静下来。

爸爸刚把关羽的肚肠掏出来放在脚边，赵云它们呼啦啦就蹿了过来。赵云一嘴叼住关羽的肠子，回头猛一发力，冲。爸爸手一伸，抓住了鸡胗，“嘣！”，肠子断了，手里只剩下了一只鸡胗，蓝闪闪的。

赵云拖着关羽的肠子往外飞奔，关羽的肠子在空中飞舞成一条血红的飘带。母鸡们猛扑上去，咕噜噜，抢啊！

月亮爬到苦楝树上了，我们一人端着一大碗鸡肉，望月亮，月亮身边缠着一圈红铜色的云，漾啊，漾啊。我和弟弟的碗里都压着一条鸡腿，弟弟的是左腿，我的是右腿。

月光舔着我碗里的鸡腿，我的鼻腔和眼眶都不是太舒服，有点水，酸酸的。

弟弟一边舔着碗底一边望我手里的碗："阿兄，你不想吃关羽？"

我把手里的碗递给了他。弟弟那对长着双眼皮的大眼睛笑成了两道弯月牙。可是，他没有说"谢谢"。

他"吭哧吭哧"就吃完了，放下碗来握住折成两截的鸡腿骨，嗤嗤地吸。

我问，好吃不？

弟弟使劲点点头："呃！！"

光绪是被枪毙的

公元 2003 年 9 月 1 日上午八点整，陈老师站在白水市第一中学校门口望着白底黑字的大校牌，长长吐了一口气。

刚刚下过一场不大不小的雨，空气洗得稀稀的薄薄的，吸上一小口，打气管孔一直凉到尾椎骨。陈老师感到心里和胃肠全都空荡荡的，连小腹内那点吃了好几天蔬菜才养出来的没有多少异味的气体也不知跑到哪里去了，肚皮一个劲地往后腰贴。他根本就没发现自己的两只脚踩在同一个水洼里。

——四十二年前的中秋傍晚，太阳早早地让风卷到山背后去了，轻飘飘的就像一张腊月的破春联，天冷得有点离奇，他偎在灶前听肚子里那几个饭粒在小肠和大肠之间蹿来蹿去，饿疯了的老鼠似的，他想，要是天上的月亮是块饼有多好啊。刚要走到门外看看月亮是不是爬上了隔壁二毛家的屋角，老爸回来了，瞅瞅左右没人就蹲下身来，打裤腰里摸出两个青玉米棒，一声不吭地放在灶里煨熟了塞给他，他两眼都绿了，一手一个抢过来，连棒子也吞了下去。因为怕姐姐们知道了，赶紧爬到床上，扯过破被子把嘴巴和屁股一块包得严严实实，可是肛门却不听他的话，嘟嘟嘟，嘟嘟嘟，一通烂响，被子受不了了，鼓得像个大乌龟壳。正羞得不知把脸藏哪里好呢，却见老爸一阵风般冲过来，一把将被子掀开了，眯起眼深深吸了一口后，一巴掌扇在他的小屁股上："臭了臭了！哈哈，小崽子，臭了！"

他打了个哆嗦。十五分钟前，他把女儿、两万一千元人民币以及自己那张涨红了的脸皮一起留在了一中高一年一班的门口。可这老爸肯定不知道，也许，他老人家正在老家山上的树林里飘来飘去呢。

女儿的中考成绩比一中的录取分数线低了一分。女儿铁定不笨，可是现在的考试不是考你笨不笨，而是考你听话不听话，或者运气好不好或者是否有强大的经济力量或者是否有背景。老陈不敢怪女儿，女儿初中三年读得苦啊，原本亮得像富士苹果的脸都给读成了番荔枝，从发际到脖子根站满了青春美丽疙瘩豆，挤得一点空地都没有，一开口全是臭气，连蚊子也给熏得嗯嗯嗯转头往门外飞。有一次，一只身子花花绿绿的飞狠了一头撞在墙上，竟然就扎了进去，留六条腿和四片翅膀在墙皮外扑腾。老陈怪自己，怪自己不敢像别的家长一样经常性地跑到庙里去烧香。

为什么非得让女儿上一中？——女儿怎么能不上一中！老陈在本市教育界也算是小有名气，是个教学骨干。你说，还有谁的女儿比他女儿更应该上一中？再说，除了一中本市还有哪家高中靠得住？

陈老师教的是历史，可是他不在白水一中上班，他在三中。三中当然也有高中，不过，和大老百姓王小二的年夜饭一样，一年不如一年，聊胜于无而已。

陈老师已经在教育战线上奋斗了二十二年，早就不是那个意气风发英俊潇洒的青年了，虽然他在教室里还能够讲得神采飞扬唾沫星子乱溅。一走出教室，他马上就变成了一条风干了的老丝瓜，走起路来飘忽忽的好像两脚都踩着棉花。但他还是坚信那位苏联姑娘在电影里说的话："面包会有的，一切都会有的。"

是啊，一切都会有的，比如他有了一个女儿，有了高级职称，还有了二居室住房一套。当然他也有过老婆，不过那是两年前的事了：老婆原在白水重型机械厂上班，白水重机是国企，她不是主要领导，所以下岗是必要的。下了岗总不能就不吃饭了，因此她每天骑了自行车到郊外的工业区当制鞋工人，工人嘛就是要吃苦，来回四十公里的路算什么，月薪五百块要比路上的大太阳或者风风雨雨要紧。前年 9 月刮第十三号强台风"曼妮"，厂里赶出口任务，她顶着风就去了，只是，再也没回来。他接到电话时女儿正好抗台风停课在房间里背英语单词，小家伙念得很大声："曼妮！曼妮！"老陈一边拿起话筒一边回头问，什么"曼妮"呀？！

女儿说:“曼妮，曼妮就是钱啊!”

如果不说钱，陈老师认为自己还是站得住的，是个不可往小里写的人，这一点他有自信，除了那么两回。不过那也只能算是弯腰而已——为老婆孩子而弯腰，是大丈夫的行为，是对家庭负责任的具体表现。领政府工资的人都猜得到：一回是评中级职称，一回是分房。中级职称太要紧了，没有它你根本就没机会分到房子更别说是参加民主党派到各种地方混点茶水——老陈三十五岁后就对从政失去了兴致，不知怎么着他总认为当官和做贼差不多，当然扎堆的欲望还是有的，毕竟是个过惯集体生活的人哪。他想参加民主党派，他喜欢“民主”这两个字，可是一打听，人家名额有限制，并且，至少得有中级职称，因为这样才能“充分保证民主的质量”，一句话当场就把他的眼睛噎得绿起来。房子肯定也重要——不安居你如何能够乐业！命根子当然是捏在校长的手里，有一次他乘着元旦学校开迎新卡拉OK晚会鼓足勇气上台吼了一首《把根留住》，可人家校长并不理会。他当然不能把自己包在被窝里气死，他专挑月亮没出来路灯又比较暗淡的夜晚摸到校长的家里去屁股贴在沙发边上和校长谈心，咦，效果还不错，校长每次都说，都是老同事了客气什么。算一算他共去过校长家两次，一块去的东西合计有：中华烟两条，葡萄酒四瓶，酒瓶上的商标都标着外国字母，老陈的外文丢得差不多了但还是看得懂产地——波尔多，法兰西。校长不抽烟，但对收藏名烟还是有一定的兴趣，人嘛都会有一些嗜好的——校长非常喜欢喝葡萄酒，特别是法国的葡萄酒，校长说法国的纬度合适阳光好，风光旖旎人情浪漫葡萄品种正宗，酿出的葡萄酒喝起来让人心底软绵绵的，只想着要帮助天下所有遇到难处的人。这两次行动的作用相当的显著，其中之一就是陈老师家饭桌上的色彩有几个月时间明显单调不少，让他深刻地体会到李逵说的“淡出鸟来”是个什么滋味。

他当然也有过机会不用交那两万元，因为一中的教师子女分数不够要上一中是不用交那笔钱的，这也是有那么多的教师把头塞到裤裆里死活要拱进一中的主要原因。但尊严是连万客隆超市也没得卖的，作为一个有名气的历史教师他非常清楚这一点。几年前他曾经到一中代过课，教高三毕业班，成绩好得不得了，让他到现在想起来还会得意地把两颗门牙撅到和鼻孔同样的高度。当时一中管教学的副校长就找他了："陈老师，你调过来吧。我已经跟校长说好了，他的意思是要你去找找他，他就可以签上同意接收。你要把握机会啊。你知道一中教师是有很多福利待遇的，包括子女的就学问题。再说，你在三中那种地方确实是，怎么说呢，英雄无用武之地啊。"他当时鼻子里哼一声："我去找他？下辈子吧。"那天离开一中后他大步走在水仙大街的人行道上，胸挺起来头昂得眼睛都快看不见地面了，他觉得自己完全可以像个"人"字那样把两腿叉开来，在行道树下横着走。

一中校长读师大时和他在一间宿舍里一起睡了四年，校长上铺他下铺，好得内裤都混着穿，他甚至还帮校长同志写好了毕业论文就差没署上自己的姓名。可毕业时人家却把他给卖了，害得他到一个叫长尾山的山沟里整整喝了八年的凉山风，差点就在那里和别人一样娶个自己的学生实行终身教育。到现在，就今天，他还是听不得"睡在我上铺的兄弟"，人家一唱他就在心里骂："我骑您姥！""骑"是长尾山的土话，意思等同于"操"，但形象生动不少。要不是因为校长同志，他一毕业马上就会到省政府去报到，当某主要领导的秘书。隔壁宿舍的张乌地？等下辈子吧，下辈子就轮到他了。为什么要到历史系找秘书？因为该领导认为中文系毕业生只会接吐沫星子，用处比保姆大不了多少根本就不可能帮助自己提高执政水平，想来想去，还是历史系的毕业生好，至少，可以"以史为鉴"，让"文革"后重新出山却老想着要给老百姓们一点光和热的他可以天天照镜子。陈老师当年在全系排名第一，是个公认的才子，他最应该摆出的姿势就是当仁不让。人家张乌地现在都已经是白水市的市长兼市委副书记了，你说，论人才论智商论笔头他哪点比不上张同学！陈老师很清楚机会是决定一切的，是不可捉摸的，就像天上掉下的鸟屎，不是你要它落你头上就可以落你头上的，没有机会并不意味着你没有能力。可是，当他离开一中后在街上昂然而行时根本就不可能料到女儿中考竟会考不上一中，因为女儿那时还在上小学六年级，几乎每次大考都能考两个一百分，特别是数学，没有一次不是满分。

按道理讲，作为一个刚享有自己的住房和高级职称并且不开小店办加工场大搞补习班或者做传销拉保险的正经中年中学教师他是不可能拥有两万块以上的钱财的，但是，他的老婆没了，所以他就有了两万多块人民币的存款。

这笔钱是肇事司机亲手送上门来的，人家送过来的总共是十万元，但陈老师只要了四万两千，因为，照我们国家的法律规定，一条有城镇户口的人命就值这么多的钱。办完丧事后就剩下不到两万块了——大家都知道，陈老师是不可能乱花钱的，不应该只剩下这么一点点，他干什么了？他在新开张的慈恩陵园给老婆买了一块墓地，还树了一条青石墓碑，因为老婆和他结婚后没睡过几天安稳觉，整天里里外外地手脚忙个不停，他希望她从此能够好好地睡上一场，也不枉她来这世上陪了他十几年。

肇事司机是个老板，和陈老师同一年上的大学，后来在单位里待不住了一闭眼跳到水里游泳，幸运的是没给淹死，还有了一家自己的公司，规模很不小。不过，他的家庭规模很小，就大光棍一条，因为他的老婆好几年前就扛不住了，趁着孩子没出来腰身还扭摆得开赶紧另外挑了一棵高大的老梧桐去做自己的凤凰，不再与他冒充一双鹦鹉，一起在水泥地上啄那一星期也难得见到一颗的香稻余粒。

他说，那天他驾着车往厦门去，要和一个德国人谈一笔比较大的生意，因为一边还在想着谈判的一些细节所以车开得不是太快，再说顶着台风，不由得人不小心，可是车不知怎么着就滑到路边去了，正好把滑倒在路边的陈老师的爱人压在了前车轮的底下，他赶紧打了122报警，然后抱起陈老师的爱人拦了的士赶往医院，可是……

原来，路上不知怎么着洒了一地的油，听说已滑翻了好几辆摩托车，车上的人头破手折大腿皮留在地上的都有，问交警，交警说我们的职责是处理交通事故，问交通局，交通局的说我们的责任主要是负责各种费用的收取和道路建设，问环卫，环卫说，国道上的事不归我们管，再说又没人请我们去处理！问来问去的结果是这完完全全是一次意外，最后还是他出钱通过交警和交通局出面，请环卫狠狠地把路面上的油一滴不剩地冲到沟里去。

司机先生三天两头地就到陈老师家来看他父女俩，每次都要带来一大堆的东西，他说，他要负担起陈老师女儿以后的一切费用。陈老师知道不能责怪他，甚至认定要不是因为出了这档事自己会和他成为好朋友，这不，连女儿都叫他叔叔了。可是，每次他来过家里后，陈老师和女儿都会连续好几天吃不下饭睡不着觉。陈老师想这样下去不是办法，人家毕竟也不是个吃闲饭的，总得让人家和自己跟女儿出门时都感到阳光是温暖的才算是个男人的做派，所以，当司机先生又一次打电话说他要来家里时，陈老师拿起毛笔在一张宣纸上写了几行大字，提起来，端端正正地挂在老婆的遗像下，他想，司机先生是个明白人，肯定会明白自己的意思。他写的是：

"十年生死两茫茫，不思量，自难忘。千里孤坟，无处话凄凉。纵使相逢应不识，尘满面，鬓如霜。夜来幽梦忽还乡，小轩窗，正梳妆。相顾无言，惟有泪千行。料得年年断肠处，明月夜，短松冈。"

司机先生抬头看了，眼睛红起来，他冲着遗像深深鞠了一躬，足足有三分钟，稳住了神后他说："对不起。我知道大哥的意思。以后用得着我时请记得找我，我会做我该做的事。"

打那天起，陈老师再也没在自己的家里见过司机先生。有一次陈老师一边埋头骑车一边计算着阮籍每次驾了牛车到没人的荒郊野地痛哭一场来回大致要用上多长的时间，一不留神就把红灯闯了，等立在阳伞下打盹的交通协管员冲他唧唧直吹哨子时才发觉自己已到了马路的中间，一时方寸大乱，不知所措，觉着自己像一根洪水中的稻草般漂转起来，奇怪的是，正要打面前穿过的那辆小轿车却悄无声息地停下来，直到陈老师骑入了安全地带，才默不作声地开走了。

那段时间白水市正在学习沈阳的先进经验，大力推行"撞了白撞"，以保证畅通工程的更加畅通——据电视说，张市长有几次就是因为路人乱闯红灯耽误了和外商的会面，白白丢失了多次的招商引资的大好机会，直接影响了本市经济建设的腾飞。"撞了白撞"？！一时间司机们心气大顺，开起车来跟不要命似的，遇到这种事，不把陈老师撞飞了就是要死按喇叭并打开车窗大骂“干您老姆！”或者“你找死啊！”或者“你知道今天是星期几?！想死他妈的先看看腊历！！”等等，等等。

陈老师回头望了一眼，他看见了一张脸的侧面，很眼熟，对，是司机先生。司机先生以前去陈老师家是从不驾车的，他步行，双手都提着东西，因为太沉了两上臂不由自主地撅着走起路来一步一晃的像只大公鹅。

陈老师当然不可能找司机先生借钱，陈老师喝凉水时从来没给噎着过。他前段时间一直想买一辆摩托车，因为他上班时要经过好几个山坡，以前有老婆时倒不觉得那些山坡有什么了不得，可老婆去世后他慢慢地就觉着上坡时有些力不从心，每每要下车推着走，这大概是各种生活失了规律引起的，唉，还是“人多力量大”啊。算了，还是孩子上学要紧。

昨天下午路过新华市场门口时他想买点小菜回家下稀饭，刚要找个地方好架住自行车，突然发现地上有一行白色的字横在路中间，字迹非常工整，像是一个读书认真做事呆板的优秀小学生写的。他觉得有些古怪，住了脚仔细端详了一番:“山西省的王八快跑，许要杀你们！”

他一时搞不清这是件什么事，心里忽地一沉，好像压上了一块大石头。

自打老婆不再回家后他少了一个说话的对象，嘴巴闲了许多脑子却忙了不少，经常胡思乱想。他煮完了稀饭就一屁股坐在木沙发上一边等女儿一边想，这到底是怎么回事？想了半个小时后，明白了：许肯定是指黑社会老大许地龙，地龙明明是蚯蚓的土名，可人们都叫许地龙为眼镜蛇或者眼镜兄，许先生现在是本市著名的企业家，拥有多家超市和一大片房地产，经常出席各种会议，红得像熟透了的葡萄，发紫。说起来地龙先生还是他的同学呢，他们小学时教室紧挨在一起，那时不管是谁包括自己都认为地龙长大后不是饿死就是得吃枪子儿——地龙虽然瘦得仅剩一把骨头还架着一副黑框近视镜，却能够趁着校长歪头小便时从后面把校长的裤子猛地提起来。这肯定是黑帮火拼，地头蛇要吃过江龙。

这事他管不上，不过这种传播消息的方式倒是很有创意的，不比电影里的消息树差。

陈老师心上的这块石头终于放下了，刚想喝口凉水湿润湿润因干着急而有点发燥的肺管，这时，女儿进门来了，脸铁青铁青，嘟着嘴。

“小家伙谁惹你生气了嘴翘这么高？”陈老师赶忙上前展现父爱。

女儿把书包摔在沙发上：“我们的班主任是白痴，他竟然说光绪皇帝是被慈禧枪毙的！”

“什么什么？”陈老师有些不相信自己的耳朵。

女儿大了声：“我们班主任说光绪是被枪毙的！大白痴！”停了一下，她又说：“老爸，不是说你。我们班的同学都傻唧唧地相信他，没人肯信我，他们说老师说的怎么会有错，他们说我肯定是在发神经。我气死了气死了气死了！！”

光绪是被枪毙的？对，白痴才会这么说。

女儿的班主任是刚从师大历史系出来的优秀毕业生，是经过多方考察才进入一中任教的，据学校介绍，该老师各方面表现都很出众，学校重视人才，特地任命他为高一年一班的班主任，一班的班主任哪，教务主任加重了语气对刚交完钱的陈老师说。

今年刚毕业？陈老师的心当时就“咯噔”了一下，这么说他就是大学扩招后第二年考上的。陈老师对大学扩招没有半点意见，只是对扩招时师范类院校和普通院校没有加以区别对待这一点有些自己的看法：现在教师的素质已经够让人牙齿发凉了，再降低门槛，真不知会培养出一批什么样的教师来，怎么说教书都是要育人的，育人当然不比放山羊或者喂猪。

班主任和一中的校长一样，姓齐，但名字不一样，校长叫大才，班主任叫天下。齐老师个子不大，脸尖，一副很精明的模样。陈老师第一次看到他时很是吃了一惊，回家后想了半天才发现他长得就像睡在自己上铺时的一中校长。这也许是巧合，当然，这世界本来就是由许许多多的巧合组成的。

女儿从小爱看书，特别是爱看历史书，女儿说过，她长大后要当一个大历史学家，比周谷城还大，她说她要用妇女的观点重写一部中国通史。陈老师从来不认为周谷城是个大历史学家，所以他对女儿的想法很赞同。难怪，女儿会生那么大的气！

陈老师的第一个想法是，调班！不过，全白水市区的成年人都知道，一中调班必须得通过校长，没有校长的签字，谁都不敢做主。去求一中那位校长同学？怎么可以。前面说过了，他求过两次自己的校长，但那种事情谁能有更好的办法，就像你的阴囊让花脚蚊子嘴一伸扎住了，怎么办？拍？受不了。不拍？更受不了。

都说英雄不会让一泡尿憋死，陈老师自认不是一朵在枝头招摇的英也就是花，但他至少是个雄性，于情于理都应该有自己的办法去解决掉这个令人瘙痒难忍的问题。

陈老师对女儿说："傻丫头，生什么气呀，你们班主任在跟你们玩幽默呢。明天你叫他来我们家家访。"

陈老师知道，这几年来几乎没人进行家访，社会各界意见都折腾得很大，市人大特别是市政协叫得比刚下完蛋的母鸡还大声，所以本学期开学前教育局为此专门召开了多次专题会议并形成决议，严格要求各个学校大力开展家访工作，加强家校联系，对家访工作没做到家的教师将进行严肃的处理，小齐老师铁定不敢不来。但是，小齐老师要真来了自己该怎么说？总不能把话说得太明白了，因为作为一个有文凭的中国人，不管怎么说也应该是有羞耻心的。当然，这点小事是肯定难不倒白水市知名历史教师陈综合的。

办法是要靠人去想的，最合适的办法都是在最合适的地方想出来的，所以今天下午一觉醒来后陈老师洗洗漱漱就到了中山公园，他知道，那里有一个最适合他想正经事的去处。

他今天上午连着上了四节课上得眼眶发青两条腿直哆嗦，回家时顺便在路边的小菜摊买了两条黄瓜和半斤甜豆，卖菜的跟他很熟，见他脸色有点不像人，忍不住就问："陈老师，生病啦？脸色这么不好。生病得赶紧吃点药啊，身体是革命的本钱。"

他也感觉到了自己的形象有些对不住自己的职业，只好撇撇嘴："连着上了四节课，多了些，身体有点吃不消。"

卖菜的吃了一惊，眉头跳起来，两道眉毛悬在皱巴巴的额头上，一条高一条低，眼珠子鼓得像金鱼："奇怪，不就是说了不到四个小时的话吗？怎么会累成这个样！我以前在麻纺厂站机床一站就是十二个小时也没累成你这样。真是怪事。"

陈老师说："这世上怪事多着呢，嗯嗯啊啊……"

他心里说，你站着唱它四个小时的歌试试看，你不当场吐血那才是怪事！

中午一觉睡过去，陈老师整个人又来了精神，老话说得好啊，三十如狼四十如虎，我陈某人还不到四十五周岁，硬度不比生铁差多少。所以一脚踏入中山公园时他应该可以说是容光焕发的。

中山公园为什么叫中山公园？小时候陈老师觉得很奇怪，问过不少人，可大家都说中山公园就叫中山公园，哪里会有为什么。这事让当年的小陈很纳闷，以至于有好几天吃不下地瓜稀饭，根据弗洛伊德的理论，陈老师大学时读历史专业是完全正当的，他在历史方面懂得比他的大多数大学老师还多更是没什么好奇怪。

上大学时陈老师顶着大学历史系学生的帽子在图书馆和各种资料室里死泡，大三时他就觉着丹田里的气足起来两只脚踩在地上都是劲道。他发现，他小时候的直觉是靠得住的，比如白水市的中山公园最初的确不叫中山公园，叫人民公园。

原来，当年陈炯明把护法军司令部设在原白水知府衙门后，叫人把衙门所有的门全打开了，贴了布告说所有的人都可以在衙门内外随意进出，休息谈天皆可。可是，布告都贴出去一个月了就是一只苍蝇也没敢飞进这片坐北朝南的大宅院来，老百姓路过衙门口时都要紧走两步，连回头侧目望上一眼都不敢。陈炯明是法学堂出身的，只想了半个多小时就明白了，法律面前人人平等是有条件的：至少老百姓们都得明白自己也是人，和知府老爷他们一样都只长两条腿。于是请人买来一堆花草树木在衙门里四处种上，再把衙门的门全拆了，重新在东南西北四个方向砌上四个大门，门边大立柱上都写上四个大字——“人民公园”，旁边贴了布告说，公园就是人们休息娱乐的公共场所，任何人都不许以任何名义收取任何费用，但请公民们爱护园内的花草树木和公共财物，保持公共卫生，衷心欢迎各界热心人士无偿添置公园设施。陈炯明的手下有些不解，说了些小声话，陈炯明生气了：“老百姓不出，奈民治何！”

因为知府衙门的面积实在是大，所以白水人民公园很快就在闽南一带名声大起，成了一个热热闹闹的去处，特别是南门外老百姓都要绕着走的府埕，也就是衙门正门口那片青石板铺成的开阔地，都改叫小吃街了，全白水的各种特色小吃挤到一起，挤得来来去去的人像大饼贴小饼。小吃街最有名的小吃叫蚝仔煎，也就是鸡蛋煎牡蛎，那个香！小半锅猪油烧沸了，将拌好的鸡蛋牡蛎倒下去，“嗤——”香味就上来了，看着一粒粒鲜美肥嫩的牡蛎在锅里突突突地跳，你的胃立马蹦到嗓门口。不过，前几年旧城改造，把小吃摊一巴掌扫了出去，另外在城郊找个空地盖了一条要充分展现本地饮食文化精髓的新小吃街，店面整齐划一，全部红砖绿瓦，专卖电器。可惜的是白水的小吃从此散了魂，就像一群让排炮轰了的麻雀。陈老师上个月就在府埕碰到了一队穿西装扎领带鼻架金丝眼镜的老头跟着一个导游小姐在那里转来转去，满脸的失落好像丢了什么要紧东西，他们的手上都拎了一面小小的三角旗子，上写：“桑梓情华侨省亲团”。

人民公园为什么要改名？因为后来陈炯明的部下和孙中山在广州打了起来，当然，输了，白水人民公园的改名也就理所当然。至于打架的原因，哎，不说也罢，当然没教科书上写得那么干脆利落。但是“人民”和“中山”毕竟大有不同，至少，表示的人数相差太大。这一点让陈老师心里有了些小石子，每次上课讲到“炮轰总统府”时总是有点头晕。

公园的地面有点湿，这有些奇怪。因为今年大旱，从初一到中秋除了9月1日上午忽然就落一阵水外再也没有一滴雨滴到白水的地面来，旱得到处停水停电，电视里净是干部群众提着空水桶在说一些比较提气的话。今天午后，突然之间就飘下了一场小雨，把不少人吓了一跳，愣愣地望着天空连晾在外面的衣裤都忘了收。

下雨的时候陈老师正在做他的黑甜梦，他当然知道下雨了，因为他在半梦半醒之间就感到了丝丝的凉意，心里有说不出的高兴。中午一闭上眼他迷迷糊糊地又见到乡下那些亲戚们的脸了，他也知道自己替他们干着急是白费力气，农民从来就是得听天由命，可嗓门还是忍不住地在梦里发干发紧。

公园里没几个人，你想，谁愿意坐在湿地里呢。这让陈老师感到很舒心，进了大门后一边吸着湿润润的空气一边信步往右手方向拐，他觉着半年多来干得发燥的鼻孔和心眼一下子舒展了开来，他明白，今天那个地方绝对只属于他一个人，而且不会湿。

他要去的那个地方是个四方底的大石柱，这石柱有点古怪，因为它不管从哪个方向看都像一个大墓碑，所以人们都不愿在它底下待太久，除了他陈综合，大家都叫它石柱或者碑——本地人把上坟叫磕碑。它当然有四个面，其中三面各刻有两个大字，分别是：自由、平等、博爱，朝着大门的那面却光溜溜的，刷了一层白漆。他知道，这石柱明朝洪武年间就有了，而且有名字，叫教化碑，专门用来把那些有伤风化或者见了官员不认真行礼的人剥光了衣裤四肢张成个“大”字捆在上面示众，也就是说起的是思想教育示范基地的作用，据说效果非常好，特别是大冬天的时候。有一点他印象特别深：如果犯事的是读书人，那他贴在碑上的时候还得背诵朱子语录，错一字，往头顶浇一小盆冷水。到清朝的时候，它就变成一根拴马桩，专门用来拴知府大人的马，知府大人的坐骑块头全白水第一，确实用得着这么大的一根大石柱。可是陈炯明看不惯，他叫人在上面刻字，每面都刻，还在顶端加了个大宝顶底下砌了一圈坐人的石阶。后来公园改了名字，石碑的南面就给磨光了，刷成一面大白板。有一回他在石柱下傻坐，白水市的老古董陈老归拄着拐杖移过来，三只脚颤颤巍巍地停在他面前，两眼眯起来盯着他的脸使劲瞅，他一时来了兴致，指着那面白板问：“老先生，这上边早年该有字吧？”陈老归说，有，当然有，不就是“民主”嘛，——嗯，我瞎说什么呢。

陈老师把背靠在石柱的那面白板上仰头望南边的天空，那片天空刚从瓢水里拧出来似的，瓦蓝瓦蓝，亮得像一股从天外挂下来的蒸馏水，天的高处有几团白云，怎么看都似一小群刚啃饱青草的绵羊，在阳光里懒懒地抻着腰。望着望着，他的眼皮重了起来，连着打了几个哈欠，干脆，把头搭在膝盖上做起梦来。

这一觉睡得好舒服，手和脚全麻了痒兮兮的好像所有关节爬的都是蚂蚁，陈老师定了定神揉揉膝眼站起来，望望天，噢，太阳都跑到西边的树梢里去了，涨红着脸在树叶中躲来躲去。他有主意了。

解铃还须系铃人，问题就出在小齐老师身上，当然得由他本人去解决。调班肯定不是合适的选择，因为除了自己的女儿，还有那么多的学生，而且一般说来以后还会有许许多多的学生排着队一批接一批地接受小齐老师的口水的浇灌，自己总不能太自私了吧，那可不是陈老师一贯的作风。根据小齐留给自己的印象和陈综合本人四十多年的生活经验完全可以确定，小齐老师只要有学习的愿望并且能够用心多学点相关知识，至少可以做到不误人子弟，甚至可能成为一个好老师。当然，把话像晾衣服一样直挺挺地亮出来怎么也算不上是合情合理的，人家小齐有本科文凭，还戴着学士帽拍过单人照和集体合影，再怎么着也应该挤得进读书人的队伍。跟读书人讲话？最佳的方式就是曲里拐弯不要一下子把话说白了——读书人都有一个特点，那就是自尊心极其的强烈，你把话说得太直接岂不是瞧不起人家的智商和所受的教育。怎么办？这还不简单，把话说瞎了吧——你要是把牛皮吹到胀破了那就没人会信你而是立马想到反面去，一点也不会不开心，因为，吹牛是不会伤害到别人的自尊心的。

晚上七点十五分，陈老师把几碟小菜和一对啤酒杯外加两双筷子在客厅的茶几上摆好了，将沙发稍稍挪了挪，让主客的位子都正对着电视机，然后在主人的位置坐下来晃着脑袋左右看了看，突然，就觉得心里空荡荡的——怎么这么安静？客厅里除了自己的拖鞋偶尔擦着地板的声音外，能听见的就是自己的大喘气。女儿呢？女儿已经准时进入自己的房间去啃那些永远也做不完的习题了，女儿做事一贯轻手轻脚，连翻书的声音也舍不得让人听见。奇怪，就是对面楼的那对婆媳也不见动静。

那对婆媳都是中学教师，天天准时打晚七点一直吵到北京时间二十一点整，每天都要把许许多多不堪入耳的闽南语和普通话生生灌入他家的客厅来，陈老师听她们死吵了三年多，可是从来没听明白过她们到底在吵些什么。今天会不会出了什么事？走到窗前拉开窗帘一望，怪了，那家竟然不开灯，人家在客厅里点上蜡烛，一家人围着桌子喝啤酒。陈老师忽然感到眼球有点湿，忍不住把头伸到窗外朝东边那条让楼房夹得窄窄的天空望去。

咦，那里竟然有一颗金黄色的星星，大得有些离奇，就贴在又黑又厚的天上一动不动地盯着自己的眼睛，它就是同事们这几天在办公室里谈论得快吵起来的“有史以来可以看见的最大最亮的土星”吧？老师们争论的结果是，天相异常地上必有不寻常的事情发生。想到这事，陈老师猛然就吃了一惊，一股使命感“嘭”地涨上胸口，不由得把胸脯挺了起来，几乎立刻就想跑到美国找著名作家阿城说说自己的心脏结构了，阿城很喜欢在书里说，“美丽的宿命”。但他忍住了，回身走到客厅中间，站了站，调整自己的呼吸。过了五分钟，终于还是按捺不住，又走到窗前，他想好好地吼上一嗓子。可是，这不是我们陈综合老师一贯的作风，没办法，只好立在窗前把双掌反向交叉在背后抻直了，胸腔鼓起来憋了二十多秒钟后狠狠地哼了一声，回身到厨房把一箱大白鲨啤酒抱出来。

陈老师已经两年多没往家里买过啤酒了，今天他打公园回来时特地把这箱啤酒扛上七楼来，扛得吭哧吭哧的浑身都是咸水，眼前飘满萤火虫。

放好啤酒后他站在桌边愣了一小会，忘了什么呢？对，电视。陈老师把电视打开了，音量调大，大到说话时也听得见——自打女儿上高中后，家里的电视从来没有正经响过，顶多像蚊子一般哼上一阵，有时他真想叫女儿出来看看新闻看看人文地理节目或者科教短片，可是……

就在这时，门外楼梯传来一阵橐橐橐橐的脚步声，很沉重，还有喘大气的声音，到了门口，又是哼的一声，好像卸下了一个大沙袋。

没等门铃响陈老师就把门打开了：你好你好齐老师，欢迎欢迎。

小齐老师显然有些吃惊，因为他直到看见啤酒时才说出第一句话来:“您太客气了太客气了。”

喝啤酒当然是要说话的，不说话那叫喝猫尿。虽说陈老师天生不是一个多嘴多舌的人，但作为一名有二十三年教龄的老教师兼今晚的东道主，话语自然而然就出来了，当然，三句不离本行。

——来来来小齐老师我们先干三杯。爽快，的确是个学历史的。我也是学历史的。来，为我们专业的源远流长再干一杯。你小时候最爱看三国和水浒？你也觉得奇怪我们学的历史书好像故意跟它们拧着干？这就对了，我们能看到的历史书总共就两种，一种是官方的历史，另一种是流氓的历史。前者就是那些在图书馆里摞得整整齐齐威风八面的大部头，专门用来给各种论文提供注释并把一大堆的脑壳熬成大白菜，这些书读起来就像啃木鸡腿，春秋笔法为尊者讳嘛，尊者们都喜欢别人啃木鸡腿。当然其中也有一本是人写的，那就是《史记》，读了它你会觉得血压升高胸部挺得像公鸡。我们学历史的不啃木鸡腿肯定是不可以的，不过你会读得头昏脑涨好像戴了高度老花镜。我倒是有一招，你啃它们的时候拿一张白纸，在上面按年代顺序写上主要年号和重要事件，然后根据你看到的内容在边上打勾或打叉，时间一长，你就能从那些勾勾叉叉里看出它们到底应该是个什么身段。后者，后者就是你看到的水浒和它的兄弟姐妹们。流氓从来就是被踩在最底层，没被当人看待过，所以他们也不可能把别人当人看，他们的眼里只有英雄，剩下的全都是该杀得一个不剩的，英雄就是“杀一个是杀杀一百个也是杀”的“杀人者打虎武松是也”。可惜就是没有一部历史书是普通人的。好，喝一杯。你想看普通人的历史？你得自己去扒，你可以把木鸡腿里的数据都抄下来，记住，要把它们写在边边角角上的“人相食”也抄下来，然后，然后呢你再按次序看看尽可能多的野史笔记等，这样，你至少可以知道个大概不再被人家牵着鼻子四处乱转。

你上个月也去参加市理学研讨会了？哈哈，喝！我可没去。他们又要大力弘扬白水市的理学传统以促进本市的精神文明建设？他们还要用朱熹的活动路线寻找新的旅游热点以促进本市的第三产业的更高层次的发展？你当时尿就急了？哈哈，我也是怕膀胱受伤所以不敢去。那群吃白饭的。喝，喝。二程和朱老师都是些什么东西！理学就是不讲道理，他们想的就是要活活憋死你。这种东西谁最喜欢？对，皇帝。元朝的皇帝不懂几个汉字，可人家也懂得爱朱熹，至正二年，朱熹注的书就成了科举考试的法定参考书也不管他是不是在放臭屁。为什么？就因为理学的理就是怎么做好一个奴隶！朱元璋爱朱熹那是理所当然，你想，他还能到哪儿去认出这么一个摆得上台面又如此管用的祖宗？找朱温？那怎么可以，朱温的名声多臭啊，再说朱温那家伙也算是个性情中人，要是学他那样子与部下同穿一条内裤又如何替子孙们拔刺？来，再来一杯。对，他把徐达他们收拾完后也规定老朱注的书为法定科举参考书才放心地死翘翘。他那会抢侄子皇位的儿子更干脆：要考试？那你就只能读朱子做八股！满族人入关就是要来牧猪的，当然照搬。你没看过八股文？那你最好还是别看。什么味？各种工作汇报和经验总结是个什么味。是吗，你读过的语文教科书也是就那个味？唉，不说这个了，我们喝。

深圳实行行政分权试点？是吗，史无前例？中国古代从来没有过行政分权权力制衡？你忘了秦朝就是丞相、太尉、御史大夫三足鼎立？对对对，行政、监察和兵权各自独立与相互牵制。这是中央一级的。我们称古代为专制体制只是因为在制度安排上没有设计对皇权的制约而已。至于地方行政的分权，最典型的莫过于明代。本只想沿途打家劫舍最后弄假成真的朱元璋继承了蒙古人留下的行省制度，偏又担心地方长官屁股坐得太大，干脆改掉元代的行中书省体制，弄了个三司并立，没错没错，就是管民政财政的布政使司、管刑政监察的按察使司跟主管兵政的都指挥使司，三司平级互不相属事权分割交叉，并且还在制度安排上鼓励各司长官互相咬尾巴，目的当然是希望他们能够互相制约互相监督。结果呢，你知道的，行政效率极度低下！地方官们睁眼贪污闭眼受贿满口存天理灭人欲。朱皇帝们不信邪，时不时的就往下派巡按，对，现在叫检查组，可这种东西从一开始就是瞎忙而已。怎么办呢？皇帝一咬腮帮子，派出一堆巡抚与总督，集监察权和军事权于一身狠狠地坐在三司的头顶上，这下可好了，又回到了地方行政专权的老路上，哼哼，有人说这叫历史的回归。骑他姥，“肃静”“回避”！有谁把老百姓放在眼里！三权分立真就可以“以权力制约权力”防止权力的腐败和滥用？要真有这么简单就好了。三权之间可以相互制约当然也可以相互勾结达成某种默契。你看看发达的民主国家，人家不仅在制度上给三权之间设置了许多彼此交易的障碍，更要紧的是这些国家都有一个发达的市民社会，存在着发达而且代表各方面利益的传媒，换句话说，这三权的背后还有第四甚至第五权在那里死盯着，你要搞政治？当然只能尽可能公开透明，躲到黑幕后面做交易？难度太大，代价也太高，那又何必。权力制衡就是进步？那只能说明我们刚进步到秦始皇的屁股后头。依我看，政治体制改革要迈的第一脚是给人们自由，给人们经营的自由，按自己喜欢而且可能的生活方式生活的自由，说话而且有地方说话的自由，并且还要保障人们的私有财产，保障其取得和保存以及再生产的权利。这一脚不踩踏实了说什么都等于放屁。是啊，当官的都很威风，到处前呼后拥的。你也觉得不爽是吗？顾亭林早就说过了，天下大治则小官多大官少，天下大坏则大官多小官少，小官多大官少得有相当程度的自治，大官多小官少则是节节高升的中央集权。妈的，怎么又提起这档事。小齐啊，这种事我们在这儿说说还可以，换个地方你可要闭紧了嘴，你年轻血气旺嘴巴爱听脑袋的使唤，但是，有些想法还是让它烂在大肠里会好一些，因为不管怎么说人都是从猴子变来的，你想做人？先得把尾巴在两腿间夹紧了再说。嗯，不说不说，来，吃菜吃菜。

陈老师忽然发现自己今晚有点不对头，一会儿就讲了这么多的话，语速过快，节奏也失了，头脑有些晕晕乎乎，几乎就要把持不住。于是暗暗的有点不好意思起来，夹了两筷子菜后忍不住在往嘴里倒啤酒时用眼睛的余光瞄着小齐那红扑扑的小脸。嘿，小齐正满脸虔诚地望着他的酒杯屁股呢。小齐望着望着眼睛慢慢就大了，双手使劲地捏自己的膝盖骨，突然，右掌猛一拍大腿：“您是陈综合老师？您是我的系主任张老师的同学！我们系主任可出名了，著名的明清史专家。毕业前他交代我回白水后一定要帮他找，找他的老同学陈综合，他说，陈综合是个大才子，上学时帮过他大忙，他说，找到了就代他问声好。他说，不知怎么搞的陈综合的毕业鉴定竟然是‘政治思想不成熟，没有深刻领会到现行制度的优越性，经常在小范围内以所谓的历史眼光对现行制度的合理性表示怀疑。’张老师怕我听不明白，还，还特地把那鉴定重复了六遍。听他说，陈老师分配时给弄到了山沟沟里，谁的信也不回。我有看过家长花名册啊怎么就没想到。真是踏破铁鞋无觅处啊，真是！”

陈老师知道他说的是张小楷，张小楷大学时睡在他隔壁宿舍。小楷有大志向，好学。小楷的毕业论文题目是《明朝的税制》，陈老师给他提供了他所必须用的全部数据，从秦汉开始直到张居正的一条鞭法，所有有代表性的年份的国家岁入全都按时间先后列出来，总共用了二十一张稿纸，上面写满蚂蚁大的字。当小楷知道北宋的年收入是唐朝的十倍时眼睛瞪得像受了惊吓的牛：“呀！我的妈！”小楷本来想写朱元璋和中国文学的关系，陈老师对他说，再过二十年吧。小楷早几年就已经是个博士了，他的指导老师是全国著名的历史学家，一级教授，所以小楷当然是本省的著名博士、拔尖人才。陈老师在某著名学报上看到过他的博士论文，头版头条，题目为《朱元璋的变态人格与中国文学的非正常发展》，里面用上了弗洛伊德的招式，令人眼前一亮，应该说深度是有了，但是，有点可惜，毕竟小楷还是太年轻，年轻的最大好处是能说敢说，最大的坏处是所有的说法基本上都是别人的看法——这是一条经得起考验的规律，大铁锤也敲不坏。不是说过二十年再写嘛，怎么才十五年就忍不住了。

陈老师心底下不由得有点得意，喉头来了些中气：“是，我就是他说的那个陈综合，按理说我是你的师伯，兼学兄。”

小齐的两眼有些迷离：“那你该也是我叔叔的同学了，听张老师说，你们还是同宿舍的呢。”

“你说的是齐肚脐吧？”

“你知道我叔叔的小名？现在就我爷爷还这样叫他。奇怪，怎么没听他说起您？”

陈老师抬头望望墙上的钟说：“这也难怪，他大小也是个一中的校长，贵人了，多忘事。不像我，到现在还记得他的哥哥叫齐大官。”

是时候了，8 点 09 分，换台。一摁遥控器，《走向共和》气宇轩昂地向两人的眼前涌过来，陈老师的情绪随着主题歌的旋律一下子就高昂了起来，他知道，要管住自己的嘴是不可能的了，虽然他已经有点喜欢上小齐了就像喜欢自己的小弟一样，但是作为陈综合老师他是不可能随意改变计划的，干脆，放开了说。

“中国人走到今天的确不容易。小齐啊你看没看《走向共和》？热播呢。”

“没有。唉，忙啊，呃，每晚都要备课改作业，还要到处家访，还有那么多的会议，哪来的闲工夫。倒是这些天老听老师学生们在议论，很热烈的，有两个老师还当场在办公厅里吵起来。不过我知道演的是清朝末到民国初的事。”

“那依你看那个时期哪个人物最可怜？”

“那还用说，肯定是光绪，壮志未酬啊！顽固势力太顽固了。他还是个皇帝呢。”

“没错。你专业知识学得不错。不过他是不是个皇帝倒没有多大关系，皇帝这种工作也没什么大不了，随便哪个王八蛋坐到那个位子上，只要运气好，都可以做得像模像样，最要紧的是运气。光绪的运气就不好。你说，他到底想怎么样呢？还不是想把皇帝当得正经点省得老在那些丢人现眼的协定条约上盖上自己的印章。本来这种自上而下的改革成功率就很小，因为你要靠谁去执行啊，有几个中国人愿意把好不容易才抢到自己家里的钱掏出来与别人分享？就算他运气好，真给他折腾成了就像日本那样，那还不得整天想着要全世界的人都在脑门后边留上一条猪尾巴。你想想现在有那么多的父母把孩子送到文武学校读书是为了什么？还不就是想让孩子打架时能骑在别人的身上？当时他的肾脏功能还可以。你也知道，他运气不好啊当时中国就是那副模样，他就是把年号改成棉絮也还是死路一条，顶多就是死法不同而已。对了，你还记得他是怎么死的吗？”

小齐的眼皮眨都不眨一下：“光绪是被枪毙的。”

上钩了！陈老师心中一喜：“为什么？”

小齐一仰头把一大杯啤酒灌下去："为什么？他是个搞政治的呀！"

陈老师虽说有一定的思想准备但还是狠狠地吃了一惊，食管一热，太阳穴"噗"就鼓起来。镇定镇定，啤酒啤酒。

几杯啤酒下去，食管里凉爽了许多脑子也清楚了不少："你说的没多大毛病，光绪是吃了枪子儿。不过枪毙倒说不上，他根本就没被人家拉到菜市口一梭子干过去，他死在自己的床上。我倒是听说过他的一种死法，想听听吗？"

小齐急了："想，想。您快点说。"

陈老师抿了半杯啤酒："你说，清末民初谁混得最好？对，大头袁世凯。袁世凯头大，智商当然不低，理所当然地就要参加科举考试，小齐你知道的，中国的考试从来不考智商，只考听话的程度，所以他当然就考不上了。可是世凯不服气，他摸摸自己的两上臂和屁股，哟，都是腱子肉，他想，好铁不打钉好男不当兵，他妈的，我就破罐子破摔，我当兵！他的运气好得不得了，蹭蹭蹭直往上升，很快就成了一个人物，你记得吗，小站练兵，练新军，这一练就把世凯练成了中国政坛的一面旗帜。世凯智商高，关键时刻懂得把握时代发展的方向。按道理戊戌变法时他应该站在光绪他们一边，都是年轻人嘛。可谭嗣同他们都是愣头青，竟然就没发现世凯的智商比他们还高了几个百分点，深更半夜的就去叫人家拿毛瑟枪给光绪壮肾气，害得世凯想了大半夜，差点把左手掌的指头数成了六根。聪明人的最大特点就是能够当机立断，因此第二天天刚蒙蒙亮他就把光绪他们卖了，一下就给自己找到了在金銮殿上跪拜的确切位置。但是世事比人强，慈禧就是怎么叫李莲英梳头也是要死的，而光绪呢虽说每天只喝冷稀饭却能够坚持早晚在瀛台的水边散步。这下就麻烦了，世凯急啊，黑头发一个月就白了七八根。眼瞅着慈禧活不过第二天了，世凯终于下了决心——都说无毒不丈夫，我世凯如果不及时出手如何对得住家中的二十几个大小老婆！小齐你说，有二十几个老婆的人算不算大丈夫？世凯决定干掉光绪。这种事情见不得人，叫谁去好呢？大刀王五？王五早就成了刀下鬼了，再说他要是活转过来还不先一刀把自己咔嚓了？世凯想都没想就决定亲自动手，你想，他都混到那种田地了还有谁靠得住？郑板桥说了，淌自己的汗吃自己的饭，靠天靠地靠爹娘，不是好汉。世凯是个好汉，因为他从小就热爱体育运动，就是睡了二十几个老婆后还坚持早做操晚跑步，身手好得不得了，按现在的标准至少是个国家二级运动员，爬爬紫禁城的墙根本就不算个鸟，你想，一个连国都敢偷的人胆气能够有多大？一口吞下两头大象都不用眨眼睛。那天晚上天气不错，夜黑风高，杀人的好时光，世凯一更刚尽二更还没敲就出了门。因为这件事比较重大不比偷鸡摸狗，关系到中国的未来，所以他的一身打扮还是很有讲究的。旧时北京有句尽人皆知的顺口溜：头顶马聚元，最尊贵；身穿八大祥，最光彩；脚踩内联升，最荣耀；腰缠四大恒，最富有。世凯脚踩的就是内联升的鞋，但不是官靴，是缎子面千层底，很适合于上蹿下跳，质量不比美国著名短跑运动员格林的金色跑鞋差，他身上一水的八大祥的黑绸子，下摆处撕下两块来，一块将腰一扎打个死结，另一块在头上绕了几圈，把大脑袋捆了个乾坤一派混沌，只露出两只会发绿光的眼珠子。他腰里不缠四大恒，他别一把勃朗宁手枪，这把勃朗宁可是有点来头的，当时全国就三把，那是李鸿章老先生到欧美各国展现大清国的大国风采时人家送给他做纪念的，一把送给了慈禧，给老太太当玩具，当然，不装子弹，另外两把连同子弹分别送给了张之洞和有为青年袁世凯。老李不喜欢枪，因为那次路过横滨时他差点就让手枪要了老命。世凯体力好，所以二更刚过就翻到了光绪的床前，光绪在床上滚了大半夜好不容易才揪到一个黑甜梦，一下就睡得像一头死猪，嘴巴歪呲着口水流了半张床，下身一股腥膻味把世凯熏得立马就想翻到屋外去。看着光绪那甜美的睡相他差一点就下不了手，为什么？因为外面的湖水都冻得硬邦邦了光绪的屁股底下竟连一床破棉絮也没有！甚至，连值班的小太监也不知溜到哪里去了。世凯心酸哪。志向远大的人都是驴脾气，认准了的事就是十八头公猪也拉不回，所以世凯绝对不可以手软，他很熟练地就把枪口顶在了光绪左胸第四根排骨的内侧，轻轻一扣扳机，胜利地完成了自己的计划。世凯对枪支和心脏的功能都非常了解，他这种打法有消声效果，并且，血不会打前面涌出来。第二天，小太监当然发现了，他本来不把光绪放在眼里，可这回的失误不算太小，怎么说光绪都是国家的脸面啊，这可不是丢饭碗的问题，是掉脑袋的事！你想，作为一个连根都没有了的国家公务员还有什么比脑袋更要紧？！因此小太监赶紧扯下自己棉袄上的一小团棉絮，堵住了光绪背后的那个洞洞，四下里擦洗擦洗，一阵忙乱后坐在门槛上喘了半个时辰的粗气，这才将光绪驾崩的消息汇报给了上级主管部门，等消息传到慈禧的耳朵里时已是隔天凌晨了。慈禧一听，高兴死了，快快活活地骑着小鸟到西天当她的老佛爷去了。后来，世凯做了洪宪皇帝，有次无意中看到了光绪的日记，才知道光绪在瀛台那四面漏风的破屋子里吃了十年的冷稀饭后把肾脏给吃坏了，天天滑精，弄得内裤整天湿答答的，心中一派凄凉。世凯猛然想起那晚他下手前闻到的那股腥膻味，两眼一下就湿了。”

陈老师停下来嘬了一口啤酒，说：“小齐，我讲的这故事怎么样？”

他笑眯眯地瞅着小齐，怕小齐不明白，又把右边脸皱起来使劲眨巴眨巴右眼睛——陈老师脸上除了眉毛外什么都没戴，小齐这下总该明白了吧！

小齐仰脸望着陈老师的眼睛，嘴皮动了又动，但是，没说出半句话来，把陈老师胃里的啤酒泡急得直往嗓门口挤。小齐望够了，低下头抖着手在桌底下抓了一阵，老半天后只听得“噔”的一声，他抓出一瓶啤酒来，嘴巴凑过去脸一歪就将瓶盖咬了下来，咕嘟咕嘟，把两个酒杯都倒满了，一杯塞到陈老师手里，自己拿起另一杯来，“叮”，碰了一下陈老师的杯。他太使劲了，啤酒泡漾得顺着两个人的手脖子赶死一般嗒嗒嗒直往地上扑。“啊！”他一口把酒杯喝了个底朝天后喉头里狠狠地涌出这么一声。陈老师赶紧把啤酒也倒进食管里然后挤出两嘴角的微笑冲着他。只见他将酒杯顿在了桌上，抬起湿答答的右臂一抹嘴巴，双手摁住膝盖腰板一挺，喘了口大气后又仰起小脸来：“嗯——您今天要不说我还，还，还真不明白哪！”

陈老师的两只眼睛都直了，死死地盯着小齐老师那张写满诚意的小脸，嘴巴撑了弹簧似的张得像个大喇叭，僵了足足有三分钟，正不知所以呢，腰臀猛一抖，一股凉气打大肠里排山倒海般撞出来：“呃！！！”

只觉得腮帮子嗯嗯嗯颤起来就像不小心滑入冰窟窿的南极探险队员，冷啊！是悲哀吗？铁定不是——现在都什么年代了谁还有时间还有心情去悲哀？！ 21世纪了你懂不懂啊。肯定是啤酒里的高压二氧化碳冲出来时带走了太多的热量，这才有道理，铁打铁实的科学！

天底下哪有不散的筵席，今天他们喝的是啤酒，度数低，更没有理由不散。走到门口时小齐老师抓住他的双手往死里摇："别，别送别送。不客气，呃，不客气。您在三中太，太屈才了！明天我就找我叔叔去，调您到一中，来！以后，以后我就可以天，天天向您讨教了。您可不能藏着掖着啊，您要倾囊而——授啊！啊！"

陈老师嘴里连连说，好，好，啊，好啊。可晕晕乎乎中只感到两条腿好似冻在冰块里，一股寒意咕咕咕直往上涌，挤得他的两排牙齿哒哒哒叫个不停，咬都咬不住——中秋都过去好几天了喝凉水偶尔也塞牙，所以喝啤酒全身发抖是完全合理的。

送走齐天下老师后陈老师彻夜未眠，这一个晚上静得有点离奇，他甚至听到了房间里那盆文竹拔节的声音，啪，啪，轻轻的脆响。他想了许多许多事情，包括从历史发展的角度重新考虑了一遍自己的人生。

陈老师决定，从明天起床后开始，改变自己的生活态度，他这样做是有充分理由的：人在屋檐下，不得不低头。你说，有比乌龟更幸福的动物吗？

海拔 3658

1

夜刚过半，窗外的那只青蛙突然怪叫两声，家丽一惊，从梦里夺出身来，紧着眼皮一翻身，不想左肘一木，磕上一堆硬邦邦的东西，哗啦啦一阵动静，东西都摔地上去了。

手臂酸麻，肘尖一路酸到肩胛骨。家丽皱起眉头想了半天，对，是佛经，最上面的是《金刚经》，压底的是《六祖坛经》，想起来了，中间是《无量寿经》《阿弥陀经》《楞严经》《法华经》《地藏菩萨本愿经》《观经》《八大人觉经》《心经》《华严经》《大般若经》……右手一摸，一粒光头，光滑如蜡，心猛然一跳，啊，我不会是跟和尚睡在一块吧？

赶紧睁开眼坐起来捂着胸口喘气。

那是丈夫欧奋强的脑袋，不是喜欢眠花宿柳的和尚，欧奋强气息平稳，仿佛山里的小溪。

家丽吁一口长气，睁着眼睛躺得直直的，顺便把近二十年来的人生略微梳理了一下。

2

差不多二十年前，她们上大四，同班，欧奋强是班长。那时欧奋强高大英俊，仿佛王心刚打电影幕布上跳了下来。他的脸带了一点点婴儿肥，可爱，干净，看看就有抱住咬上一口的冲动，一开口，哇，整个一把大提琴。家丽喜欢王心刚，偷偷地，甜甜地。所有的女生都喜欢王心刚，知音，谁不想找到个知音呢，蔡锷和小凤仙，小凤仙和蔡锷蔡将军。

那天，杜鹃花漫山遍野，学校的整座后山仿若着了火，看一眼心就浮了，家丽叼着辫梢把下巴架在膝盖上，坐在杜鹃花丛里望着手中的英语课本出神，这时，脚前的地面阴了阴。抬头一看，欧奋强矗立在面前，右脚脚尖哒哒哒地点着地面，脸微微笑着，笑出两个浅浅的酒窝来，两只手躲在裤袋里，好像各自捏着一只小老鼠，动个不停，额上唇上的绒毛里星星点点，都是细汗珠子。他半天不吭声，等到脸憋成了大紫茄子才嚼出话来，他约家丽去看电影，看《红高粱》，看我奶奶、我爷爷，看张艺谋，看打口本，看强烈的色彩，看生命的自由、生命的舒展，看勃勃生机，看西柏林电影节，看金熊奖……

欧奋强语无伦次，一点也不像班长。但家丽立马明白了，当场就有些把持不住，欧奋强还没把话说完，她已经连着点了好几下头了。那时刚刚 1988 年，春天，姑娘都以矜持为主，与异性交谈还有适时脸红的必要。

一毕业她们就结婚了，因为儿子着急了，小胳膊小腿在家丽的肚子里折腾出了一番动静。

如今，王心刚长成了王刚，头顶锃光瓦亮。

3

欧奋强在市经委上班。市经委全称白水市经济贸易委员会，里面科室很多，家丽不知道他们上班干什么。欧奋强说，干什么？不干什么啊。欧奋强在新技术开发中心，主要工作是坐着发呆。他们科室只有四个人，不过领导框架还是很完整的，有正领导一位副领导两位，欧奋强是唯一的非领导。两个副领导年纪都比欧奋强小不少，都是老领导的子女，主要工作是陪上级单位来人考察本地吃喝，很忙，几乎不在办公室出现，而且都在一定程度上讲礼貌，所以只要欧奋强不瞪大眼睛看人，他们和他磕出火花的机会还是不多的，问题是正领导是个女的，五十出头，天天窝在办公室里，欧奋强这就难过了。

该正领导刚刚踏出更年期的门槛，对自己在生理学方面的新角色定位还不是很清楚。她爱穿掐了腰的军衣，一身草黄，身材异常丰满，每块肉都饱鼓鼓的，这不要紧，要紧的是每块肉都不在自己的地方，就像足球场上的运动员，失了位置，没头没脑。最扎眼的是脑后两条长辫子，左右各捆一只大红蝴蝶结，头发一丝一丝的白，看了，无端地会觉得不合适，好像走错了季节。她的丈夫是个老同志，曾经长期影响白水的气候，已经离休十几年了，偶尔还会在电视上展现一下老领导的风采。

她上班就做两件事，第一是织织毛衣，第二就是领导欧奋强。作为一个合格的领导，她也善于且乐于批评下属，经常要放大嗓门指导欧奋强，方方面面，所以欧奋强每天刚进家门脸色都不对头，好像让没完没了的毛线缠坏了。

该领导也姓欧。

4

这不要紧，欧奋强有理想，有理想就有希望。有希望就会感到生活的美好。因此一到家，只要家丽摸摸他的头，他的脸色马上会晴朗起来，随手抓起拖把开始拖地板。欧奋强极端热爱卫生，经常没完没了地洗手，他开过一个博客，博客名就叫“一尘不染”。

欧奋强崇尚“沉默是金”这个说法，他认定不善言辞是种美德，因而他从来不会说出他的理想是什么，这点在20世纪80年代的大学生中显得相当得不正常，也不知道大家当年为何会选他当班长，一个闷嘴葫芦。可儿子满月那天，他还是忍不住特意到白水第一百货公司花五块钱买来个加锁的硬皮本子，使了吃奶的劲戳下一句话：“走出福建，走出中国，走出亚洲，走出世界。”每个字都有鸡蛋大小，方方正正。

走出福建，走出中国，走出亚洲，这些都有可操作性，但走出世界他要去哪里？月球？还是比邻星？家丽不好意思问，也不敢笑，因为嘲笑一个人的理想是不道德的，很不严肃。

欧奋强一直在努力。家丽看在眼里。家丽嘴里不说，心里倒是不断地为他加油。他的希望就是阁楼里的一只黑箱子，箱子里装着几本线装书。这箱子有两把锁，钥匙分别穿在他和家丽的钥匙扣上，要打开必须得两人一块在场。家丽原先认为这样过于郑重，但欧奋强一再坚持，还拿两眼盯着家丽的双眼，于是就顺了他。为了淘到这几本线装书，欧奋强用了十几年的时间，把白水市的每个角落都跑遍了。随着本数的增加，他头顶那蓬乌黑油亮的鬈发渐渐稀疏零落，箱子装满那天，他的头已经秃成了一座单人真皮沙发，就剩脑顶后半圈的头发还蓬勃着。他有空就叫来家丽一起打开箱子，戴上一次性医用手套，把那些线装书一本一本托在手心里，抚摸，每回手指肚隔了凝胶薄膜触着那些发黄的纸张时，欧奋强两只眼睛亮晶晶的，比第一次看到儿子胯间的那坨东西还亮。

儿子什么都比别人早，不管出生还是上大学。儿子上大学那年才16岁，揣本《全宋词》坐着飞机轻轻松松就飞出了福建。儿子的记忆力和家丽一样好，脸上的酒窝一边深一边浅，浅的像欧奋强，深的像家丽，遗传这东西真奇妙。这一年，欧奋强决定着手实施自己的计划，因为儿子接下去要走出中国、走出亚洲，而这两个步子都比较大，需要大量的金钱把路面铺结实。

5

送走儿子后，欧奋强买回一只密码箱，挑了个天高云淡的好日子，点上一炷藏香把房间熏透了，洗净双手戴上医用手套，把线装书一本一本请出来，铺开黄缎子，包上，小心翼翼地码进密码箱，正好，不差分毫。他微微一笑，笑出两个浅浅的酒窝。铺缎子时家丽想帮把手，欧奋强眉毛一挺，食指竖在唇前吁了一声，家丽赶忙把手缩到腰眼边。

家丽把欧奋强送到小区门口。小区里开满了菊花，都是黄狮子头，个个饱满异常，冷眼一瞅，会吓一跳，那分明是一头头青春期的小公狮在模仿他们的父亲沉着嗓子恫吓空气。欧奋强脚步坚定，家丽望着他结实的背影，心饱满得跟满小区的黄狮子头没啥两样。

当晚欧奋强就飞到了北京。琉璃厂正在举行著名专家义务古玩古籍鉴定会，场面浩大。欧奋强紧张激动，手脚一直抖。

密码箱一弹开，专家们的眼睛就直了，哇出声来——都是孤本，善本，其中两本还是南宋国子监本。掀起书页时，专家的手指过了电似的，瑟瑟发抖。

噢，幸福的花儿漫天开放！那么多羡慕的眼光，差点把欧奋强仅剩的半圈头发烤焦了，啧啧啧，啧啧啧。

马上有人打进电话来，欧奋强磕着牙齿说，一口价，不，不说二话。接着，他大着胆子把心中的数字放大了十倍爆出口去。对方不假思索：“要得！”也许是怕欧奋强突然长上翅膀飞了，人家还卷了舌头说，不许反悔！一手钱一手货，现金还是支票？

约好了交货地点，是家咖啡厅，离琉璃厂有几站地。这时有热心人士挤过来，提议打的，一块走，还伸出手来抓着密码箱的把手要帮忙提，好似那几本书有几百斤重。欧奋强将密码箱往怀里一紧，昂起头睨着楼缝间的一线天空：“不，谢谢。我不习惯打的。那地方我熟。”他不放心，他这时对谁都不放心，他说，我散步。趁着别人不注意，他躲在墙脚摸出一只旧蛇皮袋，把密码箱塞进去，领带也解下来，塞进裤兜去。顺手把西装揉扯几下，领口扯乱了，蛇皮袋往肩上一甩，学着刚进城的民工模样，一肩高一肩低地往前走去。

欧奋强热爱传统文化，认真学习过道家的养生大法，平日里能不动就尽量坐着躺着，所以才走了三站地，腿就酸了，屁股也木了。正好路边有个花坛，看看左右没有一张熟脸，于是把蛇皮袋放在花坛的台阶上，一屁股坐上去，右脚架到左腿上深深吸了一口气，胸部鼓起来。

望着街心来来往往的车流，他感到臀部不时传来一阵阵暖意，一屁股压着几百万呢，豪放啊。摸出烟来，点上，思考一下人生的下一步要踩在哪一个点上。越想越激动，甚至有到福利院抱养几个孤儿的冲动。手也激动，不听话，抖，一大截的烟灰带着火星折了下去，扑到右裤管上，裤管呲出一股烟来。赶紧蹦起来拍打。

这时，身边闪过几个民工模样的人，肩上一人一只旧蛇皮袋。欧奋强大惊，差点叫出声来，转身，还好，蛇皮袋还在，一动不动，一脸无辜。

到了地方，调整好脸部肌肉，拉平西装，摸出领带系端正，面挂微笑，等。不想左等右等，就是等不到人。着急了，打电话，催。说了半天才发现，对方已关机。手忙脚乱地打开密码箱，一看，坏了，里面只有旧报纸和碎砖块。天忽然就黑了。

还好，记得回家的路。不知道他是怎么回来的，反正不是坐飞机，到家时西装皱得像老菜脯干，黑，脏，领子卷进脖子里。头发一根不剩，头顶青筋暴露，好像卧了几条大蚯蚓，刚醒过来，正在伸展身子。家丽刚要开口，他就大声咆哮起来，恍若一头暴怒的公狮。

欧奋强连续几十天动不动暴跳如雷，动不动就咆哮，两只眼都是红的。家丽不接火，家丽怕他发疯。

等到欧奋强情绪渐渐稳住了，家丽旁敲侧击：树被砍了青山还在啊，和尚跑了还有庙啊，你看我们家的房子多大啊……我们不是还有存款吗？刘欢说了，只不过是从头再来嘛……

她们的小区是有名的高档社区，屋前屋后的流水，夏天一到甚至还能看到青蛙扑通扑通往水沟里蹦。住在这里的人气质都很好，很像有钱人。

欧奋强不吭声，轻轻点了点头。

6

他迷上了爬山，经常和一群爬友骑摩托到处找山爬，男男女女，老老少少，把福建的高山都爬遍了。2005 年的元月，他们一群人浩浩荡荡扑到闽北的泰宁大金湖，爬上福建境内第一高峰金饶山的主峰白石顶，搭帐篷，缩在毛毯里等下雪，等 2005 年的第一场雪。金饶山是闽江发源地，原始森林古老幽深，流泉飞瀑，古寺怪松，山顶是 2 万余亩的高山草场，一望无垠，绿波起伏青翠欲滴。从海拔 1500 米开始，就一直在顶峰上行走，山顶无路，数不尽的巨岩拦在眼前。劲风穿袖，放眼远望，飞云如狗，伸手蓝天可及，人生万味尽在其中，欧奋强说。

路上，遇到一座独木桥，架在两道深不见底的山崖之间，桥板朽透了，前面的人大呼小叫地蹦了过去，欧奋强在最后一个，前脚踩上，刚想把后脚抬起来，扑哧，塌了，本能地伸出双手一抓，竟然抓着了一棵小松树，于是悬在半空，学习猴子，头脑一片空白，比后来看到的雪还干净，牛仔裤的裆部湿透了，湿出了一块南美洲大陆。

回来后他不干家务了："我这条命是捡回来的！阿弥陀佛！"

但是，他对家里的卫生程度要求更高了，经常摸出面巾纸擦擦灯罩摸摸橱顶，有一点灰尘的影子，就伸到家丽的眼皮底下："看，你看！"有时突然就指着地板："你看，头发，那么长！"

而且，床头出现了一本又一本的经书，自己那边堆满了，就堆到家丽这边的床头柜上。

随着经书的增多，他的表情越来越平和，头顶冒出油星来，像个资深有钱人了，经常在各种寺庙里出入，交了不少和尚朋友。家丽听自己老爸说过，和尚没有穷朋友。他一逢节假日就骑车出门，也不说去哪里，总是要上班了才能见到他那颗锃亮的光头，身上一股香火味。呛呛的，虚虚的。

7

去年年假，第一天是星期天，天没亮他就骑上摩托出门了，十天后才回来。打他手机，关机。再打，还是"您呼叫的用户已关机"。原来，他到了一座石头山上，在山洞里，坐禅，修行。一上山手机就被和尚收走了。他认了个师父，师父是住持，赐了他法号。欧奋强说，十天禅坐下来，感觉自己境界提升太多了。欧奋强双手合十，嘴里念念有词：面对它、接受它、处理它、放下它。

家丽觉着新奇，特意跟着欧奋强上了那石头山。那石头山异常高大，站在山脚，望不到天。山上有座大庙，庙里有个大胡子和尚。远远地望着和尚的身影，欧奋强眼神迷离，说，师父，那是我师父。师父给欧奋强取的法号叫"通旺"，全称通旺居士。那座大庙气魄宏大，半片山都是庙堂，一层一层，从山腰摞到了山顶，大雄宝殿外面的广场上竖了一柱经幢，高到云里去，上面刻着《波罗蜜心经》，有鹞鹰绕着经幢一圈一圈慢悠悠地转，显得很有文化。庙里庙外到处都是大石头，尽皆器宇轩昂，乍一看会被镇住了，不由自主地张大嘴“呀”上一声。家丽心里不踏实，偷偷上前拍了拍，不想吓一跳，空空响，原来是水泥和铁丝网浇成的，假得跟真的没啥两样。家丽本想告诉欧奋强，一看，欧奋强已经双手合十念念有词了，他的面前是一尊十多米高的观音菩萨，观音菩萨很用心地听着欧奋强的心里话，一脸慈悲。于是把话头咽下胃里去。

年轻时欧奋强买过许多哲学书，叔本华、黑格尔、尼采……都是精装，都只看几页，堆在床头。现在床头柜让佛经占了，这些精装哲学书就堆在书柜里，偶尔阳光蹿进来撒欢，会闪闪发光。其中一本叫《幸福之源》，作者斯特凡克莱因，里面说什么呢？就说人为什么活着，用了二三百张纸，就是为了说人为什么活着。家丽翻过，没看清楚人为什么活着，倒是记住了作者的名字，家丽的记忆力好得离奇，特别善于记住外国人的名字。

那天家丽打扫卫生，把那些书一本一本抽出来擦拭，不想用力太大，整排书都抢到地上去，其中那本《幸福之源》，摔得太狠，折作两个半本。欧奋强就站在旁边，双手插在裤袋里望定眼前的空气，发呆。家丽忍不住说，看这个有什么用，不顶饿。欧奋强竟然听到了，哼一声：“你没有信仰！”

8

我没有信仰？家丽不服气，二十年来，家丽的信仰就是欧奋强，就是如何照顾好欧奋强的胃。

不过最近家丽的信仰略有些动摇，她对自己二十年来的作为产生了怀疑。

都是因为同学会。

当时欧奋强正在山洞里参禅，他们大学同学举行了毕业二十周年大聚会。除了欧奋强和五位前留学生现外籍华人或爱国华侨，还有另外两个同学没到。那两个同学情有可原，因为他们都已不在人世，一个肝癌一个车祸。外籍华人和爱国华侨们都发来了电子邮件，充分表达了爱国爱乡之情，并且深情地祝福了各位老同学。

女同学们都记挂着欧奋强，一个一个过来问，帅哥呢，我们的帅哥呢。家丽也不知道欧奋强在哪里，只好随口说，出差了，出差了。有个胖得像地球仪的女同学吊着小嗓说，小气！又不跟你抢，给他打个电话，我们听听他的声音总可以吧，别磨蹭了，给他打个电话。该女同学眉毛画得眼镜腿似的。家丽说，不好吧，他在开重要会议呢，等等再打吧。

她说了假话，喉头发干，面前正好放着雪碧，她打小喜欢甜饮，忍不住多喝了两杯。但她的膀胱不喜欢甜饮，所以不一会她不得不起身上了一趟厕所。

在洗手间里，她又摸出手机给欧奋强打了一个电话，只是，仍然是“您呼叫的用户已关机”。家丽火气有点上来了，咬了几下下唇。

回到座位上，刚把面前的碗筷摆放好，突然感觉两腮帮子有些发烫，原来，对面的高常青正盯着自己，两眼直愣愣的。手脚不由得有些不自然，多了一些动作——她摸摸自己的脸，拨了又拨掉到额前的长发，皱起眉头抖抖肩膀甩甩小臂，想把他粘在自己身上的目光甩掉。不想被粘得更紧，高常青的眼睛甚至放出光来，在旁人敬酒的时候，脸冲着人家，可眼睛还是攀过手臂咬在她的脸上。家丽下意识地把胸口的扣子捏紧了。

心噗噗跳，脸热得狠，空气甜丝丝的。1988 年春天，欧奋强站在她面前邀她看《红高粱》时，正是这种感觉。家丽把头扭向窗外，窗外天阴地湿，木芙蓉开得癫子似的。

高常青大学时和欧奋强同桌，那时他瘦出筋来，眉发稀黄，身子上长下短，项上一张小脸，略略三角，衣裳总是前短后长身上没有一块布是合适的，在欧奋强身边，就像一株没长开的狗尾巴草。他从不敢正面看着家丽的眼睛，有时明明知道他正看着自己，可家丽一抬头他马上把眼睛抡到边上去，触电似的，脸红得像汤锅里的虾米。在家丽印象里，他瘦弱得做梦拿刀杀人人家都不怕他。二十年不见，他竟然养出了一盘国字大脸，粗眉如剑，头发乌黑锃亮，胸腹饱满，全身一水名牌，坐在那里明显比旁人高出一头，一下显出身子上长下短的妙处来。他虽然面带微笑，但气势藏掖不住，自然而然就流露出来，他身旁那几位同学明显处置不好自己的手脚。没人叫他高常青，都叫："高厅长！高厅长！"大家都说高厅长是个儒官，气质非同寻常和诸葛孔明差不多，和他说话时大家自然而然就塌了腰仰了下巴，仿佛他是一尊妙相庄严的释迦牟尼。家丽差点没认出他来。

家丽忍不住在心里把欧奋强的形象叠在他的身上。她发现欧奋强的光头竟然一点光泽也没有。家丽一直对自己的眼光充满自信，这时，突然怀疑起自己的视力来。

二十年过去了，因为有坚硬的重点大学文凭护身，同学们大都事业有成，成了各自单位的明星人物，整个大厅里星光熠熠，一个个同学在大厅里举着酒杯游来游去，仿佛一群兴奋莫名的萤火虫。可高常青是月亮，十五的月亮，你就是亮度最大的太白金星，也得自然地表现出足够的谦卑。他的光亮充满整个大厅，甚至差点把家丽的心填满了。

后来他们谈了几句话，不痛不痒。家丽端起雪碧向高常青问候了他的妻子。高常青的妻子是家丽小学同学，长得不太好，可人家的父母是南下干部，北方话讲得很好，经常站在台子上讲一些调子比较激昂的话。高常青却没有问起欧奋强。

9

一夜没睡好，心里长满了青草，有野兔子蹿来蹿去。

隔天刚上班，手机叮叮叫了两声，是短信。打开一看："春花秋月何时了，往事知多少！小楼昨夜又东风，故国不堪回首月明中。雕栏玉砌应犹在，只是朱颜改。问君能有多少愁？恰似一江春水向东流。"光秃秃的，没有署名。

李煜，《虞美人》。家丽心中有堵墙坍了，轰隆隆响作一片，词，宋词，天！《钗头凤》！二十年了，《钗头凤》！二十年前第一次大着胆让欧奋强拉着手走过校道，隔天就在抽屉里发现了一张纸，上面就写着《钗头凤》！正楷，刀子刻似的，没有署名，每个字都是暗红色的，一闻，有点腥味，是血。吓了一大跳，心狠狠地疼了一下。知音。这个世界就是那么奇怪，文科的不少人喜欢谈论最新科技，工科的某些男生却偏偏喜欢古典文学，比如欧奋强。家丽开始以为是欧奋强写的，但仔细一想，不对，欧奋强偏偏就不喜欢宋词，欧奋强说过，《钗头凤》？近亲结婚，不好，很不好，再优美也不好。家丽喜欢宋词，班里还有谁喜欢宋词呢？不知道。你要准备毕业论文，你要考第一，没时间知道。你身边有欧奋强，为什么还要知道？！只好折作一个小硬块，就像折叠一张影子，塞在抽屉的角落里。

家丽抖着手按出一行字："你是《钗头凤》！"

等了一整天，却等不到回复。心到半夜才放到实在的地方。

第二天刚在办公室坐稳当，手机叮叮又叫了，心一下悬到嗓门眼。噢。连着两个短信。

第一个："红酥手，黄縢酒，满城春色宫墙柳。东风恶，欢情薄，一怀愁绪，几年离索。错！错！错！春如旧，人空瘦，泪痕红浥鲛绡透。桃花落，闲池阁，山盟虽在，锦书难托。莫！莫！莫！"

接着是："你皱着眉毛的样子还是那样的美，一怀愁绪尽在眉头！二十年了。坐在你面前，心差点不跳了。"

不知不觉，眼泪下来了，受了委屈的感觉像江口的潮水，一浪高过一浪。赶忙跑进浴室里，脸埋在洗手池里，浸，浸，浸，半天才把满心的浪花浸成一面湖水，略略有了镜子的模样，只是有些涟漪还赖在边边角角，不肯将息。

高常青。高常青。家丽发现自己正在往深坑里滑下去，她努力地抓住身边的花花草草，欧奋强你在哪里！还好，还好，在家丽快掉到坑底时欧奋强回来了。

欧奋强的境界提高了，但是话更少了，有时一周可以不说一句话，除了"哼""嗯""噢"等几个音节。

10

短信天天来，几乎，都在合适的时间来。家丽不知觉地往坑里滑，而且要命的是欢喜竟然怯怯地从心底生长出来。

高常青的短信很长，一条接着一条。他说，大一开学报到那天他在校门口一眼就看到了家丽，当时心就跳疯了，喉咙发干，说不了话，辅导员站在自己面前也问不出一声好来。大学四年，梦里都是家丽的影子。白衣飘飘的80年代！当年没有恋爱的风气，又不想给领导、老师们留下不好的印象，一直压在心底。那天傍晚，校园后山的上空半天火烧云，红彤彤，欧奋强牵着家丽沿着校道向他走过来，家丽的小手被紧紧捏在欧奋强的手掌里，他一下懵了，终于忍不住，咬破了手指，写下了《钗头凤》，可家丽居然没反应，家丽竟然没发现他右手食指肿得像学校食堂刚出锅的馒头，家丽眼里只有欧奋强。

家丽不假思索，手指上上下下："你为什么不早说！"

短信发出后，不由得脸热，当年那么年轻，在宋词和漂亮的相貌之间，难道能保证自己选择宋词吗？那时欧奋强多像王心刚啊。毕竟对年轻的生命来说，迷人的外貌远比宋词更具备杀伤力啊。于是追了一条："当年我们那么年轻，爱上一个影子也是很正常的。"

……

高常青说，同学会是他提议的。他想看到家丽，但怕单独见面会太突兀，会把持不住自己，正好毕业二十年了，正好。其他同学都想看看他，都有意和他加强联系，他一提出要开同学会，大家都很踊跃，马上有人站出来组织，还建议高常青担起会长的重担，但他觉着低调些好，于是力荐了班里的团支书，团支书年纪比大家大许多，能说会道，不像某些人，磨盘也压不出个屁来。

高常青说，他和妻子感情并不像大家看到的那样和美甜蜜，那是摆出来给人看的，他们感情早就有裂缝，他妻子总是改不了大小姐脾气，不懂尊重人，而且没有品位，粗鲁，没有文化修养，竟然说再好的宋词也不如《纤夫的爱》！最后一点家丽能够想象得到，家丽一下就想起小学时候，高常青的妻子下了台就随口爆粗的那张大白面孔，不由得看着手机的屏幕嗤出声来。高常青说，他们是名义上的夫妻而已，他妻子有个好处，她直率：“互不干涉！你玩你的，我做我的。”他承认，他的岳父在他人生的起步阶段确实为他提供了足够的支持，但是，只是起步，他靠的主要还是自己的能力，这些年，他参加了多少次干部选拔考试！再说他岳父早几年就到山上和松柏清风做伴去了。

11

欧奋强根本没看出家丽有什么异样，他一有时间就上山去，协助师父辅导外国来的学员在山洞里打坐，呼吸日月之精华。那些外国学员有黑的有白的还有红棕色的。半年前隔壁楼梯地税局的小李突然想不通，展开双臂从楼顶飞向了楼下的水泥地面，当时，欧奋强正在山洞里。小李飞在空中时快乐得笑出声来，只是笑声过于尖锐，唬得邻居的两只八哥跳着脚直叫：“恭喜发财！恭喜发财！”小李是欧奋强的老同学，初中到高中，五年都坐前后桌。小李是个生活态度极端认真的人，非常尊敬领导，可是他不明白领导只不过是些被宠坏了的小儿，你越宠他他越不把你当人看，所以经常憋气，憋着憋着，憋坏了。

欧奋强下山看到老同学加了黑框的大头像，脸青了，垂下眼皮摸出一串念珠拼命练习数数。从此欧奋强更不愿意说话了，连“哼”“嗯”“噢”也常常省略了。

恰好另一位中学同学援藏回来，自然就谈到自杀，谈到人生的意义等。欧奋强憋了半天，总算开了口，说，心里不踏实，没有着落，不知这样活着到底有什么意思。同学打断他：“去西藏吧，去了那个地方，人就不会再计较个人得失，心会变得像西藏的天空一样，干干净净……”

欧奋强一听，两眼直了，放出光来。

12

刚想闭上眼睛，日光已经把窗帘照亮了，窗帘上的牡丹一朵比一朵鲜艳。赶紧起来做早餐，因为头脑有点迷糊，只得拿出《营养早餐》，按照书上的说明，黄豆绿豆小黑米，半勺砂糖一粒土鸡蛋两片生姜，三杯静置一夜的清水，仔细搭配，小火，四十五分钟，一点一点地熬。家丽大学学的是工科，严谨，一丝不苟。欧奋强的胃不好，家丽每天都得变着花样熬小米粥，花样都是书上学来的，很繁复，但家丽以前从来不觉得。

饭桌上搁着一张纸，胡乱写着几句话："怀揣着做了已久的梦，就要驶向那离天最近的圣城。之前，灵魂已在拉萨游弋，而我，亦将跟随而去，尽管天路茫茫。"

还有大大的数字：3658。

3658，3658，这几天，欧奋强只要见到纸张，就会忍不住画下这个数字，各种字体都用上了。

黄豆绿豆小黑米还在砂锅里庸庸懒懒地舒展着身体，欧奋强叉手站在了窗前。

家丽环住欧奋强的腰，探出手去轻轻握住他的双手，握了一会，小腹有点热，于是勾出右手小指在欧奋强手心里挠了挠。欧奋强没有反应，上身下身都没有动静，他望着眼前的空气，可空气里连一粒灰尘也没有。啊，人也许是有灵魂的，他的灵魂已经不在这里了，在青藏高原上，跟在老鹰尾巴后面，一圈一圈地盘旋，不肯回家。

3658 米，是拉萨的海拔。哦，拉萨，回到拉萨回到那布达拉。回到拉萨回到了布达拉宫。在雅鲁藏布江把我的心洗清，在雪山之巅把我的魂唤醒。爬过了唐古拉山遇见了雪莲花……

欧奋强有年假，加上攒下来的双休日，总共有一个来月。欧奋强前一段日子一到家就粘在电脑前，连小便都一路小跑，家丽不问，但她知道，他在邀人一起骑摩托去西藏。他的提议似大石头砸进池塘里，反响不小，QQ 叫个不停。家丽原以为他们能组成一个浩浩荡荡的车队呢，不想只有两位网友愿意和欧奋强一起“壮行西藏”，一个是合肥的，另一个住在河南郑州，约好了，成都见。欧奋强对着电脑屏幕挥了挥拳头，好像在给自己鼓劲。欧奋强要骑的是家丽的摩托，女式，枣红，那是家丽五年前用年终奖金买的，两万多块钱，体积庞大臀部宽广，欧奋强却叫它小羊。家丽是公务员，家丽买得起小车，但家丽不喜欢小车，因为欧奋强也不喜欢，他不喜欢被装在一个铁盒子里，他说，摩托上的都是性情中人，喜欢在路上在风里的感觉。欧奋强的摩托去年在他师父庙门前的停车场让人偷了，可他根本就不在意，好像摩托只是自己跑去别人家耍而已。他说，放下，放下就是觉悟。

小黑米粥烧好了，家丽赶紧趸进厨房里，忙。欧奋强跟在她的身后也忙，不过他魂不守舍，手里在干什么都不知道，老拿错东西，目光游移。跟他说话，他根本没办法将眼睛放在你的脸上。叫他帮忙拿个碟子他却递过来一本《金刚经》。家丽心里叹了口气——看来人的的确确是有灵魂的，他的灵魂不在这里，他的灵魂跑了。家丽心想，快走快走。

欧奋强自言自语：“星期三，走。”家丽心中突然一喜：“真的啊？！”

欧奋强眼睛醒了一下，就一下，灵魂又飞了。

唉，他现在就是看见不着装的美女也没心思了。

13

星期三，清晨，欧奋强跨上摩托车，“嗯”一声就启动了，小羊如一匹母野马，一扭腰蹿出了小区的大门。小羊臀后拉出一股淡淡的烟，有点青。那股烟迟疑了一下，也跟了上去。一根防身用的镀锌管横在背包上，扎眼悲壮，那是本地摩友送给他的，适合于打狗，藏獒凶猛啊。

前几天还开得疯疯癫癫的木棉花失了精神，开始一朵接着一朵摔下来。木棉花柔软，还没摔到地上就已经烂成泥了。木棉花摔在地上的声音空洞洞的。家丽站在窗口，心里也空洞洞的，像一只倒空了的麻袋。

欧奋强第二天就骑出了福建。

当天晚上发来短信。以后一有空就发短信给家丽，不断地发来短信，而且越发越长，长到一个短信要被分成五六回才能接收完整，而且语气调皮，仿佛是只刚出窝的小麻雀。但他从不打电话。家丽心想，在家里你是个闷葫芦，一上路你就换了一个人！难道我的外观有那么差吗？转念一想，是啊，有些东西还真是不好说出口呢，就是用大提琴一样的声音也说不出，这样更好，就用手说话，有些东西嘴巴说不出，可手一按一按，文字一行一行就出来了，流水一般，一点也不会难为情。也好，也好！

路过井冈山时他发来的短信最像短信："一路走来，最豪华的建筑都是政府机关，不是学校。我操！"

14

一出福建车就开始出毛病了。到了湖南，欧奋强想起了中学语文老师，想起了陶渊明，想起了《桃花源记》，赶忙拐向常德，去看世外桃源。桃花多好啊，桃花运啊。不想没走桃花运，摩托倒是在桃花村口又坏了，人也摔坏了，拖着一条腿。家丽心疼，赶紧回短信：回来吧。欧奋强回：不！唐僧取经还要九九八十一难呢，我这点伤算什么……他说，看到桃花村的姑娘，都拖着大辫子，突然想起家丽年轻的时候，真美！两个眼睛水葡萄似的。家丽心中一暖："去！别乱看，小心长针眼！"

2008年5月4日，颤颤悠悠地开进了成都，迎面一溜溜的婚礼车队，花蛇一样在街上游弋，来回绕着圈子。欧奋强的心里不觉生出一股莫名的不安。果然，没人等着他，一个也没有。安徽的摩友还在前往凤凰的路上，不过车子的电机线圈烧了，人家正躺在路边农舍的屋檐下打瞌睡，屋檐下凉爽宜人，栖身其中，该摩友感受到了前所未有的安宁，他嗅着田野散发的缕缕芳香，枕着沈从文的《湘行散记》酣然入梦，如果不是欧奋强来电话，人家在梦里就踏入陶渊明的世外桃源了。洛阳的那位正在市区的小商品市场购买小吃，他说，在旅途中嚼着家乡的小吃就不会感到寂寞，他还说，你就不用等我了。打了几个成都摩友的电话，都被告知人不在市内，度假去了，不过电话里都是麻将声，哗啦，哗啦，“要得，我碰！”。短信的最后一句是：“洛阳亲友如相问，一片冰心在玉壶！妈的。”

家丽：“腿好了吗？不行就搭车回来吧。”

欧奋强：“快好了，正在输液。女护士调皮、笑容可掬，两个酒窝和以前的你一样深。她一边为我打着点滴一边和我聊天、逗趣。她说：我是不是对你特别的好？我回答：没错，现在你是世界上对我最好的人，你，莫非想跟我去西藏？她放声嘎嘎笑了起来：想得美你！银铃般的笑声像一泓清泉随着药水融入我的血液，我忘却了肉体的痛楚，我仿佛听到了你二十年前的笑声。你不用担心，我过两天再出发，我有镀锌管。”

15

欧奋强在成都停留了一天一夜就出发了。

到达康定县城已是下午 5 点半，阴沉的天空下着淅淅沥沥的小雨，他在一家小食店吃了热腾腾的牛肉面，喝了一大杯用药材浸泡的药酒，醉眼蒙眬。这时进来了一个康巴藏女，正值妙龄，径直地往里间走去，几分钟后出来了，正好与他四目相对。他说自己清楚地看到了在深褐色袍子里裹着一副修长而又健硕的身躯，丰腴的脸庞黑里透红，一对大大的眼睛却笼罩着一层说不出来的忧郁，甚至有几分怔忡、呆滞。他不禁举起了相机。她羞怯地对他报以浅浅的一笑，随后走出店门，消失在风雨之中。

欧奋强的短信说，我忘不了那双眼睛，那是你年轻时的眼睛。

家丽心想，我年轻时的眼睛？那现在呢？几分怔忪、呆滞？心头有些不舒服，不知道打什么好，于是随手按出了一串省略号。

16

隔天清晨六点欧奋强开始翻越折多山。翻过了折多山就出关了，进入了纯粹的藏地了。欧奋强的短信说，从此由东向西，汉式或汉藏混合式的建筑风格逐渐减弱，古朴的纯藏式风格越来越鲜明，路边的康巴汉子秀气腼腆，眼睛黑白分明，没有藏獒，脸忽然有点烫，于是把镀锌管抽出来，甩进雅砻江。

17

欧奋强的手指说，5 月 7 日，他去了稻城的亚丁，亚丁保护区在香格里拉乡。香格里拉乡有连绵的山峦，清澈的溪流，成群的牛羊，田园牧歌似的村寨，背着书包的藏族小孩，还有一片片绿油油的青稞田。他发现香格里拉乡比云南的香格里拉县更接近于詹姆斯·希尔顿在长篇小说《失去的地平线》里所描绘的香格里拉。

他在冲古寺看到主楼正前方的铜香鼎上竟然插着一面鲜艳的五星红旗。鼻子领着他走进了伙房，喝到了酥油茶。他说，一股夹杂着柴火烧焦味的香气酥酥软软地向鼻孔漾过来，每个嗅觉细胞都醒了。

欧奋强要看仙乃日，仙乃日就是观世音菩萨，闽南人崇拜观世音菩萨。仙乃日，仙乃日在云里在雾里，观世音，观世音菩萨在云里在雾里。仙乃日雪山脚下的密林里卧着珍珠海。珍珠海是碧绿的，像一块绿宝石，颜色浓得都化不开，静谧异常，连空气也仿佛冻住了。

欧奋强因为没有见到心仪已久的仙乃日，心里空落落的，坐在一棵倒插在珍珠海里的枯木上，走神。直到一群走过身边的民工突然扯起喉咙唱起了山歌他才想起自己是在哪里。民工们的笑容朴实、爽朗、敦厚，欧奋强的心头一颤，好像被什么神秘的东西撞到了。

直至下到亚丁村两公里外的龙同坝，仙乃日雪峰还在云里雾里，站在龙同坝的溪石上，欧奋强低头朝着仙乃日的方向问自己："我们是不是做错了什么，以致不受您的欢迎？"

欧奋强的手指继续说，等他抬起头来，一下惊呆了："也许是许久的等待，抑或是一颗虔诚的心终于让她轻轻地撩开那神秘的面纱，当仙乃日完全展露在眼前的时候，我被震慑住了：云端之上，傲然耸立着一座浑身覆盖着白雪的宽大山体，她不是那种典型的尖顶的山峰，而是异常的宽阔、庞大，宛如观世音菩萨端坐于莲花宝座之上。她似乎离我很远，遥不可及，但我依然能感受到她的威严、圣洁和她身上散发出来的气息，那种气息像是来自远古的一曲空灵的绝响，气势磅礴，撼人心魄。我满脸泪水。”

家丽似乎看到了……愣了好一会，想，要是自己也在那里，可能很好。

18

5月8日，家丽刚推开办公室的门，欧奋强的短信来了：“我要去梅里雪山了，山路陡得挨着胸口。我得用心开车，信号不好，不发短信了。”

可是，到了夜里十点也没收到短信，这种时候，川藏公路的天空也该黑了。

而且连着好几天没有短信，噢，不，是没有欧奋强的短信。

他应该是不会出什么事的，是的，没有出事的理由。

可是，要是他不回来了会怎样？家丽发现自己竟然是在很严肃地考虑这个问题。她发现自己可能不会太难过。

19

高常青的短信总是在她心里空落落的时候及时地出现。

5月12日，午后，两点半左右，狂风突起，空气匆忙跑过去，把窗外的树都踩矮了，天黑得像墨汁。没头没脑的一阵雨，噼噼啪啪，三下两下，停了，天又开了，天空蓝透了。家丽心里一阵慌乱，莫名其妙。

短信来了，一条接着一条。高常青在白水，主持一个重要会议。高常青人在会场上，心早飞到了家丽的身边，他问，你感觉到了吗？

家丽仿佛看到了高常青在主席台上上身挺直一脸严肃眼角低垂，桌底下，一会儿右腿叠在左腿上，一会儿左腿又换到右腿上，两只脚焦急得按捺不住，不停地抖，大拇指在手机键盘上飞来飞去，不由得微微一笑。

你浑身散发着一种危险气息，高常青说，你知道自己是什么，知道自己要什么，你是个自觉而自傲的女人，你是全天下最有吸引力的动物。

家丽右手握着手机，整个人胀大起来。大批的血液轰隆隆打脸皮底下叫喊着奔跑过去，喉咙干透了，冒出烟来，她咽了口口水，不行，还是干，家丽甚至感觉到口水一触到喉咙就“嗤——”一声干了。家丽左手紧紧抓着自己的膝盖，心里不住地喊：“我要当个坏女人！我要当个坏女人……”

这时已是傍晚，天的脚在城市的西边使劲亮着。家丽给自己请了个假，坐上的士往城的西边去了。家丽是自己部门的领导，她从没向自己请过假，这是第一次，她发现，向自己请假很有趣，她甚至给自己的假条签了两个字：“同意”，外加一个感叹号。

20

城的西边都是山，本市的大部分国有工厂企业都在山脚下，二十年前，上下班的自行车洪水一般浩浩荡荡势不可当，那是何其的气派！如今，所有的工厂都倒闭了，因为地高水少，远离城东的新行政中心，交通不便，没人愿意投资，渐渐地失了人气，只剩一些没倒塌干净的厂房兀然站在那里，神色落寞。这里连小偷也没有，更不用说熟人。老校园就在半山腰上。学校原来位于城东的东湖边，风景优美地盘敞亮，当年因为“备战备荒”，和大批的工厂一起搬到了城西来，由于无处容身，只好上了半山腰。据老学兄学姐们说，当年搬迁时除了教学设备、部分没烧完的图书和仪器用汽车运输外，师生们全部徒步赤脚走过来，为了体现意志的坚定，他们还特意绕行几百公里，跨过武夷山脉到井冈山瞻仰了一番，一路喊着“忠不忠，铁脚板下看行动”和“苦不苦，想想红军两万五”。毛主席语录歌一首接一首，唱得震天响。家丽大学四年都是在山腰上度过的，那时经常有事业成功行政级别较高的学兄学姐回来做报告，他们看到家丽她们整天把头埋在书里总是善意地提醒她们，人生最要紧的不是死读书，要吃苦，吃苦的经验最宝贵，吃过二茬苦，意志才坚定，才经得起社会上的风吹雨打。家丽总是不明白他们在说什么。家丽她们毕业后不久，学校就搬回城东去了，据说学兄学姐们还是经常回去的。因为学生们半夜翻墙的现象比较严重，某位学姐建议新校园在围墙外拉了大红标语，及时刹住了翻墙歪风，端正了母校作为全国重点大学的正面形象。标语的字体是该学姐指定的，用的是美术体：“男生翻，变女生；女生翻，变女人！”

家丽从不去新校园，因为那跟她没关系，跟她有关系的是山腰上的旧校园，一提起，连皮带肉的。

21

家丽在校门前站定，胸口一只大青蛙，可着劲儿跳上跳下，两手心汗津津。右手不知放哪里好，于是摸进坤包，摸到了手机，刚要掏出来，一辆的士刹在脚跟前，车后，一朵野花被车轮擀平了，紧紧贴在水泥路面上，很抽象，异样的妖娆，如T型台上的模特。

下来的是高常青。一身休闲打扮，墨镜，像个银幕下的电影明星，精神抖擞，微笑，笑出周润发的模样。哦，满城尽带黄金甲。

他说自己特意打的过来，他不坐自己的车，他把司机留在了宾馆里，让司机好好休息养精蓄锐。说到司机，他笑了，充满自信，似乎脚下的土地极端的坚实，永远也不会颤抖，连地壳下的岩浆都甜蜜地睡着了。

22

老校园连个看门的老头也没有。围墙倒光了，校门还四四方方地站着，显得荒唐，紧张，甚至有点猥琐。实验楼垮了半边，教学楼、办公楼好一点，不过窗玻璃都不见了，只剩窗框子在微风里折腾出一点点动静来。教学楼的琉璃顶漏得到处都是窟窿，椽子不三不四地长在风里，楼脚遍地破砖头碎瓦片。当年为了修这屋顶，听说学兄学姐们把全城的庙宇都掀了。芦苇长到二楼的窗口，似乎还要往上长。

校道两边都是棕榈树，长疯了，高到天上去了。那是家丽她们大一那年植树节种的，想起来了，那天阳光好得离奇，暖洋洋的，洒在背上，像一千只小爪子轻轻地挠着你，人酥了一半。当家丽把树苗放到坑里时，高常青凑过来，埋着脑袋往坑里填土，手忙脚乱，几次把土填进了自己的布鞋里，家丽差点笑岔气，后来还是欧奋强拉开了他，三铲两铲，解决了。欧奋强拉开高常青时顺手给了他一只水桶，高常青却不知如何是好，提着桶站出丁字步，眼睛盯着欧奋强的手，发呆，脸红得像烤熟了的细头虾。那时高常青还没长开，像根没抽穗的野稻子。家丽梳着大辫子，干活时总把辫子绕在脖子上，家丽的脖子又白又长，像天鹅，大辫子绕上去，黑白分明，让人的眼睛没处躲闪。家丽在阳光下笑起来，就像一朵着了春风的野花。

日头贴在山顶，一抹弱弱的阳光挤过山凹罩在校道上，校道正中，一只野猫正在扑腾棕榈树的影子。野猫黑，皮毛亮得像一匹缎子，腰长腿短漫不经心，根本不把他们两人放在眼里，自顾自玩得不亦乐乎，仿佛打铁的嵇康，一不留神来到了21世纪。

校道上到处是裂缝，野花钻出水泥来，开野了，黄的红的白的，虽然已是傍晚，却还精神十足，像一群吵吵嚷嚷的少女，眼睛都看花了。

高常青跪在地上挑出一朵黄的，金子一般的颜色，小心翼翼摘下来，叫家丽侧过脸去，轻轻别在家丽的右鬓角。他的鼻息呵在家丽耳垂上，家丽眼眶里顿时冒出水来。

高常青伸出手来：来吧。家丽很听话，抿着唇把指尖探出去。高常青急忙擒住，扯过来，转身踩着校道上的野花向校园深处飞去，一边飞奔一边仰脖大喊：“陆家丽，我爱你！”

野猫吃了一惊，喵喵叫着爬上了树梢。

家丽觉得自己变成了一只小鸟，飞呀，飞，上气不接下气。家丽张开了嘴，却没发出声来，因为没想好词语，于是边跑边笑。家丽没想到，自己还能跑得这么快，一直跑到后山脚下，还不大相信。

23

记得后山顶上，有茂密的相思树林，还有一座石头亭子，几百年了，一直俯瞰着东面平原上的白水城。据说陆游任宁德主簿时到过白水，当年他就坐在那里，眺望二水环抱的白水城，当时夕阳西下，炊烟袅袅娜娜。陆游唱起了《钗头凤》，泪如雨下，前襟下摆都湿透了。后人在陆游坐过的大石头上盖起了这座石头亭子，起名思婉亭，几百年来，白水私订终身的青年男女都要跑到这里来，把心事跟天地说明白，并在相思树上刻下自己的名字。上面就有家丽和欧奋强的名字，紧紧贴在一起，像一对好朋友。亭子里有一石碑，一面刻着陆游的传说，一面就刻着《钗头凤》。家丽打小就知道，陆游是她们家的老祖宗。

山路陡得挨着胸口。高常青拉着家丽的手，小伙子似的，家丽突然想起了自己剪掉多年的大辫子，脚步轻快起来。

相思树竟然都砍光了，整座山头都是桉树，澳大利亚小叶桉，见风就长的澳大利亚小叶桉。思婉亭矮在桉树林里，百般委屈。

亭子里充满了桉树折断后散发出的气味，刺鼻，呛喉。天暗下来了。家丽想起了二十年前，想起了青春，想起了她的第一次，那时就是在这里，她被欧奋强的气味吓了一大跳，那气味，跟揉碎了一百万片桉树叶子一般。家丽的心飘起来，在离地一米左右的地方，跟着萤火虫飞来飞去。二十年前的那个晚上，天黑黢黢，身边荧光闪亮，地面醉了酒一般。

家丽的胃部突然一阵抽搐，疼得渗出汗来，风一吹，桉树林窸窸窣窣响。家丽的胃里好像揣了一个大冰块，冷，冷，全身每一条肌肉每一块皮肤都小跳起来。因为欧奋强长年胃疼，家丽经常看《家庭医生》，知道精神过度紧张会引起胃疼。但她不知道自己现在如何是好。

24

高常青从身后环着她的腰。远方，白水城已经亮起来了，星星点点，好似银河落到了地上。高常青紧紧搂着她，什么话都不说，就是默默地看着远方。家丽听到了他怦怦的心跳，那是男人的心跳。家丽不抖了，高常青才贴着她的耳根低声说，你真可怜。他说，如果你是我的老婆，我就这么什么也不做，就这样抱着你直到你病好。家丽心都化了，她愿意相信他说的都是真的，因为，印象里，他不是个能言善辩的人。

家丽的胃渐渐舒展开了。

高常青一手捂着家丽的胃部，腾出另一只手轻轻抚摸着家丽的额头，家丽心中叹了一口气，享受地闭上了眼睛……

黑暗里，高常青的手指不小心就碰着了家丽的脖了，他的手颤抖着，后来，他的指尖颤抖着走过了家丽的手臂和大腿，他的身子也颤抖着，紧张，慌乱，兴奋。

近几年来家丽一直以为自己的皮肤对男人没有多少需求了。欧奋强原来是很贪的，可自从丢了那些线装书，兴致低落了不少，有了法号后，兴趣干脆转移到山上的庙里去了，偶尔才到家丽的身体里借放一会儿。家丽开始有些不习惯，后来看了几本书听了一些同事的唠叨，也就接受了——中年人的性事嘛，原本不能要求太高的，聊胜于无而已，就像某些老景点，时间久了，总想去去，而真的去了，事先也知道，只有流水，难觅激情。渐渐地，家丽的身体也冷淡了下来，她想，也许人生本来就不需要激情。只是有那么一两回看着身边那熟睡的脊背，手痒痒的，想在那堆白肉上拧出花来。

这时，她发现自己错了。

在高常青指尖的引导下，家丽的皮肤一点一点惊醒过来，高常青的指尖走到哪里，哪里的毛孔就站立起来，紧张，慌乱，甜蜜。家丽又惊又喜，她发现自己的皮肤实际上和二十年前一样，一样年轻，一碰就能着火。家丽咬着舌尖，才没让自己叫出声来。

高常青嗅着家丽的手指，高常青轻轻咬着家丽的手指尖。家丽觉得自己就是一片新鲜的桑叶，高常青像蚕，一条强壮的柞蚕，正一点一点把自己啃进身体里。高常青死死盯着家丽的眼睛，他的眼睛比萤火虫还亮，着了魔似的。家丽挣了两下，没挣开，干脆把头埋进了高常青的胸口。高常青的胸宽大厚实，里面那颗心脏怦怦地跳着，坚强、有力，充满自信。

高常青的手掌绵软暖和没有茧子。高常青握着家丽的胸，家丽的胸在高常青的掌握里活跃起来，野杜鹃一般迫不及待地盛开了。

地上的坤包突然滴滴叫唤了两声。

短信的声音。家丽的手机。家丽想探身去拿，高常青却仿佛没听到，两只手更加忙碌了，急着要把家丽收进自己的身子里。家丽轻轻推了一下高常青的腮帮子，探出手去。

“3658。”欧奋强的短信。3658！没有一个汉字。

家丽的胸口重新端庄正派。

高常青的手有些不情愿，他说，不然，我们开房去吧。

家丽说，噢，不。

恰好高常青的手机叫了起来，高常青迟疑了一下，松了手。

25

隔天一早，欧奋强的短信又来了：“太难过了。帮我捐点钱吧，书柜右上角的纸盒里有两千多块，帮我捐了吧。”

太难过了。家丽也难过。全国的人都难过，只有精神病才不难过。那么多的人埋在了废墟里。那么多的孩子埋在了废墟里。家丽每天回到家的第一个动作就是打开电视，可她不敢看，因为每次看了她都得冲进卫生间把脸埋在洗手池的水里。噢，孩子从龇牙咧嘴的断钢筋碎水泥里探出手来，一动不动，冻住了，在这山花烂漫满树新芽的季节。噢，孩子。看到电视里那孩子的手，家丽头嗡一声，大了，滴滴滴，滴滴滴，给儿子去了短信。儿子说，没事呢，正午睡呢。儿子在北京，北京的天空是蓝的，云是白的。儿子说，他感到很难过，给在四川的同学发过短信，没人回。儿子不知道他爸爸去了西藏，家丽没有跟他说，她也不知道为什么。

然后再也没有消息了。再也没有欧奋强的消息。

整整一个星期，家丽的一颗心悬在胸腔里，无所依靠。看着家里的摆设，她发现，这里少了什么，对，少了一个高大的身躯，少了一颗光溜溜的脑袋，少了一个大提琴一般的声音，虽然那声音出现的次数少之又少。她发现床头的那堆佛经其实并不那么碍眼，她一边把那堆佛经叠放整齐一边忍不住对自己说，阿弥陀佛，阿弥陀佛。高常青的短信倒是还来的，家丽却不想回了，她发现心里没有回的渴望，渴望这种东西很奇怪，说来就来，说走就走了，跟偶尔溜过小区的野猫没啥两样。

26

这一星期过得太慢了，时间涩住了，但是还好，还好，星期天到了。5 月 18 日，星期天清晨，欧奋强回来了。听到门铃的叫唤，家丽揉着眼睛拉开门。远处，小区门口的那棵木棉树上的花朵早已谢尽，一树的鹅黄，阳光斜过去，翠生生的，再揉揉眼睛，哦，一个陌生人背着旅行包站在院门口的阳光里，上衣的纽扣掉得只剩一颗，勉勉强强地把胸口扣住了，牛仔裤看不出原来的颜色了，破了好几个口子，膝盖莽莽撞撞地跑了出来。噢，不，是欧奋强。欧奋强头发一根没多，脑壳光秃秃的，汗津津，汗水在头顶的尘土中犁出沟来，不过，一张脸杂草丛生，腮帮子都是胡子，蓬蓬勃勃，活像绣像水浒传里的鲁智深，嘴不知躲到哪里去了。一股酸臭迎面扑来。家丽心怦怦跳，眼睛大得像青鸭蛋。

欧奋强不吭声，丢下行囊，一头扎进卫生间。

半天后，卫生间的门开了一道缝，一颗光溜溜的东西探出来，是欧奋强的脑袋，上上下下没有一根杂毛，腮帮上拉了几道血口子。欧奋强手里抓条毛巾捂着裆部，长了脖子望着家丽嘻嘻嘻笑，笑出一对酒窝来。家丽这才发现自己有去帮他拿内衣裤的必要。

欧奋强穿戴整齐后，开口了。

他是坐大巴车回来的。摩托留在了四川，送人了。他听到地震的消息时，人在八廓街上，正打算去看纳木错，没看过纳木错的湖水哪算到过西藏啊。他一听脑壳里就空了，想都没想，扭转车头就往回开。四川，那里有他的朋友，在成都，在安县，在北川。赶到成都时已经到处都是志愿者了，他吃了两包方便面，载上吃食就跟着车队去了北川，北川，当时北川的路刚刚打通……

欧奋强说，藏族的孩子都像天使似的，眼睛清澈得像西藏的天空，可是，大了，就失了光彩，有些雾气，迷茫……

欧奋强说，到了西藏，胃再也不难受了，出了北川，什么都吃得下了。他指着自己的上腹说，不信，你可以给这儿几拳。

27

家丽决定好好地煮一顿饭，慰劳慰劳欧奋强。欧奋强抢着帮忙洗菜，油嘴滑舌，眼睛斜着家丽的脸，说什么这么养眼的脸颊，不知好不好吃。边说边把嘴长过来，虚虚地咬了家丽面前的空气一口。家丽侧肩一闪，扑哧一笑。洗完后菜里窝着一撮头发，家丽问，这是什么东西？欧奋强说，菜根嘛！肯定不是我的。

下午，家丽开始洗地板。以前欧奋强在家时家丽每周都要洗一次地板，要大整理，彻彻底底。家丽见欧奋强闲着没事，只是在房里、厅里东张西望，于是叫他帮个手。欧奋强把手藏进裤兜里，学了一声鸟叫，说，不是前天才洗吗？不到一周啊。

前天他在哪里？前天他还在成都当志愿者。

他把佛经都送给了楼下收破烂的。收破烂的刚走到小区门口，欧奋强又追了出去，把人家拉回来。他指着书柜里的哲学书说，这些也给你。收破烂的眼睛和嘴巴大了，好像让那些精装书封面的烫金字给闪到了。

欧奋强淘出几个儿子小时候玩过的玩具，摆进空荡荡的书柜里。书柜活了。

欧奋强拍拍手，走，我们散步去。

28

今天是星期天，街上都是人影。她们走到门外时，路灯亮了。

路过延安路夜市时，路边有个声音在大声嚷嚷：“关注健康，科学称重，一次一元；关注健康，科学称重，一次一元……”

欧奋强扯住家丽，把她送到电子秤上去，家丽刚站稳，电子秤说话了：“您的身高一点六五米，体重五十四公斤，您的身材完全正常，请继续保持……”

欧奋强叫一声：哇，美女啊，二十年了，风采依旧。

路上不少人侧过脸来。家丽嘴里说，瞎说什么啊，也不怕别人听见，哼，还不是家务做得太多。

家丽边说边把欧奋强往秤上推。欧奋强刚把一只脚踏上去，一个小男孩凑过来，八九岁眉眼，胖头胖脑的像个新沙包：“老爷爷，我没有钱，能让我也称称体重吗？”

家丽瞅着欧奋强笑：老爷爷，老爷爷。

欧奋强摸摸自己的光头，也笑了：“你站上来就行了，不用花钱的。”

欧奋强把小男孩拉上去站了站，电子秤在他们的脚下重重地呻吟了一声，秤的主人略略变了脸色。欧奋强笑着冲家丽挤了挤眼睛，叉着两腋把小男孩放到地上去，小男孩太沉了，欧奋强差点栽下来，小男孩一脸不解。欧奋强说：“你上几年级了？三年级？加减运算肯定不得了。用总体重减去我的，剩下的就是你的，全是你的。哎哟，不行，你得多吃蔬菜，你太重了，一百二十六！都跟我差不多了。你天天吃什么？我活了快一百岁也才不到二百斤……”

小男孩见他说起来像个唐僧，没完没了，舌头一吐，闪入人流里。

欧奋强一路说个不停，没一句是正经的。

站在十字街头的路灯下等红绿灯时，身后有对新人在举行婚礼，请了西乐队，吹得乐颠颠的，恨不得蹦到天上去，他们吹的是拉德斯基进行曲。欧奋强脸色一沉，不看新娘，转头看街上的车，这时，街心迎面走来一个棉衣棉裤棉军帽的老疯子，昂首挺胸甩着正步，根本不把来来往往的车流放在眼里，胸口有针绣的某某重型机械厂字样，头上，路灯明晃晃。

欧奋强叹口气："疯子总是生活在季节之外。"……

回到小区的大门口，欧奋强抬头望望头顶蓊蓊郁郁的木棉树，摸出手机来："啊，欧姐啊，我奋强哪。对对，我回来了，明天就去上班，很多天没见您了，怪想念的。"

家丽紧走两步，把手插进欧奋强的臂弯里，紧紧揽住。

挺立在门口的保安假装没看见，人家转身啪一磕鞋跟，向刚要驶进小区的一辆宝马行了个军礼。

29

欧奋强在卫生间里冲得啪啦啪啦响。欧奋强在卫生间里喊："明天早餐我煮！别跟我争！谁煮我跟谁急！田螺姑娘也不行！"

家丽笑了笑，眼眶有点酸，揉一揉，揉出不少水来。卫生间里啪啦啪啦响。

家丽拐进走廊，掏出手机，给高常青发了一条短信：

"你也去趟西藏吧。"

刚把翻盖盖上，手机就叫了，短信，高常青的短信：

"你叫我去援藏？不用了，我现在已经是厅级干部了，用不着。"

家丽点了回复，盯着屏幕愣了一会儿，想了想，长出了一口气，拇指挪向了返回键，轻轻一按，顺手，把高常青的号码也删了，关了机。

青蛙又叫起来了，呱，呱，低沉，但略显空洞，呱。